Kai Bliesener
Klaus Maria Dechant
Jo Schuttwolf

Anleger 511

AF235648

IMPRESSUM

1. Auflage
Copyright © 2022 by Kai Bliesener, Klaus Maria Dechant und Jo Schuttwolf.

Copyright © dieser Ausgabe 2022 Early-Bird-Books,
Hauptstraße 156, 68799 Reilingen.

Titelgestaltung: CreativeCommunications, Reilingen

Satz: Kreativbüro Freiraum, Weinstadt
www.kreativbuerofreiraum.de

Titelbild: iStock by Getty Images - LordRunar

Lektorat und Korrektorat: Ingeborg Dosch, Leimen
Druck und Bindung: tolino-media

ISBN 978-3-75466-594-7

www.early-bird-books.de

Herstellung und Druck über tolino media GmbH & Co. KG,
Albrechtstr. 14, 80636 München. Printed in Germany.
Fragen zu Produktsicherheit an: gpsr@tolino.media.

Kai Bliesener
Klaus Maria Dechant
Jo Schuttwolf

Anleger 511

Drei Novellen

»Einfach alles beginnt und endet mit Geschichten«
Ragnar Lobrók

»Ich schreibe für junge Leser, ich schreibe für sogenannte Erwachsene, vor allem aber schreibe ich für Menschen, die gern lesen und sich von guten Geschichten mitreißen lassen.
Carlos Ruiz Zafón

»In der Stunde des Lesens
hat der Autor die Seele des Lesers in seiner Gewalt«
Edgar Allan Poe

»Spannung ist Kaugummi fürs Gehirn«
Alfred Hitchckock

Verehrte Leserinnen und Leser,

das vor Ihnen liegende Buch ‚Anleger 511' ist, und da lehnen wir uns gerne weit aus dem Fenster, anders als alles, was Sie bisher gelesen haben. Klar kennen Sie Thriller, und davon finden Sie hier drei. Und natürlich haben Sie schon Anthologien gelesen oder wenigstens gesehen, aber ‚Anleger 511' ist eben keine gewöhnliche Zusammenstellung von Kurzgeschichten. Allein der Begriff ‚kurz' wäre auch nicht zutreffend. Lassen Sie uns doch das etwas aus der Mode gekommene Wort Novelle verwenden, eine Form, die per Definition eine Erzählung kürzeren oder mittleren Umfangs darstellt, welche von einem einzelnen Ereignis handelt und deren geradliniger Handlungsablauf auf ein Ziel hinführt.

Das ist also schonmal anders, Sie halten ein Buch mit drei Erzählungen in Händen. Jede ein Ziel verfolgend, für sich abgeschlossen, vordergründig hat keine der Geschichten mit der jeweils anderen etwas zu tun, allerdings gibt es eine Gemeinsamkeit: Sie enden alle in Eltville in einer Bar Rhein mit Namen ‚Anleger 511'. Ein Werbegag des örtlichen Gastronomiebetriebs, werden Sie vielleicht denken. Weit gefehlt, wobei die entsprechende Gastronomie GmbH über das hier vorliegende Projekt natürlich in Kenntnis ist und der Zweckentfremdung des Restaurantnamens sehr wohlwollend gegenübersteht.

Aber, der Titel ist purer Zufall. Zu verdanken dem ersten physischen Treffen von uns drei Autorenkollegen Kai Bliesener, Klaus Maria Dechant und Jo Schuttwolf im Jahr 2019. Eltville liegt schlicht so ungefähr in der Mitte unserer Wohnorte.

Genau dort, am Rhein, auf der Terrasse des Lokals ‚Anleger 511' entstand die Idee für dieses Projekt. Und genau das ist es, ein Projekt. Nicht, weil es drei Erzählungen in einem Buch zusammenfasst, sondern weil drei Autoren ihre Helden getauscht haben. Ja, Sie haben richtig gelesen. Wie bei *Sing my Song* im Fernsehen. *Pimp my Prota* haben wir die Idee genannt, deren Ziel es war, die Heldin oder den Helden des Kollegen anders zu interpretieren. *Prota* steht übrigens weder für Prototyp, Prothese oder gar Prostata. Es ist die liebevolle Abkürzung für Protagonist, also den oder die Heldin unserer Geschichten.

Das Ergebnis dieser ungewöhnlichen Idee liegt jetzt vor Ihnen. Drei Novellen, wie sie, abgesehen von den Handlungen, unterschiedlicher nicht sein könnten. Mehr noch. Auf teils bizarre Weise verweben wir die neuen Abenteuer der getauschten Heldinnen und Helden nicht nur mit den Geschichten aus ihrem *Vorleben* sondern die Storys auch miteinander und bisweilen mit uns, ihren realen Schöpfern.

Klaus Maria Dechant konfrontiert Kai Bliseners Journalistin Emma Berg aus *Das Brandt-Attentat* bei einer lebensgefährlichen Recherche mit Figuren seiner eigenen Krimis.

Jo Schuttwolf schickt im Gegenzug Dechants Kommissarin Michaela Cordes, bekannt aus *Mordslust* und *Mordseier* auf einen irrwitzigen Selbstfindungstrip in einem rosa Gummiboot durch die Kanalisation von Los Angeles.

Und Kai Bliesener lebt seine Liebe zu Quentin Tarantino und David Lynch aus. Er führt Andy, Jo Schuttwolfs sexsüchtigen Werbetexter aus *U-Turn – Irgendwann kommt jeder an* auf eine rasante Tour zwischen Tag und Traum.

Doch genug der Vorrede. Wir hoffen, dass unsere drei Novellen Sie in bestem Sinne unterhalten.

Herzlichst
Kai Bliesener - Klaus Maria Dechant - Jo Schuttwolf

Klaus Maria Dechant

SCHLIESSFACH 102

Eine Novelle

Klaus Maria Dechant

Mein Name ist **Klaus Maria Dechant**, und ich habe die Ehre und das Vergnügen, Ihnen in meiner Krimiepisode

Schließfach 102

die junge und engagierte Journalistin Emma Berg aus Stuttgart vorstellen zu dürfen. Für die nachfolgenden knapp neunzig Seiten durfte ich mir diese neugierige, teils sture, aber immer loyale Vertreterin der schreibenden Zunft von meinem hochge-
schätzten Kollegen und Freund Kai Bliesener ,ausleihen'. Ganz und gar körperlos und rein platonisch, versteht sich.

Vorab möchte ich mich für das entgegengebrachte Vertrauen bedanken. Es ist keinesfalls selbstverständlich, liebgewonnene Protagonisten einfach so in die Obhut eines anderen zu entlassen. Schon gar nicht eine Emma Berg, die, kaum dreißig Jahre alt, in ,Das Brandt-Attentat' die Machenschaften rund um einen geplanten Anschlag im Jahr 1968/69 auf den späteren Bundeskanzler Willy Brandt aufdeckt.

In *Schließfach 102* bekommt sie es nun mit einem Zürcher Schließfach, verstörenden Unterlagen rund um einen illegalen Waffendeal und einem charmanten Serienmörder aus meiner Figurenwelt zu tun.

Sie dürfen gespannt sein auf *meine* Emma Berg.

Der Schlüssel

Zum x-ten Mal griff sich Emma den weißen gepolsterten Umschlag, den sie unter die Tastatur ihres Computers geklemmt hatte. Zum x-ten Mal ließ sie ein paar Bläschen des Luftpolsters platzen, nur um erneut den Inhalt zu ertasten. Viel war nicht mehr übrig von der Polsterung, sodass sich die Form des eingepackten Gegenstandes immer deutlicher abzeichnete. Emma hatte den ganzen Tag über die Umrisse des Schlüssels mit ihren vermeintlich sauberen Fingern auf das beschichtete Papier des Kuverts gepaust. *Der hat echt Nerven!* In einer Mischung aus Wut und Begehren musste sie, ebenfalls zum x-ten Mal, heute an Marc denken.

»Jetzt mach endlich diesen verdammten Brief auf! Das Ding geht uns allen mittlerweile auf die Nerven.« Jürgens flache Hand landete mit einem lauten Knall auf der Schreibtischplatte. »Und denk dran, in einer halben Stunde brauche ich das fertige Interview mit diesem Typen aus dem Innenministerium!« Mit dem rechten Zeigefinger deutete der amtierende Chef vom Dienst auf die Uhr am Handgelenk.

Der erste Schreck wich einem knallroten Kopf. Die Kollegen im Redaktionsbüro des *ContraPunkt* grinsten nur. Verschämt steckte Emma Berg den Umschlag wieder zurück unter die Tastatur, wo die neue Praktikantin, deren Namen sie längst vergessen hatte, ihn am Vormittag mit einem Lächeln hingelegt hatte.

»Der Artikel liegt in zehn Minuten auf dem Server. Ich mach dann auch Feierabend!« Immer lauter werdend rief die Journalistin ihrem sich entfernenden Chef hinterher. Es gelang ihr, sich noch ein paar Minuten zu konzentrieren und endlich den Namen ‚Emma Berg‘ unter das Interview zu setzen, das sie am frühen Morgen mit einem namentlich nicht genannten Mitarbeiter des Berliner Innensenators geführt hatte. Thema war natürlich das knapp drei Wochen zurückliegende Attentat auf den Weihnachtsmarkt der Hauptstadt auf dem Breitscheidplatz. Seit dem Tag, an dem der Terrorist Anis Amri zwölf Menschenleben ausgelöscht hatte, gab es fast kein anderes Thema mehr in den Redaktionen des Landes. Auch nicht beim *ContraPunkt*, jenem links ausgerichteten Magazin, bei dem sich Emma Berg mit der Enthüllung eines vereitelten Anschlags auf Willy Brandt vor knapp einem Jahr endgültig ihre journalistischen Meriten verdient hatte. Seither war die meist schwarz gekleidete Idealistin gefragte Gesprächspartnerin für Whistleblower jeglicher Couleur.

***

Über dem Stuttgarter Trichter wehte ein eisiger Wind. Emma quälte sich und ihr Trekkingbike am Klinikum vorbei Richtung Herdweg. Sie brauchte das heute. Den Kopf freibekommen, indem sie ihrem Körper alles abverlangte. Keine Straße in der Umgebung bot ihr bessere Möglichkeiten, sich und das Fahrrad näher an die jeweilige Belastungsgrenze zu führen, als dieser unscheinbare Weg mitten durch ein Stuttgarter Wohngebiet. Bis zu sechzehn Prozent Steigung hatten selbst der Straßenradweltmeisterschaft vor einigen Jahren auch alles abverlangt.

Die Muskeln der Oberschenkel brannten trotz der Eiseskälte. Emmas Gedanken waren nur bei dem Schlüssel im Briefumschlag. Die Wut auf Marc war längst großem Bedauern gewichen. Der Streit, die Beschimpfungen, die Verletzungen in der zurückliegenden Nacht. Natürlich war sie an allem schuld gewesen. Marc hatte sich nur mehr Perspektive gewünscht. Für sich. Für Emma. Für die Beziehung. Nichts, was sich ein Mann in den Vierzigern mit einer zehnjährigen Tochter nicht wünschen dürfte. Und sie? Sie hatte sich aufgeführt wie ein zorniges Kind, kurz vor der Zwangsheirat mit dem neunzigjährigen zahnlosen Chef eines albanischen Mafiaclans. Und jetzt dieser Schlüssel. Ganz sicher zu seiner Wohnung. Was sollte das? Noch mehr Druck?

Tränen rannen an ihren Wagen herunter, als sie den Scheitel des Anstiegs erreicht hatte. Nur zum Teil ging das auf Kosten des grimmig kalten Windes, der von der Alb scharf in den Talkessel zog. Ohne darüber nachzudenken, drehte Emma ihr Vehikel und ließ sich in halsbrecherischem Tempo von der Schwerkraft in die Dunkelheit der Straße zurücktreiben. Intuitiv bog sie am Ende des Weges erst links, dann nach etwa einhundert Metern wieder rechts ab.

Bei Marc im dritten Stock brannte Licht. Emma glaubte das zumindest. Die von der Kälte und der Scham völlig verwässerten Augen ließen nur eine oberflächliche Analyse zu. Hektisch kramte sie das gepolsterte Kuvert aus dem Rucksack und riss die Lasche auf. Mit steifgefrorenen Fingern fummelte sie nach dem Schlüssel, der sie den ganzen Tag beschäftigt hatte.

Kurz war er. Mit Doppelbart und einer eingestanzten Nummer. 102. Nie und nimmer passend für eine Haus- oder Wohnungstür.

Verwirrt griff Emma nochmal in das Kuvert und bekam eine Karte zu fassen. Handgeschrieben!

Eine Geschichte nach Ihrem Geschmack!
Schließfach 102
Bankhaus von Eberlein
Bahnhofstr. XX
8001 Zürich
Code: 3876 7839 5201 TE2

Zürich

Schneebedeckte Berge, eine kleine Gruppe mit Alphornbläsern, ein Schweizer Kräutertee mit Schuss ... Emma war sich sicher, dass man nirgendwo weiter von alpenländischer Klidylle entfernt sein konnte als in der Zürcher Bahnhofstraße. ‚Klidylle' - diese Wortschöpfung hatte sie selbst im zurückliegenden Jahr für einen Artikel über das deutsche Phänomen von Kleingartenanlagen kreiert. Eigentlich um klischeehafte Idyllen abzuwerten.

Jetzt, inmitten der Betriebsamkeit zwischen den vornehmsten Adressen der Welt sehnte sie sich nach ein wenig Klidylle. Nach irgend-etwas Wärmendem. Die durch und durch geschäftige Atmosphäre, geprägt von edlen Boutiquen, Bankhäusern und noch edleren Uhren- und Schmucktempeln, hatte so gar nichts Heimeliges. Emma stellte sich überschminkte, pelzbemantelte Frauen in unbequemen hohen, aber sicher teuren Stiefeln vor, die von Modegeschäft zu Modegeschäft stürzten, während sich streng dreinschauende Männer im feinen Businesszwirn von Bankinstitut zu Bankinstitut schoben. Am Abend würden die Männer dann sicher bei einem der auserlesenen Juweliere etwas Nettes kaufen. Etwas Teures für die Freundin und etwas Gediegenes für die Gattin. Um sich zu entschuldigen. Dafür, dass es wieder später wurde oder auch generell für die Freundin.
   So hatte Emma das Treiben um sich herum jedenfalls erwartet. Dabei war alles anders. Normale Menschen. Männer, Frauen und Kinder, die angesichts des nasskalten Januarwetters die Gesichter verzogen. Wäre da nicht die Straßenbahn gewesen, man hätte glatt meinen können, in der Stuttgarter Königsstraße zu stehen. Kein Idyll, nur das Klischee, dass alle Fußgängerzonen irgendwie gleich aussehen.

Derart vergeistigt wäre Emma an dem schmalen Gebäude um ein Haar vorbeigelaufen. Buntsandstein, Art Deco. Die langgestreckten Fenster des Erdgeschosses lagen hoch. Keine Glasfassade, keine Vitrinen mit Kredit- oder Anlageangeboten, nur ein Messingschild. Kaum größer als ein aufgeklapptes Buch. Darauf in schnörkelloser Schrift:

Bankhaus von Eberlein
Bitte läuten!

Emma betätigte den zierlichen Messingknopf und wartete. Der hohe Eingang hatte etwas Furchteinflößendes. Die schmale Treppe zwischen zwei Sandsteinstehlen schien im Dunkel zu verschwinden. Die schlanke Journalistin hechtete die fünf Stufen hinauf. Ein leises Summen am Ende des Treppenabsatzes ertönte.

Kaum hatte sich die schwere, verglaste Messingtür hinter Emma geräuschlos geschlossen, schritt unaufgeregt eine Dame mittleren Alters auf sie zu. Das halblange, brünette Haar mit Gel streng nach hinten gelegt, das dunkelblaue Hermès-Kostüm saß perfekt.

»Frau Berg? Herr von Eberlein erwartet Sie bereits. Sie haben den Schlüssel?« Fordernd streckte die namenlose Dame die schmale Hand aus.

Die Überraschung in Emmas Gesicht löste keinerlei Gefühlsregung aus. Klar hatte sie sich von Stuttgart aus telefonisch angekündigt und nach einem Termin gefragt, dass man sie jedoch erwarten würde, verblüffte sie. Umständlich zog sie ihren Rucksack vom Rücken. Der klamme Dufflecoat wollte sich kaum überwinden lassen. Sie öffnete einen der vorderen Reißverschlüsse und fischte zielsicher den lose hineingeworfenen Schlüssel heraus. Unter den missbilligenden Blicken der oberlehrerhaften Gestalt.

»Bekomme ich den wieder?« Emma konterte mit Argwohn. Eine Antwort bekam sie indes nicht. Dafür überraschtes Heben der Augenbraue, als das Augenpaar der Unbekannten auf die Schlüsselnummer fiel.

»Oh, eine Hunderter-Nummer«, entfuhr es ihr.

Kaum hatte die Dame in *Hermès* den Schlüssel in Händen, machte sie unvermittelt kehrt.

»Folgen Sie mir.« Sie führte Emma in einen fensterlosen, engen Besprechungsraum. »Bedienen Sie sich!« Sie zeigte auf Tee, Kaffee, das Gebäck und verschwand.

Die knapp drei Stunden in der Bahn von Stuttgart an den Zürichsee hatte sich Emma mit einem Buch abgelenkt. Einem dicken Buch. ,Silo' von Hugh Howey. Fünfhundertsechzig Seiten. Und das war nur der erste Teil von dreien. Eine Dystopie, die gerade recht zu ihrer Stimmung passte. Drei Tage war es jetzt her, dass sie mit diesem ominösen Schlüssel vor Marcs Wohnung gestanden hatte, deren Schloss sie ihn anfangs zugeordnet hatte. Drei Tage war es jetzt her, dass sie verschwitzt und abgekämpft in Marcs Wohnung gestürzt war und alles um sie herum ignoriert hatte. Das aufwendige Abendessen, das ihr Freund gezaubert hatte, die romantische Beleuchtung und im Hintergrund Ben Webster, der dem Saxophon seine unwiderstehliche ,Rosita' entlockte. Für sie hatte es nur den Schlüssel gegeben. Die Story, das Geheimnis. Dreimal hatte Marc versucht, eine mögliche gemeinsame Zukunft anzusprechen, dreimal hatte Emma seine Vorstöße ignoriert. Dieser läppische Schlüssel mit dem kryptischen Zettel war ihr gerade recht gekommen. Die perfekte Gelegenheit, dieses unliebsame Thema zu umgehen. Bei Gott, sie war Anfang dreißig, nach dem zeit- und kräftezehrenden Jurastudium eben erst dabei, beruflich halbwegs Fuß zu fassen. Seit der Story über das vermeintliche Brandt-Attentat war sie gefragter denn je. Ihre mittelfristige Lebensplanung berücksichtigte einiges, keinesfalls jedoch die Themen Beziehung, Wohngemeinschaft oder gar die Midlifecrisis eines Mittvierzigers.

Als sie Marc offenbart hatte, den freien Freitag für den Kurztrip nach Zürich zu nutzen, war der sonst beherrschte und eher kühle LKA-Beamte ausgetickt. Schon ewig hatten sie dieses Wochenende geplant. Romantisch nach Starnberg sollte es gehen, ein wenig Rodeln, sich näherkommen. Jetzt waren sie weiter voneinander entfernt denn je. Emma wollte sich ohrfeigen. Zumindest die Hälfte von ihr. Die kleine Hälfte, wenn sie ehrlich war. Die größere hatte die Entscheidung getroffen, den einzigen freien Wochentag für die kommenden beiden Monate dieser Reise in die Schweiz zu opfern. Nicht einmal ihr Redaktionsleiter beim *ContraPunkt* hatte auch nur im Ansatz in Erwägung gezogen, sie wegen eines Schlüssels und eines Fetzen Papiers freizustellen oder ihr gar die Zugfahrt als Spesen abzurechnen.

»Frau Berg?« Eine kräftige männliche Stimme mit einem deutlichen Schweizer Akzent holte Emma aus ihrem gedanklichen Emotionsmoloch.

Das runde Gesicht, in das sie sah, belustigte sie. Hätte Emma Berg noch gewusst, wer Hans Moser gewesen war, hätte sie hier die Reinkarnation gesehen. Keine ein Meter sechzig groß, die Stirn hoch, die wenigen grauen Haare eitel nach hinten frisiert.

»Ja, ich bin Emma Berg, und Sie sind?« Nach dem unterkühlten Empfang durch die Dame ohne Namen sah Emma zunächst keinen Anlass für besondere Höflichkeiten. »Bringen Sie mir meinen Schlüssel zurück? Und kann ich endlich an das Schließfach?«

»Sicher, Frau Berg«, der kleine Mann mit dem dezenten Schwyzerdütsch auf den Lippen buckelte förmlich vor Emma. Die hatte mittlerweile angesichts der Wärme in dem Raum ihren schweren Mantel ausgezogen und stand, die Hände in die Hüften gestemmt, leicht provozierend vor dem Banker. Schwarze Jeans, schwarzes Kapuzenshirt, schwarze Stiefel.

»Von Eberlein mein Name, Günther von Eberlein, Vorsitzender des Verwaltungsrates unserer kleinen Bank. Ich möchte mich für den unterkühlten Empfang entschuldigen. Aber wir sind sehr radibuz bei neue Leut.« Von Eberlein sah in ein verständnisloses Gesicht. »Sehr gründlich bei der Recherche. So wie Sie.« Der kleine Mann grinste schelmisch. »A pelzig Vita für Äine-Dryssg.«

»Sie haben mich durchleuchtet?« Emma empfand mehr Stolz als Entrüstung.

»Aber sicher«, mit ernstem Gesicht und feinstem Hochdeutsch fuhr der Bankchef fort. »Sie besitzen den Schlüssel

21

zu einem unserer Schließfächer mit der höchsten Sicherheits-stufe«, von Eberlein forderte Emma auf, ihm zu folgen, »Sie müssen wissen, wir sind keine klassische Bank mit Schalterhalle und Bausparverträgen. Wir sind mehr Bewahrer von bedeuten-den Werten. Und die Hunderter-Nummern sind ausschließlich staatstragenden Werten vorbehalten. Im besten Wortsinn.«

Emma wollte nachhaken, von Eberlein ließ jedoch keinen Zweifel aufkommen, dass er wenig Interesse daran hatte, mehr über das Geschäftsmodell seines Hauses zu erzählen.

»Sie haben Ihren Code? Herr Keller und Herr Gerber werden Sie nach unten zu den Schließfächern begleiten.« Zwei Men in Black verharrten regungslos neben der Fahrstuhltür, auf die das ungleiche Duo zulief.

»Ach ja«, von Eberlein stoppte abrupt und sah Emma von unten tief in die Augen, »wenn Sie den Code dreimal falsch ein-geben, wird der Raum automatisch hermetisch abgeriegelt und die Kantonspolizei informiert!«

Emma zuckte erschrocken zusammen. Wenn man sie hier aufs Glatteis führen wollte, wäre das die perfekte Gelegenheit dazu. Neider und Feinde hatte sie trotz ihres jungen Alters schon ge-nug. Sie dachte angestrengt nach. Bemerkte nicht, wie sich das Gesicht ihres Gegenübers belustigt verzog.

»Ischt immer wieder sauglatt«, der Banker musste sich be-herrschen, um nicht laut herauszulachen, »war nur ein Spaß. Nach dem dritten Mal wird nur der Zugang gesperrt und der Inhaber des Schließfachs informiert. Und nein, ich darf Ihnen nicht verraten, wer das ist!« Es war nicht schwer, diesen Wunsch von Emmas Augen abzulesen.

Die Fahrt mit dem Aufzug, dessen Ursprünge im frühen 20. Jahrhundert liegen mussten, schien endlos, und er ächzte be-sorgniserregend. Ihre beiden Aufpasser ließen das Ruckeln der Kabine und das rasselnde Geräusch, das aus dem Schacht her-eindrang, völlig kalt. Ein wenig fühlte sich Emma wie bei Harry Potter im Gewölbe von Gringotts auf dem Weg zu Verlies 102.

Mit dem geräuschvollen Quietschen wie dem eines einfahren-den Zuges endete die Fahrt. Emma trat als erste in das Foyer aus weißem Marmor, bemüht, den Rucksack nicht über den edlen Boden schleifen zu lassen. Die Noblesse dieses hell erleuchteten, unterirdischen Atriums imponierte Emma.

»Wenn ich Sie bitten dürfte.« Einer der beiden Bodyguards konnte sprechen. Ob es Herr Keller oder Herr Gerber war, blieb im Dunkel. Sie folgte der Richtung der ausgestreckten Hand und steuerte auf einen schwarzen Samtvorhang zu.

»Die Tür hinter dem Vorhang können Sie von innen verschlie-ßen. Geben Sie auf dem Panel den Code ein, die Kiste mit ihrem Schließfach fährt dann vor.« Mit diesen Worten überreichte Keller oder Gerber Emma den Schlüssel. »Wir warten, bis Sie fertig sind.«

Die Akte

Obwohl der Raum hinter dem Vorhang alles andere als klein war, zwanzig Quadratmeter mochten es sein, hatte er etwas Erdrückendes. Mit dunklem Holz vertäfelte Wände, der Boden ausgelegt mit einem auberginefarbenen Veloursteppichboden, gedämpftes Licht. Auf der linken Seite ein schlichter Schreibtisch aus Nussbaum, rechts eine Garderobe und am Kopfende eine Einbuchtung, die an die Ofenöffnung in einem Krematorium erinnerte. Daneben in der Wand eingelassen eine Computertastatur mit Edelstahltasten. Mit zittrigen Fingern tippte Emma den alphanumerischen Code ein:

3876 7839 5201 TE2

Nichts. Eine gefühlte Ewigkeit stand sie vor der dunklen Öffnung. Hatte sie einen Fehler gemacht? War das alles doch nur ein schlechter Scherz? Ihre Hände wurden schwitzig. Sie vergrub sie in den Taschen ihrer Jeans und erfühlte den Schließfachschlüssel. Der war echt. Also konnte das kein Fake sein. Emma haderte mit sich. Trippelte von einem Fuß auf den anderen. Die Stille war ohrenbetäubend. Sie hörte das Blut an ihren Ohren vorbeirauschen.

Das plötzliche leise Surren aus der dunklen Öffnung ließ sie zusammenzucken. In der Nische wurde es hell, als sich lautlos, wie auf einem Kassenband, ein schwarzer Kasten in der Größe eines Einkaufskorbs in ihr Sichtfeld schob. So aufgeregt wie jetzt war Emma lange nicht gewesen. Ihr Kopf schien zu glühen, als sie das Behältnis fast andächtig aus der Nische hob, um es auf den Schreibtisch zu stellen. Sie taxierte das Gewicht, schätzte es auf zweieinhalb, vielleicht drei Kilo. Sie war sogar versucht, den Behälter zu schütteln, wie ein Weihnachtsgeschenk.

Der Schlüssel passte. Ein leises Klicken, und der Deckel der Kiste ließ sich aufklappen. Der Inhalt nüchtern. Emma hatte zwar keinerlei Erwartungen gehabt, war aber dennoch enttäuscht. Ihr Blick fiel auf einen schlichten Aktenhefter. Gelb, kein Aufdruck, nur ein handschriftlicher Vermerk.

Turtle-Trail

Eine Spur belustigt, mit jenen genmutierten Riesenschildkröten aus dem Kino vor dem geistigen Auge, hob Emma die Akte aus dem Behälter. Das Schmunzeln wich binnen Sekunden. Die Augen auf den ersten Zeilen der Papiere vor sich, tastete sie nach dem Stuhl. In Zeitlupe ließ sie sich nieder. Das Dossier, sie schätzte den Umfang grob auf fünfzig bis sechzig Seiten, bestand vor allem aus einer Sammlung von Vereinbarungen, Briefen und E-Mails – vielfach mit dem Briefkopf des Bundesverteidigungsministeriums. Obenauf ein in Teilen geschwärzter Kontrakt der Regierungen Deutschlands und Indonesiens über die Lieferung von gebrauchten Kampf- und Schützenpanzern.

Emma hatte darüber schon gelesen. In ihren Augen ein Skandal. Seit den neunziger Jahren, so war es ihr noch im Gedächtnis, besserte das Verteidigungsministerium seine Kasse immer wieder durch den Verkauf von ausgemustertem Kriegsgerät ins Ausland auf. Am Anfang waren die alten Leopard- und Marder-Modelle noch nach Skandinavien oder Polen gegangen, seit den zweitausendzehner Jahren orderten auch Länder wie Katar, Chile und Singapur die Secondhand-Schnäppchenware. Alles gedeckt durch deutsches und europäisches Recht und daher kein Skandal, der Emma auf den ersten Blick ansprang. Sie blätterte weiter. In den Dokumenten tauchte immer ein Name auf: Dr. Richard Eisleben, Staatssekretär im Verteidigungsministerium. Neben offiziellen Schreiben, die seinen Namen nebst Unterschrift trugen, fand sich auch der Ausdruck einer offenbar privaten Mail von Eisleben an einen gewissen Didinga Khalid. Auf Englisch verfasst, enthielt die Mail ein Angebot über vierzig historische ‚typewriter‘ und zwanzig ‚sewing machines‘, also

Schreib- und Nähmaschinen. Die Empfängeradresse endete auf die Top-Level-Domain .sd. Emma kramte ihr Handy aus dem Rucksack. *Welches Land verwendete diese Endung?* Unwillkürlich setzte ihr Kopf die ganze journalistische Maschinerie in Gang. Und wurde umgehend gebremst. Emma hatte keine Ahnung, wie viele Stockwerke sie mit dem klapprigen Aufzug in die Tiefe gefahren waren. Aber für das Smartphone waren es auf jeden Fall zu viele.

Sie musste hier raus. Der Wärme wegen. Ihr Kapuzenshirt war längst durchgeschwitzt. Und der Atmosphäre wegen. Sie bekam zunehmend Beklemmungen, und sie benötigte Informationen, die sie hier nicht bekommen würde.

Sie stopfte den Aktenhefter in den Rucksack, verschloss die Kiste und stellte sie wieder auf das Kassenband. Surrend zog eine unsichtbare Kraft den Behälter dahin zurück, woher er gekommen war.

Sie stürzte hinaus in den hellen Marmorflur. Keller und Gerber - in ihrem Kurzzeitgedächtnis hatte Emma sie als Starsky und Hutch abgespeichert – standen immer noch regungslos herum. Die Hände hinter dem Rücken, wartend. Erst jetzt bemerkte die junge Journalistin die Wölbungen in den ansonsten perfekt sitzenden schwarzen Sakkos. Schulterholster. Starsky war offenbar Linkshänder, der Griff seiner Waffe drückte sich deutlich zwischen Brust- und Achselhöhle heraus.

»Sind Sie fertig?« In gemäßigtem Schwyzerdütsch meldete sich Hutch zu Wort.

»Ja, bin ich. Muss ich noch irgendetwas unterschreiben?« Emma Berg sah in ratlose Gesichter.

Dann ein Kopfschütteln. »Sie können einfach gehen«!

Das seltsame Bankhaus hatte sie genauso unterkühlt ausgespuckt wie es sie eingesaugt hatte. Die Namenlose begleitete Emma zur Tür mit dem Hinweis, von Eberlein sei im Kundengespräch und könne sie nicht verabschieden. Krampfhaft lächelnd rang sich die Assistentin noch ein ‚Grüezi woll‘ ab, bevor sie die Tür unsanft ins

Schloss warf. So mussten sich Raucher nach einem langen Flug fühlen. Die kalte, frische Luft, die durch die Bahnhofstraße strömte, löste in Emma das dringende Bedürfnis nach einer Droge aus. Kaffee! Groß und stark und dazu irgendetwas mit viel Zucker.

Noch bevor sie am Tisch des kleinen Cafés richtig Platz genommen hatte, hackte Emma schon auf dem Handy herum. Die zwei verpassten Anrufe von Marc überging sie. Nach wenigen Sekunden hatte sie die Information, die sie wollte. Die Endung „sd" verwendeten Domains und Mailadressen im Sudan. Dazu passte auch der Name Khalid ausgezeichnet. Aber was bitteschön sollte Didinga Khalid im Sudan mit Schreib- und Nähmaschinen? Zum zweiten Mal an diesem Vormittag huschte Emma Berg ein Lächeln über die Lippen, während sie den in eine Glaskugel gepressten Uetliberg mit einer lässigen Handbewegung immer wieder mit einer Plastikschneedecke überzog. Der verkitschte Andenkenladen hatte sie gegen jede Vernunft magisch angezogen. *Von wegen Schreibmaschinen.* Genüsslich nahm sie einen Schluck des vortrefflichen Schümlis. *Hier geht es um Waffenhandel. Illegalen Waffenhandel!*

Das Telefonat

»Was heißt das, du kannst mir nicht helfen?« Wütend lief Emma die schmale Küche auf und ab, das Handy am Ohr, eine Flasche Bier in der Hand. »Gib's doch zu! Du willst einfach nicht.« Der ausgetretene Dielenboden ächzte unter ihren festen Tritten. »Was heißt illegal? Als ob alles, was ihr bei der Polizei abzieht, immer hasenrein wäre!« Sie nahm einen tiefen Schluck. Natürlich wollte sie Marc provozieren. Und dass er stoisch ruhig blieb, brachte sie nur noch mehr in Rage.

Es war ihr vollkommen klar, er mauerte, weil sie gemauert hatte. Dabei verlangte sie doch gar nichts Besonderes. Nur Hilfe bei einer Adresssuche. Die Google-Recherche und selbst eine kostenpflichtige Personensuche nach dem aktuellen Wohnort von Dr. Richard Eisleben hatte keinen Erfolg gebracht. Die Spur nach dem heute Siebenundsechzigjährigen verlor sich dort, wo Emma sie aufgenommen hatte - in Berlin. Noch auf der Heimfahrt von Zürich nach Stuttgart hatte sie sich die wichtigsten Informationen online besorgt. Demnach war Eisleben, von Hause aus Jurist, sechs Jahre lang Staatssekretär im Bundesverteidigungsministerium gewesen, bevor er sich zweitausendsechzehn vorzeitig in den Ruhestand verabschiedet hatte. Angeblich, um seine krebskranke Frau zu pflegen. So war es einem Zeitungsbericht der Mannheimer Rundschau zu entnehmen, der dem bekannten Politiker in seiner Heimatstadt ausgiebig gehuldigt hatte. In dem Bericht wurde Eisleben als geselliger Vereinsmensch, als ehrliche Haut und zuverlässiger Freund beschrieben.

Tatsächlich fand Emma haufenweise Material im Internet, das die Eislebens als lebensfrohe und öffentliche Menschen zeigte. Er - passionierter Jäger und Sänger, sie - engagierte Kunstliebhaberin mit Vorstandsposten beim Kunstverein. Bis zum Sommer zweitausendsechzehn. Genau zu der Zeit endete auch der Mailverkehr in dem Dossier. Zumindest in dem Teil der Unterlagen, den Emma bereits gesichtet hatte. Nach diesem Zeitpunkt schienen die Eislebens nicht mehr zu existieren. Das Privathaus auf dem Mannheimer Almenhof war offenbar verkauft, die Telefonnummer abgemeldet. In Eislebens Berliner Wohnung wohnte laut Onlineadressverzeichnis jetzt ein junges Ärzteehepaar. Alles sah danach aus, als habe der ehemalige Staatssekretär versucht, seine Spuren zu verwischen. Klar, es wäre natürlich denkbar gewesen, dass sich das kinderlose Paar tatsächlich wegen einer schweren Erkrankung zurückgezogen hatte. Da hatte Marc sicher Recht. Aber Emmas Bauch sagte ihr da etwas ganz anderes.

Egal, irgendwie musste sie Kontakt mit Eisleben aufnehmen. Sie musste wissen, was es mit diesen hundert Schreib- und Nähmaschinen auf sich hatte. Waren die Mails überhaupt echt?

Marc hatte als Beamter des Landeskriminalamtes auf jeden Fall Zugang zu Quellen, die ihr verschlossen waren. Finanzamt, Zulassungsstelle, Pensionskasse ... Irgendwo musste die aktuelle Adresse hinterlegt sein. Und er war schon deutlich offener gewesen, wenn es darum ging, seiner Freundin den ein oder anderen nicht ganz legalen Stein in den Garten zu werfen.

Emma erschrak. Hatte Marc aufgehört, sie als seine Freundin zu betrachten? Die augenblicklich peinliche Stille am Telefon könnte ein Hinweis darauf gewesen sein.

»Marc?« Zaghaft, fast ein bisschen ängstlich versuchte Emma sich zu versichern, dass ihr Lebensgefährte noch in der Leitung war.

»Ich sehe zu, was ich tun kann. Dauert aber etwas. Ciao!«

Emma hasste es, wenn Marc ein Telefonat beendete. Sie hatte ihn angerufen, also lag es auch an ihr zu sagen, wann Schluss war. Wenigstens hatte er seinen Abschiedsgruß nicht vergessen. Dieses warme ‚Ciao‘, das ihr immer aufs Neue das Gefühl vermittelte, alles sei wieder gut.

War es das? Es war Freitagabend, und sie war alleine zu Hause. Nicht dort, wo sie sein sollte. Bei ihm oder wenigstens mit ihm. Etwas essen gehen, ins Kino oder einfach bei ihr auf dem Sofa lümmeln und irgendeine Schnulze bei Netflix ansehen.

Wäre sie doch nur nicht so verflucht stur. Dann würde sie jetzt mit Marc in dieser romantischen Pension in Starnberg mit einem Glühwein am Kaminfeuer kuscheln. Stattdessen würde sie heute Abend alleine vor dem Fünfundsechzig-Zoller abhängen, sich zwei oder drei Folgen ‚Babylon Berlin‘ reinziehen und sich etwas vom Koreaner bringen lassen, der vor ein paar Wochen die Straße runter aufgemacht hatte. Vielleicht, aber nur vielleicht würde sie auch über ihre Zukunft mit Marc nachdenken.

Der Tag war anstrengend gewesen. Acht Stunden im Zug, zwei Stunden Zürich, das Studium der Akten ... und das wenig erfreuliche Telefonat von eben hatten sie müde gemacht. Sie fühlte sich ausgelaugt.

Das fermentierte Gemüse unter den Resten ihres Bibimbap auf dem Wohnzimmertisch hatte in der ganzen Wohnung einen säuerlichen Geruch verbreitet, als Emma kurz vor drei Uhr in der Nacht hochschreckte. Das brummende Handy ließ den Karton aus dem koreanischen Restaurant vibrierend über den Tisch wandern und das Display mit dem Text *Anonym* flackerte mit dem Bildschirmschoner des Fernsehers um die Wette.

»Ja?« Emma rieb sich mit der linken Hand den Schlaf aus den Augen und versuchte, ihre platt gelegenen, kurzen schwarzen Haare in Form zu wuscheln.

»Sind Sie Frau Berg?« Die Stimme am anderen Ende klang aufgebracht, aber flach.

»Wer will das wissen?«

»Ich möchte Sie warnen.«

»Ach, echt? Stell‘ Dich hinten an!« Emma reagierte unwirsch. Es war nicht das erste Mal, dass ihr ein anonymer Stalker nachstellte, seit sie bei *ContraPunkt* arbeitete. Die Veröffentlichung der Handynummern auf der Website des Verlages signalisierte zwar maximale Transparenz, hatte aber auch ihre Schattenseiten.

»Was wissen Sie über Turtle-Trail?«

Emma zuckte zusammen. Mit dem rechten Fuß, der immer

noch auf dem Wohnzimmertisch lag, stieß sie das durchsichtige Plastik-töpfchen um. Die Kimtschibrühe lief über die Tischkante auf den Flokati darunter.

»Scheiße!«

»Bitte was?« Der Anrufer reagierte verstört.

»Nicht Sie ...« Mit dem Sportteil der Tageszeitung versuchte Emma, die Flut einzudämmen.

»Hören Sie mir zu, Frau Berg. Lassen Sie die Finger von dieser Geschichte. Sie bringen sich in Gefahr.« Die fremde Stimme am Telefon hatte sich wieder gefangen.

»Ich habe keine Angst.« Sie setzte sich aufrecht hin. »Ich wäre keine gute Journalistin, wenn ich ständig Angst hätte.« Emma machte eine Pause, dann pokerte sie. »Sind Sie Dr. Eisleben?«

»Ich mache mir nicht nur Sorgen um Sie.« Der Anrufer klang mit einem Mal ängstlich.

»Sie machen sich Sorgen um sich selbst, stimmt's?«

»Halten Sie mich für so egoistisch?«

Emma goss sich einen Schluck des Rioja ein, den sie vor Stunden zum Essen geöffnet hatte.

»Sagen Sie es mir.« Ihr Instinkt sagte ihr, dass sie von Poker zu Skat übergehen müsste. Sie reizte. »Wenn Unterlagen über zwielichtige Waffengeschäfte mit meinem Namen bei der Presse auftauchen würden, würde mir jedenfalls der Arsch auf Grundeis gehen!«

»Sie haben nicht die geringste Ahnung, über was Sie da reden. Ich mache mir keine Sorgen um mich. Sie bringen meine Frau in Gefahr. Sie hat nicht mehr viel Zeit, aber sie soll in Frieden gehen. Haben Sie sich nicht einmal gefragt, wer Ihnen die angeblich belastenden Unterlagen zugespielt haben könnte? «

»Ganz ehrlich ist mir das im Moment ziemlich egal. Aber, wenn ich keine Ahnung habe, dann erzählen Sie mir doch, worum es geht. Was hat es auf sich mit den Nähmaschinen und den Schreibmaschinen, die Sie in den Sudan geschickt haben?«

Die entstandene Pause schien nicht enden zu wollen.

»Sie werden nicht aufhören zu bohren? Sehe ich das richtig?«

»Auf keinen Fall! Das ist mein Job. Wir können gleich loslegen: Haben Sie ausgemusterte Waffen der Bundeswehr illegal nach Afrika geliefert?«

»Nicht am Telefon. Wir treffen uns. Wann und wo, teile ich Ihnen per SMS mit.«

Emma kam nicht mehr dazu zu reagieren. Nach seinem letzten Satz hatte Eisleben einfach aufgelegt. *SMS*, wie oldschool. Egal. Marcs Intervention hatte Erfolg gehabt. Er hatte in ihrem Namen auf den Busch geklopft und Getier aufgescheucht. Sie musste grinsen, als ihr Handy summend den Eingang einer Nachricht signalisierte. Eine WhatsApp-Mitteilung von Marc. *Habe meine Kontakte angepingt. Mal sehen, ob es Dir weiterhilft. Du fehlst mir!*

Emma schaltete den Fernseher aus, räumte die Essensreste in die Küche und zog sich an. Kurz vor vier stellte sie das Fahrrad vor Marcs Haus ab. In seiner Wohnung brannte noch Licht. Er war schlaflos. Sie hatte sich vorgenommen, das umgehend zu ändern.

Marc

»Ok, ich bin amtlich verwirrt«, Marc blies den Rauch seiner Zigarette mit einem wohligen Seufzer in Richtung Zimmerdecke.

Mit einem gehauchten »Pssst!« legte Emma ihren Zeigefinger auf seinen Mund und das selige Grinsen. »Mach es nicht kaputt. Ich weiß, dass ich manchmal ein wenig zickig bin«, sie fing an, die Rauchschwaden über dem Bett zu Kreisen zu drehen, »bin halt ein Wirbelwind. Und du willst dir das dauerhaft ans Bein hängen?«

»Also das, was wir die letzten beiden Stunden hier gemacht haben, auf jeden Fall. Der Rest wäre durchaus noch verhandelbar.« Marc drückte die Kippe im Ascher auf dem Nachttisch aus.

»Nix da, du musst schon das Komplettpaket nehmen. Ich arrangiere mich ja auch mit deinen Macken.« Sein fragender Blick forderte Emma heraus. »Ja, auch du hast Macken. Deine Raucherei im Bett zum Beispiel. Ziemlich eklig. Oder, dass du Butter unter dein Nutella schmierst«, sie schüttelte sich. »Aber heute Nacht ist mir das egal«, ihre Hand wühlte sich durch die üppige Brustbehaarung. »Das ging übrigens total schnell mit einem deiner Kontakte«, fuhr Emma fort, während sie versonnen in das Dunkel jenseits des Fensters blickte. »Noch bevor ich deine Whats App bekommen habe, hat dieser Eisleben mich auf dem Handy angerufen. Dem geht gewaltig die Düse.«

»Das hast du aber nicht mir zu verdanken.« Marc drehte sich auf die Seite, stützte seinen Kopf auf den Arm und sah Emma eindringlich an. »Ich habe zwei meiner Informanten erst kurz vor drei per Mail angefragt und dir dann sofort die SMS geschrieben.«

Überraschung und ein wenig Besorgnis lagen in Emmas Augen. »Außer dir weiß doch niemand, dass ich nach dem Eisleben suche.« Sie rollte sich auf den Rücken und klatschte sich mit der flachen Hand auf die Stirn. »Ich Anfängerin. Wieso habe ich nicht gefragt, wie er auf mich kommt? Und wenn es keiner deiner Kontakte war, wer zum Teufel hat dem Eisleben dann gesteckt, dass ich diese Papiere habe und ihn suche?« Ihr Körper begann zu vibrieren.

»Es ist Samstag früh, Viertel nach fünf, jetzt wirst Du das nicht herausfinden. Wir sollten, denke ich, ein wenig schlafen.« Marc hatte den Satz kaum zu Ende gesprochen, als die Müdigkeit ihn hörbar übermannte.

Emma dagegen würde in den nächsten Stunden weder Schlaf noch Erkenntnisse finden.

Redaktion ‚*ContraPunkt*‘

Fassungslos starrte Emma auf den Bildschirm. Gefühlt zum hundertsten Mal las sie die Kurzmeldung, die im Laufe des Vormittags über die Agenturen gekommen war und jetzt im Meldungsstaccato der Onlineportale zur Randnotiz geriet.

> *Michelstadt i. Odw., Mittwoch, 18. Januar 2017. Am frühen Morgen des Sonntags wurden der ehemalige Staatssekretär im Bundesverteidigungsministerium, Dr. Richard Eisleben (67) und dessen Ehefrau Katharina (68) erschossen in deren Haus in Michelstadt im Odenwald gefunden. Nach der vorliegenden Spurenlage geht die Polizei in einer heute erst veröffentlichten Pressemitteilung von einem erweiterten Suizid aus. Demnach soll Eisleben seine unheilbar an Krebs erkrankte Frau in deren Bett getötet und danach die Waffe, eine polnische Armeepistole, gegen sich selbst gerichtet haben.*

Danach folgte so etwas wie ein Nachruf auf Eisleben. Eine lieblose Aneinanderreihung der beruflichen Stationen des konservativen Politikers.

Genau eine Woche war vergangen, seit man Emma den Schlüssel zu dem Schließfach in Zürich zugespielt hatte. Immer wieder hatte sie kurze Verschnaufpausen im Tagesgeschäft für ihre Recherchen zu *Turtle-Trail* genutzt. Zweimal hatte sie die Pressestelle des Verteidigungsministeriums angeschrieben, auf eine Antwort wartete sie noch immer vergeblich. Dennoch verdichtete sich der Verdacht, dass sich hinter dem harmlosen ‚Schildkrötenweg‘ alles andere als Schreib- oder Nähwerkzeug verborgen hatte. Khalid Didinga, der vermeintliche Empfänger der Lieferung, war weder ein Pulitzer-verdächtiger Schreiberling noch das tapfere Schneiderlein. In einer inoffiziellen Liste der grausamsten Männer der Welt nahm der Warlord aus dem Süd-Sudan einen traurigen Top-Ten-Platz ein. Hinter Kim Jong-Un zwar, aber als *Schlächter von Darfur* noch vor Landsmann und Diktator Umar Al Bashir.

Von einer großen Story oder überhaupt einer Story war die junge Journalistin jedoch weiter entfernt als von einer tiefergehenden Lebenspartnerschaft mit Marc. So erfreulich die Nacht von Freitag auf Samstag auch gewesen war, bis zum Nachmittag des Sonntags war die Stimmung wieder trostlos bis angespannt. Auch der beste Sex - und an diesem Wochenende war er sogar für Emmas gehobenen Anspruch außerordentlich gewesen – hatte den gordischen Beziehungsknoten nicht lösen können. Seine Bedürfnisse und Forderungen an eine zweisame Zukunft waren abermals mit Emmas Freiheitsliebe kollidiert. Sie hatten sich nicht gestritten oder gar angeschrien. Es war schlimmer gewesen. Sprachlosigkeit war an die Stelle der bislang lautstark geäußerten Überzeugungen getreten. Eine Paralyse, die Emma Angst machte. Also arbeitete sie. Arbeit war gut. Selbst wenn sie einem Angriff auf Windmühlen gleichkam. Sie trabte auf der Stelle. Privat wie beruflich. Und jetzt hatte ihre einzige brauchbare Quelle, von der sie sich so viel versprochen hatte, seiner Frau und sich selbst das Lebenslicht ausgeblasen.

»Na? Hab' ich's dir nicht gesagt?« Jürgen presste sich unvermittelt von hinten an Emmas Bürostuhl. »Ein alter, verzweifelter Mann. Er hat hoffentlich seinen Frieden gefunden. Du solltest ihm den auch lassen.«

»Hmmm ...« Mehr als ein unwirsches Grunzen brachte sie nicht hervor. *Der hat sich nicht umgebracht. Und schon gar nicht seine Frau.* Emmas Gedanken kreisten um das Telefonat mit Eisleben in der Nacht zum Samstag. Der Mann hatte sich geängstigt. Es war nicht um ihn gegangen. Die Sorge galt seiner Frau. Doch in all dieser Angst, war da nicht auch Liebe gewesen? Eine tiefe, unerschütterliche Liebe? Hatte sie nicht irgendwo gelesen, die Eislebens seien tiefgläubige Menschen gewesen? So jemand tötet nicht. Nicht das, was man am meisten liebt. Und schon gar nicht sich selbst. »Du, Jürgen«, unvermittelt wirbelte Emma mit dem kompletten Stuhl nach hinten. Jürgen strauchelte. »Mir ist nicht gut. Ich glaube, ich habe mir was eingefangen.« Sie deutete eine plötzliche Übelkeit an. »Ich melde mich krank.«

Die Nachlassverwalterin

Es war einer dieser wenigen Tage, an denen Emma den Besitz eines eigenen Autos schmerzlich vermisste. Den Versuch, die knapp hundertfünfzig Kilometer ins beschauliche Michelstadt im Odenwald mit öffentlichen Verkehrsmitteln zu bewältigen, machte sie erst gar nicht. Der Routenplaner im Internet hatte ihr unmissverständlich klar gemacht, dass es hier auch beim besten Willen keinen Weg gebe.

Die Winterreifen seien zwar neu, hatte man ihr im Carsharing-Portal versichert, aber offensichtlich nicht dafür gebacken worden, um die überschaubare Steigung dieser leicht verschneiten B Nummer sonstwas mit einer gewissen Souveränität zu bewältigen. Fahrverhalten, Funktionstüchtigkeit und Optik des runtergerockten VW Caddy waren in sich jedenfalls konsequent. Das Quietschen des Fahrersitzes bildete mit der immer wiederkehrenden rauschhaften Unterbrechung des Radioprogramms eine irgendwie nostalgische Geräuschkulisse, die Heizung indes bot lediglich die Wahl zwischen *ich friere mir den Arsch ab* und *Höllenkreis 10.* Und jetzt noch das Schlingern.

Mit jedem Kilometer, den sich die junge Journalistin dem kleinen Städtchen näherte, entfernte sich der Sinn der *Mission*, auf der sie sich wähnte. *Was will ich hier?* Emma spielte mit dem Gedanken, unverrichteter Dinge umzudrehen. Es gab schließlich nichts auszurichten. Ihr Kontakt war tot. Die ganze Geschichte war tot. Und wenn sie jetzt nicht konzentriert bliebe, wäre sie es auch bald. Es begann zu schneien, als sie das Ortsschild Erbach passierte. Noch zwei Kilometer, und sie würde mitten im Ort die Grenze nach Michelstadt queren. Und dann? Emma hatte keinen Plan und nicht einmal eine Ahnung, unter welcher Adresse Eisleben sich und seiner Frau das Leben genommen hatte.

Obwohl die überdimensionale Brezel mit dem verwitterten Hinweis auf eine Bäckerei ein geradezu unappetitlich blassgelbes Licht ins graue Wintereinerlei warf, zerstreute wie auf Kommando ein unüberhörbares Magenknurren ihre Gedanken. Die maximale Aufmerksamkeit, die die Kombination aus Witterung und beklagenswertem Zustand des Fahrzeugs Emma abverlangt hatte, zollte Tribut in Form eines verminderten Blutzuckerspiegels. *Werbung wirkt, auch wenn sie noch so schlecht ist*, dachte Emma, wie sich so vor ihrem geistigen Auge Berge von Zimtschnecken, Croissants und Schokoteilchen auftürmten.

Ob man hier, im gefühlt sibirischen Teil Deutschlands, auch einen Latte Macchiato bekam? Schon beim Betreten des dörflichen Teigtempels schämte sich die Journalistin für die snobistische Stadtmausdenke. Mit der wohligen Wärme strömte ihr der international anerkannte Friedensduft von frischem Brot und gebrühtem Kaffee entgegen.

»Guten Tag«, unvermittelt zog Emma die Blicke der Kundin auf sich, die von einer Dame in weißer Kittelschürze mit diversen Backwaren versorgt wurde.

»Hallo, ich bin gleich für Sie da!« Ohne von ihrem Tun abzulassen, erwiderte die weiße Kittelschürze den Gruß.

Emmas Blick wanderte unruhig von einem Blech Streuselkuchen mit Kirschen über eine noch zur Hälfte verfügbare Sachertorte hin zu mit Bergen von Zucker überzogenen Plundern, die sie als Apfeltaschen identifizierte.

»Die Apfeltaschen sind von gestern, aber der Streuselkuchen ist frisch von heute!«

Wie aus einem Sekundenschlaf schreckte Emma auf. Die Türglocke hinter ihr signalisierte, sie war jetzt alleine mit der Verkäuferin, die fordernd auf die Bestellung wartete.

»Haben Sie etwas mit Pudding? Oder wissen Sie was, ich nehme einen Granatsplitter!« Irgendwie war ihr jetzt nach Biskuit mit einer schweren Buttercreme.

Die Dame in Weiß nickte zustimmend und balancierte den schokoladenüberzogenen, unförmigen Kegel auf einen Pappteller.

»Sagen Sie mal«, ohne sich vorher großartig Gedanken gemacht zu haben, hatte Emma den gelben Aktenhefter aus der Schweiz aus ihrer Umhängetasche gezogen und begann, wichtigtuerisch darin zu blättern, »Sie kennen sich doch sicher gut aus hier im Ort. Ich wurde vom Gericht als Nachlassverwalterin bestellt und bin auf dem Weg zum Haus der verstorbenen Eheleute Eisleben. Jetzt haben die mir die falsche Akte mitgegeben, da stand die Adresse drin.« Emma wagte nicht aufzusehen, während sie ihre Lügengeschichte weiter spann. »Sie können mir nicht zufällig weiterhelfen?«

»Macht eins achtzig!« Die Ansage kam schroff. »Das geht jetzt schon die ganze Woche so. Polizei, irgendwelche Spurenfuzzis, Presse und jetzt schon die Geier!«

Emma wusste die letzte Bemerkung nicht richtig einzuordnen. War es eine Frage oder eine Beschwerde? »Es tut mir leid, ich wollte Sie nicht in Bedrängnis bringen ...«, sie tauschte den Aktenhefter gegen den Geldbeutel in der Tasche, »ich kann ja die Kollegen kurz anrufen, und nach der Adresse fragen.«

»Ohne Beschreibung finden Sie das nicht.« Der Ton drang nun versöhnlicher über die Theke. Mit einem Kugelschreiber und einem der Pappuntersetzer legte sich die Verkäuferin halb auf die Ablage der Kuchentheke und zeichnerisch ins Zeug.

Das Haus

Der Caddy schüttelte sich wie ein Haflinger nach der Feldarbeit, als Emma die Zündung ausschaltete. Ohne die naive Malerei aus der Bäckerei hätte sie diesen Ort niemals gefunden. Vielmehr wäre sie mit leerem Tank in diesem eisigen Urwald gestrandet. Auf dem Weg hier herauf verlor sich nach und nach jegliche Beschilderung, dazu verschwanden die weißen Straßenmarkierungen und in der logischen Folge dann auch der Handyempfang. Aus dem Radio drang jetzt nur noch Rauschen. Egal. Emmas Ohren schienen nach den lediglich drei Kilometern mit Watte gefüllt. Nur allmählich nahm sie das Knirschen des Schnees unter ihren Sohlen und das Rascheln der Tannen um sie herum wieder wahr. Die beiden schmucken Häuser, die sich vor ihr in der zunehmenden Dämmerung auftaten, wirkten deplatziert an diesem einsamen Ort. Fröstelnd schlang sie die Arme um ihren Körper. Hier oben war es nicht nur saukalt, es war irgendwie eine andere Welt. Und einmal mehr fragte sie sich, was sie hier eigentlich wollte? Hier ‚Auf dem Berg 1‘. So lautete die Adresse, zu der man sie geschickt hatte. Den Odem des Verbrechens atmen, das hier geschehen war? Hoffen, der Geist Eislebens würde sie irgendwie inspirieren? Was es auch war, es trieb sie nur langsam voran in Richtung des Jägerzauntürchens, das zwischen zwei Klinkersteinmäuerchen leise quietschend ein Spiel des Windes war.

»Fräulein!«

Der herrische Ton ließ Emma zusammenzucken. Für einen Moment schien sie die Balance zu verlieren. Sie schlitterte. Die abgetretenen Wildledersohlen der hohen, schwarzen Schaftstiefel boten wenig Halt. Um ihr Gleichgewicht bemüht, versuchte sie in leicht geduckter Haltung die Herkunft des Rufs zu orten. Obwohl sie nichts Illegales getan hatte, fühlte sie sich schuldig. Schuldig, in etwas vorgedrungen zu sein, was sie nichts anging.

»Wenn Sie von der Presse sind, hier gibt es nichts mehr zu sehen! Sie sind zu spät. Der Affenzirkus ist vorbei. Ein Segen.« Die Stimme aus dem Off klang etwas versöhnlicher, fast mitleidig.

Instinktiv rief Emma zurück ins Nichts. »Nein, ich bin von keiner Zeitung«, log sie, »mein Name ist Berg, ich bin Nachlassverwalterin und soll mich hier einmal umsehen.« Einer kurzen Pause folgten das dumpfe Schlagen einer Haustüre und das Knirschen von Schritten im Schnee.

»Sie müssen entschuldigen, ich bin sehr vorsichtig geworden«, die zierliche Frau, die auf Emma zukam, hatte sich notdürftig eine Häkelstola über die Schultern geworfen. »Seit die Eislebens nicht mehr sind, bin ich jetzt ganz alleine hier oben. Schrecklich, das alles. Seeberger mein Name. Und Sie waren nochmal?« Sie streckte eine blau angelaufene dürre, dünnhäutige Hand hin.

»Berg. Ich komme vom Nachlassgericht, es gibt wohl keine Erben ... Aber ich sehe gerade«, Emma kramte ziellos in ihrer Handtasche, »jetzt habe ich doch glatt die Schlüssel für das Haus im Büro vergessen.« Mit einem Mal fühlte sich die junge Journalistin unwohl. Ertappt. Sie wollte so schnell wie möglich wieder weg.

»Kindchen, Sie zittern ja wie Espenlaub. Kommen Sie, ich hab doch schon immer einen Schlüssel für das Haus. Hab doch die Frau Eisleben bis zum Schluss mitversorgt.« Zielstrebig trottete die ältere Dame an Emma vorbei in Richtung der Haustüre der Eislebens. »Aber da drin ist es frisch. Ihre Kollegen von der Polizei haben einfach die Heizung laufen lassen. Hab sie letzte Woche ausgemacht. Die Füße abtreten!«

»Natürlich, Frau Seeberger«, artig schrubberte Emma die Schnee- und Matschreste von ihren Stiefeln auf die Kokosfußmatte, die jeden Gast herzlich willkommen hieß. Nur aus den Augenwinkeln nahm Emma die zerrissenen Reste des Dienstsiegels der hessischen Polizei wahr, das zum Wohle des Weltklimas von der besorgten Nachbarin missachtet worden war.

»Nennen Sie mich Johanne. Oder Hanne. So nennen mich alle im Dorf. Der letzte, der mich Frau Seeberger genannt hat, war mein Mann. Und der ist zwanzig Jahre tot.« Letzteres klang fast wie eine Drohung.

Emma war überrascht. Sie hatte einen engen, muffigen Flur im Stile des Gelsenkirchener Barock erwartet. Was alte Leute in ihrer Vorstellung eben so haben sollten. Vor ihr öffnete sich jedoch ein quadratisches Entree, das fast so groß war wie ihre gesamte Wohnung, ausgelegt mit hellem, glänzenden Marmor. Eine in Weiß gehaltene Jugendstilanrichte unterhalb der großzügig geschwungenen Freitreppe unterstrich die kühle Noblesse des Raumes. Emma blies warme Luft in ihre eiskalten Hände, aus denen sich verflüchtigende Nebelwölkchen aufstiegen.

»Da oben hat er's gemacht!« Johanne Seebergers faltiger rechter Zeigefinger wies auf die Treppe, die mittlerweile wie die gesamte edle Diele in das warme Licht eines ausladenden Kristalllüsters getaucht war. »Ich kann es immer noch nicht glauben. Die haben sich doch so geliebt.«

»Haben Sie die Eislebens näher gekannt?«, fragte Emma.

»Was heißt schon näher«, Johanne Seeberger schlurfte in klobigen Schafsfellpuschen wie selbstverständlich durch einen halbrunden Türrahmen in einen der angrenzenden Räume, Emma folgte wortlos. »Richard, also der Herr Eisleben, ist oder war ein alter Freund. Mein Freund. Und mein Vermieter. Das Haus, in dem ich wohne, gehörte ihm auch.« Sie hielt kurz inne. »Muss ich die Miete jetzt an Sie bezahlen?« Die zwei ungleichen Frauen standen unvermittelt in einem vornehmen, aber sehr gemütlichen Raum. Einer im englischen Stil eingerichteten Mischung aus Wohnzimmer und Bibliothek. Schwere Chesterfieldmöbel waren akkurat auf einem raumfüllenden persischen Seidenteppich drapiert. Die dunklen, massiven Holzregale zogen sich über alle vier Wände bis unter die Decke. Ihr Inhalt zeugte von Belesenheit und mannigfaltigen Interessen.

»Nein«, mit den Augen suchte Emma das literarische Gepränge um sich herum zu erfassen. »Keine Ahnung, an wen Sie die Miete künftig zahlen müssen«, die schlotternde junge Frau erschrak. Sie musste sich ihrer erfundenen Rolle wieder bewusst werden. »Legen Sie das Geld mal auf die Seite. Das Haus wird sicher schnell verkauft sein«, spekulierte sie. »Warum zeigen Sie mir dieses Zimmer?«

»Sie sind doch Nachlassverwalterin«, Johanne Seeberger drehte sich mit nach oben geöffneten Händen einmal um die eigene Achse, »das ist der Nachlass. Da sind viele wertvolle Erstausgaben dabei. Nietzsche, Schopenhauer, Bloch, hier sogar eine Erstausgabe von Hegels *Grundlinien der Philosophie des Rechts*.« Gezielt angelten die dünnen Finger ein halb in Leder gebundenes Büchlein aus einem der Regale. »Ist von 1821. Was hätte ich dafür gegeben, eine seiner Vorlesungen hören zu dürfen.« Mit verklärtem Blick wog sie die rotbräunlich gebundene Schrift in ihren Händen. »Mir blieben wenigstens Adorno und Jaspers. Schauen Sie nicht so.« Die alte Dame spürte den ungläubigen Blick, mit dem Emma Berg sie anstarrte. »Richard und ich haben gemeinsam in Heidelberg studiert. Ich Philosophie, er Jura. Eine wunderbare Zeit. Dann hat er Katharina kennengelernt. Aber was interessiert Sie das Geplapper einer alten Frau.«

Emma vergaß über der verklärten Erzählung einer verschmähten Liebe sogar das Frieren.

»Er fehlt Ihnen. Nicht wahr?«

Aus den faltigen Augenwinkeln ihres Gegenübers lösten sich einige Tränen. Johanne stellte den Hegel behutsam zurück an seinen Platz und zog stattdessen einen Meter daneben ein großformatiges, schweres Fotoalbum aus dem Regal. »Kommen Sie, setzen Sie sich zu mir.« Das Leder quietschte, als sich die zierliche Frau auf einem der Sofas niederließ und mit der Hand auf den Platz neben sich trommelte. Sie schlug das Album auf. Für Emma gab es kein Entrinnen. »Das war 1976. Zwei Monate vor meinem Abschluss. Richard hatte noch ein paar Semester. Da waren wir ein Paar, das Jüngelchen und ich. Hier sind wir alle zusammen auf einem Foto.« Das blasse Farbfoto zeigte eine Gruppe ausgelassener junger Menschen am Brunnen vor der alten Uni in Heidelberg. »Richard, wie ich ihn von hinten umarme, Katharina, damals gerade im zweiten Semester, und Alfons, Katharinas Freund. Drei Wochen später hatte Richard dem Kovač, also dem Alfons, die Freundin ausgespannt. Alfons hat sich dann gerächt mit so einer Tussi. Ann-Marie. Dumme Pute und Philosophiestudentin ohne Perspektive. Meine Vorgängerin bei Richard.«

»Moment«, Emma legte ihre Hand vorsichtig in das Album, »sagten Sie Kovač?« Die Journalistin zog den Aktenhefter aus der Tasche und begann, wild zu blättern. *Kovač, Kovač, Kovač – da war doch was.* Ihr Blick blieb auf der Kopie einer E-Mail hängen. Enttäuscht klappte sie die Akte wieder zu. »Nein, ein Irrtum. Meiner hier heißt Heinrich. Heinrich Kovač.«

»Das muss Alfons' Sohn sein. Der Versager.« Irritiert löste die alte Seeberger den Blick vom Album und sah ins Emmas Gesicht. »Was interessiert Sie als Nachlassverwalterin die Familie Kovač?«

»Ach«, Emma spürte, dass ihr Lügengebäude nicht mehr lange stehen würde, wenn ihr jetzt nicht was Geniales einfiele. »Der Name taucht in unseren Unterlagen in der Liste möglicher Erbberechtigter auf.«

»Heinrich? Erbberechtigt?« Empört knallte Johanne Seeberger das Fotoalbum auf den Boden. »Dieser Tunichtgut hat Richard doch schon genug ausgenommen. Naja, er hat es ja auch mit sich machen lassen.« Zornesröte zog sich über das faltige Gesicht.

»Ich verstehe nicht ...«

»... das können Sie auch nicht, Kindchen. Aber bevor Heinrich, dieser geldgierige Banause, irgendetwas von dem hier bekommt, brenne ich es lieber eigenhändig nieder. Richard war einfach zu gutmütig«, redete sich Hanne in Rage, »fühlte sich verpflichtet, für Heinrich da zu sein, nachdem dessen Vater bei einem Autounfall ums Leben gekommen war. Nur, weil er Alfons damals seine große Liebe ausgespannt hatte. Mir hat er doch auch wehgetan!« Schluchzend fiel die alte Dame in sich zusammen und schlug die Hände vors Gesicht. »Am Tag, als Richard sich und Katharina erschossen hat, war Heinrich auch da. Mit Sicherheit wieder zum Betteln. Wenn Sie mich fragen, hat ...«, Johanne hielt erschrocken inne, »Kindchen, Sie laufen ja regelrecht blau an. Kommen Sie, wir gehen rüber zu mir, zum Aufwärmen. Ich habe noch Suppe auf dem Herd.«

***

Keine zehn Minuten später saß Emma in Johannes gemütlicher Wohnküche über einer dampfenden Schüssel Hühnersuppe. Sie hatte nicht im Geringsten gespürt, wie die Eiseskälte im völlig ausgekühlten Haus der Eislebens in ihren ganzen Körper gekrochen war. Obwohl ihr von den Füßen her langsam wieder warm wurde, verschüttete sie bei jedem Löffel etwas von der gehaltvollen Suppe.

»Kein Wunder, dass Sie so schnattern, Emma, Sie sind so dünn wie die Geschichte, die Sie mir drüben aufgetischt haben.«

Emma prustete das bisschen Suppe, das sie mit dem letzten Löffel zu sich genommen hatte, geräuschvoll über den Tisch. Leugnen war keine Option. Sicher, sie hatte es mit einer gütig dreinblickenden, alten Dame zu tun, aber beileibe nicht mit einer ignoranten Person.

»Seit wann wissen Sie, dass ich keine ...«

»... seit Sie aus dem Auto gestiegen sind. Nachlassverwalter haben nicht diesen saugenden Schwammblick in den Augen.« Johanne Seeberger grinste verschmitzt. »Schmeckt die Suppe? Von meinen eigenen Hühnern.« Ein unscheinbares Kopfnicken wies auf etwas hin, was sich hinter dem Haus befinden musste.

Emma hatte sich wieder gefangen und schlürfte dankbar die letzten Tropfen aus der Schüssel. »Warum haben Sie mir trotzdem drüben aufgeschlossen?«

»Weiß ich nicht genau«, Johanne setzte sich langsam auf einen der Stühle an dem kleinen Küchentisch. Der Rücken schien zu schmerzen. »Für eine sensationsgierige Reporterin sind Sie zu spät dran. Irgendwie habe ich das Gefühl, dass Sie aus anderen Gründen hier sind als die ganzen Leichenfledderer. Außerdem«, sie nahm Emmas Hand, »hier ist es jetzt richtig einsam geworden. Eine alte Frau wie ich freut sich auch über ungebetenen Besuch. Und vielleicht habe ich im Garten ja ein Lebkuchenhaus und einen großen Ofen.« Lachend ließ Johanne ihre faltigen, dünnen Finger vor Emmas Augen tänzeln.

»Ihr Freund Richard und ich haben vor einigen Tagen miteinander telefoniert. Er wollte sich mit mir treffen«, platzte Emma unvermittelt heraus. Sie ließ Johanne Seeberger keine Gelegenheit, etwas zu erwidern. Ungefragt erzählte sie die gesamte Geschichte. Angefangen bei dem mysteriösen Schlüssel über den Besuch in dem seltsamen Bankhaus in Zürich und die geheimnisvolle Akte bis hin zu dem nächtlichen Telefonat mit dem verängstigten Richard Eisleben. Ihr Schlusssatz »Ich bin hier, weil ich nicht glaube, dass Eisleben sich und seiner Frau das Leben genommen hat« trieb Johanne dicke Tränen in die Augen. Die folgende, unendlich wirkende Stille wurde nur vom Ticken der Küchenuhr monoton unterbrochen. Mit einem Mal stand Johanne Seeberger auf und verließ die Küche. Wenige Sekunden später kam sie mit einer Flasche Portwein und zwei Gläsern zurück.

»Was wollen Sie alles wissen, Emma?« Johanne füllte die Gläser großzügig und schob ihrem verdutzten Gast eines hin. »Salute! Trinken Sie. Ich habe noch ein, zwei Flaschen davon und ein sehr hübsches Gästezimmer.«

Johanne

Das blecherne Dröhnen des Caddys bohrte sich in Emmas Kopf. Auch die drei Aspirin, die ihre neue beste Freundin Johanne ihr anstatt eines Frühstücks kredenzt hatte, waren nicht in der Lage, den stechenden Schmerz aus dem Schädel zu vertreiben. Fuck, was hatte sie sich nur dabei gedacht, sich gut eineinhalb Flaschen pappsüßen Portwein einzuverleiben. Eigentlich – und das hatte auch Marc bisweilen Anlass zur Sorge gegeben – konnte Emma einiges vertragen. In der vergangenen Nacht jedoch hatte sie sich von einer liebenswerten Oma unter den Tisch saufen lassen. Ja, es war ihr auch ein wenig peinlich. Ob sich die generationenübergreifende Ausschweifung gelohnt hatte, würde sich noch zeigen. Zumindest war man sich vor, während und nach ausufernden Debatten über Nietzsches Nihilismusverständnis und Poppers kritischen Rationalismus einig gewesen, dass man sich zwar nicht einigen, wohl aber duzen könnte.

Johanne hatte diese neue Freundschaft genutzt, um sich Luft zu machen. Mit teils erstickter Stimme hatte sie neben unzähligen Geschichten aus der Studienzeit von jener Nacht erzählt, in der es passiert war. Irgendwann gegen drei Uhr morgens sei sie hochgeschreckt. Ein Schuss hätte die absolute Stille hier oben im Wald durchbrochen. Kurze Zeit darauf ein zweiter. Danach wieder völlige Ruhe. An Wilderer habe sie gedacht, aber doch nicht daran, dass Richard so etwas Böses ... Sie könne es bis heute kaum glauben, dass ihr Jugendfreund zu Hause eine Waffe gehabt hatte. Irgendwas Polnisches, habe einer der Spurensucher im Vorbeigehen gebrabbelt.

Der Abend hatte jedenfalls in Emma die Gewissheit genährt, dass Richard Eisleben bis zum Hals in einem illegalen Waffendeal gesteckt hatte. Vor einem Jahr, wie aus dem Nichts, habe der Jurist offenbar über beträchtliche Geldmittel verfügt. Johanne Seeberger hatte berichtet, wie das lange verwaiste Nachbarhaus praktisch über Nacht aufwändig saniert und an die Bedürfnisse der schwer kranken Katharina angepasst worden war. Eisleben habe von einer vermeintlichen Abfindung des Ministeriums gesprochen, die die horrenden Ausgaben jetzt möglich gemacht hätte. Auch Emma wäre es neu gewesen, dass Ministerien Abfindungen zahlen. Jedenfalls habe Eisleben trotz des beträchtlichen Einkommens als Abgeordneter und Staatssekretär in Berlin immer massive finanzielle Probleme gehabt. Johanne hatte das dem jungen Kovač angelastet. Irgendwas habe der Taugenichts in der Hand gehabt, ihren alten Freund Richard erpresst und jetzt auch noch in den Tod getrieben. Letzteres hatte Emma Johannes Verbitterung zugeschrieben. Schon nach dem zweiten Glas Portwein hatte sie zugegeben, den Tod Katharinas regelrecht herbeigesehnt zu haben, um Richard wenigstens noch eine kurze Zeit für sich alleine zu haben.

Andererseits ... Die Frage, wer Eisleben darüber informiert hatte, dass Emma im Besitz der Akte war, war immer noch ungeklärt. Als mögliches Bindeglied bot sich da Heinrich Kovač an. Er hatte Eisleben gekannt, und er arbeitete, so hatte Johanne Seeberger erzählt, für das Stahlunternehmen, das im Auftrag des Bundes im thüringischen Ebeleben Panzer verschrottete. Auch für Johanne waren die vermeintlichen Näh- und Schreibmaschinen Synonyme für Kriegsmaterial. Jedenfalls musste sich Emma jetzt auf die Suche nach Heinrich Kovač machen. Aber nicht heute. Heute würde sie versuchen, sich und diesen schrottreifen VW unbeschadet nach Stuttgart zu bringen. Die Hoffnung auf ein gemütliches Restwochenende mit Marc hatte sich eben zerschlagen. Per Sprachnachricht hatte er sie wissen lassen, dass er kurzfristig einen Einsatz habe. Die Nachricht hatte sie erst erreicht, nachdem sie das Funkloch im Odenwald verlassen hatte. Und die drei Anrufe ihres Chefs ignorierte sie vorerst.

Die E-Mail

Emma hatte mit allem gerechnet, als ihr Chef Jürgen Uhlmann sie am Mittag ins Büro zitieren ließ, um Bericht zu erstatten über den Stand der Recherche zu der Zürich-Akte. Woher wusste er überhaupt, dass sie noch dran war? Vielleicht kannte er sie einfach zu gut.

Dass Jürgen sie belächeln würde, damit hatte sie gerechnet, vielleicht sogar coram publico ausgelacht oder lautstark zur Schnecke gemacht zu werden. Aber nichts dergleichen geschah. Geduldig und aufmerksam hörte sich ihr Redaktionsleiter die Geschichte von Emmas Alleingang nach ihrem überraschenden Aufbruch am Freitag an. Mehr noch. Er bot an, nachträglich die Kosten für den Leihwagen nach Michelstadt zu übernehmen. Emma wollte aufstehen, besann sich aber nochmal. »Ok, ich weiß, ich werde die Frage bereuen, aber was ist passiert, dass Du meine Story so klaglos unterstützt?«

»Ich dachte, Du fragst nie«, Jürgen schürzte die Lippen, hackte etwas in die Tastatur seines Computers und drehte den Bildschirm, so dass Emma die aufgerufene E-Mail lesen konnte:

Sehr geehrter Herr Uhlmann,
dieser Tage erreichte uns eine Mail Ihrer Mitarbeiterin Emma Berg, in der sie um Auskünfte bat bzgl. unseres früheren Staatssekretärs Dr. Eisleben hinsichtlich legaler Geschäfte mit gebrauchten Waffen der Bundeswehr mit befreundeten NATO-Staaten. Ich möchte Sie darüber in Kenntnis setzen, dass Informationen zu diesen Themenbereichen die nationale Sicherheit tangieren und nicht für die Öffentlichkeit bestimmt sind. Sollten Sie oder Ihre Mitarbeiterin weiterhin zu diesen Themenfeldern recherchieren, sehen wir uns gezwungen, Ihre redaktionellen Tätigkeiten nachrichtendienstlich zu begleiten.

Hochachtungsvoll, Dr. Reißhuber, Staatssekretär.

»Du hast in ein Wespennest gestochen. Das steht fest.« Uhlmann drehte den Monitor wieder zurück. »Vielleicht sind diese Idioten in Berlin nur übervorsichtig. Vielleicht ist aber auch was dran an Deiner haarsträubenden Story. Ich möchte es jedenfalls wissen. Wie gedenkst Du weiter vorzugehen?«

***

Keine zwei Stunden nach diesem Gespräch saß Emma im ICE nach Erfurt. Von dort würde es dann per Mietwagen nach Ebeleben gehen. Im abgelegenen Ortsteil Rockensußra befand sich eben jenes Gelände, das gemeinhin als Europas größter Panzerfriedhof bekannt war. Knapp sechs Hektar Hochsicherheitsgelände. Rund um die Uhr überwacht von fünfundzwanzig Satelliten, die bei Unregelmäßigkeiten sofort Alarm schlugen und einen in der Nähe stationierten Trupp Feldjäger mobilisierten. Den Laptop auf dem Schoß nutzte Emma Berg die vor ihr liegenden fünf Stunden Zugfahrt, um sich a. zu informieren und b. einen Plan auszudenken, wie sie vor Ort auf die Suche nach Heinrich Kovač gehen würde. Online war nichts über diesen Mann zu finden. *Das sagt viel über ihn*, dachte sich Emma, *um digital ein Phantom zu bleiben, muss man sich heutzutage schon mächtig anstrengen.*
Einfach am Tor dieses martialisch überwachten Schrottplatzes zu klopfen, erschien ihr suboptimal. Emma setzte eher auf die Intimität, die mit einem Dreihundert-Seelen-Dorf wie Rockensußra zwangsläufig einhergehen würde. Hier kannte normalerweise jeder jeden oder jemand kannte jemanden. Auch Ebeleben war überschaubar. Knapp dreitausend Einwohner, eine Tankstelle, nur zwei Hotels am Ort, das war Emmas Welt, wie sie sie aus Michelstadt kannte.
Nach einer guten Stunde hatte sie die wichtigsten Reportagen zum Panzerschrottplatz gelesen und gesehen. Von jetzt an wiederholte sich alles nur noch.
Überteuerter Kaffee und eine völlig überbezahlte Tafel Schokolade aus dem Bordbistro sollten helfen, die aufkommen-

de Langeweile zu vertreiben. Den gerade erschienenen Krimi *Mordslust* von Klaus Maria Dechant hatte sie in der Eile zu Hause liegen lassen. Das wurmte sie, zumal die ersten Kapitel vielversprechend gewesen waren. Also klappte sie erneut den Laptop auf und loggte sich in das Redaktionssystem des *ContraPunkt* ein. Sie war neugierig, ob das Powerbriefing mit Nico, dem Praktikanten, von Erfolg gekrönt war, da sie ihm die noch dürftige Recherche zur Sicherheit von Gefangenentransporten in Baden-Württemberg übergeben hatte. Anlass für diese Geschichte war die Flucht des gerade erst inhaftierten Jean Baptiste Devier. Bei der Überführung zu einer Zeugenbefragung in einer Wirtschaftsstrafsache von Stuttgart-Stammheim nach Mannheim war dem vierfachen Frauenmörder an einem Pinkelhäuschen an der Autobahn die Flucht gelungen. Nico war bei seinen Recherchen offensichtlich erst gegen eine Wand und dann auf Grund gelaufen. Denn was Emma in der Redaktionsdatenbank bisher zu lesen bekam, war nicht mehr als das, was Justiz- und Innenministerium offiziell hatten verlauten lassen.

Sie dachte darüber nach, sich ungefragt wieder in diese Recherche einzuklinken. Aber ihre Gedanken verloren sich in den dunkler werden Grautönen der vorbeiziehenden Landschaft und den monotonen Fahrgeräuschen, die dumpf an ihr Ohr drangen.

Ebeleben

Obwohl sie bis kurz vor der Ankunft in Erfurt schon im ICE im Tiefschlaf gelegen hatte, hatte Emma die Nacht in diesem unscheinbaren Dorfhotel nun in fast komatösem Zustand verbracht. Mit den ersten Sonnenstrahlen wachte sie daher nach gut zehn Stunden Schlaf angenehm erfrischt auf. Räkelnd schlurfte sie in einem schwarzen Long-Shirt an das hohe Fenster des kleinen, aber sehr gemütlich eingerichteten Zimmers. Der Blick auf die tief verschneite breite Straße, die vom Hotel wegführte, erinnerte sie an die Schlussszene aus *Und täglich grüßt das Murmeltie*. Und wie in Punxsutawney bog in der Ferne ein einsames Auto in eine Seitenstraße. Der Rest war beschauliche Stille. Ob es hier auch eine Art Punxsutawney-Phil gab, einen Groundhog, der über Wohl und Wehe des Winters orakelte? Einen Ebeleben-Erich vielleicht? Emma musste grinsen. Beruhigt fiel ihr Blick auf eine eingeschneite Kugel vor dem Hotel. Die Erinnerung kam zurück. Dort hatte sie am Abend zuvor den kleinen japanischen Leihwagen geparkt. Der Blick auf die Dorfidylle bestätigte die Richtigkeit ihrer Entscheidung vom Vorabend, bereits in Erfurt auf einen Wagen umzusteigen. Denn den brauchte sie heute.

Der Frühstücksraum des Landhotels hatte Charme und vor allem eine herrliche Aussicht auf das beschauliche Leben, das in dem Ort langsam zu erwachen schien. Es war ruhig. Genau genommen saß sie alleine in dem freundlichen Zimmer mit Ausblick.

»So netten und hübschen Besuch haben wir hier sonst nicht!« Emma zuckte leicht zusammen. »Kaffee oder Tee?« Die freundlich lächelnde Bedienung offerierte abwechselnd zwei Thermoskannen.

»Kaffee«, entgegnete Emma und ließ sich auf die Eingangsfrage ein. »Wer kommt denn sonst hierher?«, fragte sie.

»Fahrer, Schweißer, manchmal Soldaten. Eigentlich nur Männer. Alles wegen der Panzer.«

Obwohl Emma wusste, dass sie in Thüringen war, legte sie den Dialekt der Kellnerin unter ‚Sächsisch‘ ab. »Aus dem Ort arbeiten viele in Rockensußra?«

»Nicht viele. Nur Vorarbeiter. Der Rest kommt aus der Tschechei. Sind billiger. Mein Harald arbeitet auch dort. Leitet die Zerlegung der Kanonenrohre. Hat er wenigstens einmal am Tag was Dickes in der Hand!« Die beiden Kannen immer noch fest vor der üppigen Brust haltend, schüttelte sich die vermeintliche Ehefrau dieses Harald vor Freude über die eigene Witzigkeit.

Emma legte nach, auch wenn sie Mitleid mit der Bedienung hatte, der die Kannen in den Händen offensichtlich schwer wurden. Eines hatte sie in ihrer zwar noch kurzen, aber erfolgreichen Laufbahn gelernt: Den Fisch nie vom Haken lassen! »In so einem kleinen Betrieb, da kennt man sich bestimmt, oder Sigrid?« Den Namen entnahm sie dem schwarzen Namensschild auf der weißen Bluse.

Das war wohl eine Spur zu plump gewesen. Das Lächeln in dem runden Gesicht wich Argwohn. »Warum wollen Sie das wissen? Suchen Sie jemanden?« Sigrid hob leicht schnaubend den Kopf. »Ach, ist mir auch egal. Ich hab‘ eh zu tun.« Der Oberleutnant, der just den Raum betrat, kam Sigrid gerade recht.

Trotz der ersten Schlappe des Tages verspürte Emma Hunger. Und die Thüringer Rostbratwürstchen erwiesen sich als ideale Grundlage für den Start in eine zweite Gesprächsrunde. Mit einem herzerfrischenden Grinsen auf den Lippen erhaschte sie Sigrids Blick und bat mit Heben der Tasse um weiteren Kaffee.

»Ich muss mich entschuldigen«, Emma änderte ihre Taktik, »ich habe sie vorhin unfair überfallen. Mein Name ist Berg. Emma Berg, ich bin Erbenermittlerin und tatsächlich auf der Suche nach jemandem. Ich komme aus Stuttgart, und die Spur, die wir haben, verliert sich hier in ihrem schönen Dorf.« Nachdem Emma als Nachlassverwalterin aufgeflogen war, entschied sie sich für das Modell Erbenermittlung. Und der Plan schien aufzugehen. Sigrid füllte Kaffee nach, stellte die Thermoskanne auf den Tisch und setzte sich ungefragt zu Emma.

»Das hab' ich schon im Fernsehen gesehen«, Sigrid war erregt, »so was wie eine Detektivin sind Sie. Und wenn die jemanden wie Sie auf eine so große Reise schicken, muss es um richtig viel Geld gehen. Oder?«

Fröhlich quiekend zappelte Sigrid in Emmas ausgeworfenem Netz.

»Ich darf natürlich keine Summen nennen, aber - ja« Emma hob bestätigend Hände und Schultern, »es geht um mehr als um Klimpergeld.«

»Wen suchen Sie denn?« Sigrid war ganz aufgeregt, ignorierte sogar das Handzeichen des Offiziers zwei Tische weiter.

»Der Mann heißt Kovač. Heinrich Kovač. Nach meinen Informationen arbeitet er bei der ...«

»Der und arbeiten?« Sigrid fiel der als Erbenermittlerin getarnten Journalistin rüde ins Wort und ließ ihre fleischige Hand lautstark auf den Tisch sausen. Sogar der Soldat zuckte. »Der Kovač, dieses faule Arschloch. Kein Jahr hat er es bei der Zerlegung ausgehalten. Hat nur auf dicke Hose gemacht. Der schöne Heinrich. Schöne Augen hat er den Weibsleuten gemacht. Mein Hausmädchen hat er geschwängert. Und mit Geld hat er um sich geschmissen. Bei mir auch. Wenn der was geerbt hat, stimmt es also, dass der Teufel immer auf den größten Haufen scheißt. Keine Ahnung, woher er die Kohle hatte. Mit ehrlicher Arbeit hat er die bestimmt nicht gemacht.« In die Wut der Bedienung, die offenbar auch die Wirtin des Hotels war, mischte sich eine Spur Scham. »Mir hat er auch schöne Augen gemacht. Wohnte hier im Hotel. Da fällt mir ein, es sind noch vier Wochen Miete offen.«

»Ich kann Ihren Ärger ja verstehen«, Emma tätschelte freundschaftlich Sigrids Hand, »aber können Sie mir irgendeinen Hinweis geben, wo ich den Herrn Kovač finden könnte?«

Sigrid sackte in sich zusammen. »Der ist über Nacht verschwunden. Vor vier Wochen oder so. Als rausgekommen ist, dass er der Lilly, das ist mein Hausmädchen, ein Kind gemacht hat.«

Die Wirtin kratzte sich am Kopf und wurde unwirsch. »Ja, Herr General, ich komme ja gleich«, rief sie ungehalten mit bösem Blick in Richtung Soldat. »Mit denen muss man so reden. Die stehen auf Kasernenton«, grinste sie Emma an. »Haben Sie es schon bei seiner Mutter versucht? Mit unsereinem redet die feine Frau ja nicht.« Sigrid hielt kurz inne. »Es ist doch nicht etwa sie, die der Kovač beerbt? Trauern würde keiner um dieses Weib.«

»Nein, sie ist nicht die Erblasserin. Wissen Sie, wo Frau Kovač lebt?«

»Ach, diese Schabracke heißt schon lange nicht mehr Kovač. Der Alfons, ihr verstorbener Mann, das war ein Netter. Klug, zuvorkommend, charmant. War Philosophieprofessor an der Uni in Erfurt. Hat oft Studenten übers Wochenende hier gehabt. Haben bis in die Nacht gesoffen und geschwafelt. Hab' nie ein Wort verstanden. Der feinen Frau Professor war aber nichts gut genug. Ist oft hier reingeplatzt und hat den guten Alfons zur Schnecke gemacht. War immer unzufrieden, weil das Professorengehalt für ihren Lebensstil wohl nicht genug war. Ach ja, sie hat sich auch immer beschwert, dass sie für ihn und seine Karriere ihr Studium hätte aufgeben müssen.«

Emma hörte geduldig zu und beobachtete aus den Augenwinkeln, wie der Leutnant wutschnaubend das Feld räumte. Sigrid erzählte ungebremst weiter.

»Jedenfalls, nachdem das Schrapnell den armen Alfons ins Grab gebracht hat, hat sie sich einen Typen mit Sportwagen geangelt. Der hat sie dann ausgenommen wie eine Weihnachtsgans. Danach hat der Heinrich sie unterstützt. Konnte nie glauben, dass das faule Ei in Alfons' Nest gelegen haben soll. Keine Ahnung, von was die Alte jetzt lebt. Wohnt in Holzsußra. Fünf Minuten von hier. Weiß nicht, ob die mit Ihnen redet. Heißt jetzt Geißler. Ann-Marie Geißler. Hauptstraße, das einzige rote Haus. Nicht zu verfehlen.«

Der Schweiß stand Sigrid auf der Stirn, als hätte sie in den letzten zehn Minuten zwanzig Tische bedient. »Ich muss dann mal wieder. Bleiben Sie noch eine Nacht? Dann lass ich Ihr Zimmer richten.«

Emma nickte nach kurzem Zögern. Irgendwie hatte sie das Gefühl, dass es sich lohnen würde.

»Ach ja«, Sigrid schenkte nochmal Kaffee nach und stand auf, »heute Abend ist Panzerknackerstammtisch in der Wirtsstube. Ein paar Kollegen von Harald kommen und spielen Doppelkopf. Vielleicht weiß ja von denen auch einer was über den Kovač. Nach ein paar Bier werden die alle sehr gesprächig.« Sprach's und stampfte augenzwinkernd von dannen.

Medusa

Marc hatte sich noch nicht gemeldet. Emma kannte das. Die Kommunikation lag immer einige Tage auf Eis, wenn ihr Freund im Dienst des Bundeskriminalamtes irgendwo undercover unterwegs war. Sie nutzte die überraschend schnelle und kostenfreie WLAN-Verbindung des Hotels, um sich per Mail bei ihrem Redaktionsleiter zu melden und ihn über den Stand der Recherchen auf dem Laufenden zu halten. Außerdem kündigte sie an, eine zweite Nacht in Ebeleben zu verbringen. Den abendlichen Stammtisch der Panzerknacker – so nannten sich die Kollegen aus Rockensußra tatsächlich – wollte sie sich auf keinen Fall entgehen lassen.

Ein kurzer Blick ins Redaktionssystem verriet ihr, dass Praktikant Nico sich noch immer die Zähne ausbiss an der Geschichte zu dem entflohenen Häftling. Nach einem spöttischen Artikel in einer der großen Stuttgarter Tageszeitungen war die Story im Grunde eh tot. Der Onlinebericht verhöhnte die vier-Mann-starke Überführungstruppe der Justizverwaltung regelrecht. Offenbar hatte hinter der Flucht des Vierfachmörders nicht der verwegene und ausgeklügelte Plan eines Oberschurken à la *Cyrus, the Virus* aus dem Streifen *Con Air* gestanden. Stattdessen war der gut trainierte Killer der übergewichtigen Mannschaft während der kurzen Pinkelpause einfach davongelaufen und bis jetzt erfolgreich untergetaucht.

Wenige Minuten später schob Emma, den Ärmel des Anoraks über die rechte Hand gezogen, den Schnee von der Windschutzscheibe der geliehenen japanischen Knutschkugel. Sie war froh, im Gegensatz zu Handschuhen wenigstens an die Wollmütze gedacht zu haben. Der Wind pfiff stramm und eisig um ihren Kopf. Sie genoss dieses Wetter. Kalt, trocken und sonnig. Der diametrale Gegenentwurf zum schneevermatschten Stuttgarter Einheitsgrau.

Als Emma sechs Minuten später bereits das Ortsschild *Holz-sußra* passierte, schämte sie sich fast. Nein, eigentlich ärgerte sie sich, die knapp fünf Kilometer im Sonnenschein nicht zu Fuß zurückgelegt zu haben. Das von Sigrid beschriebene rote Haus in der Hauptstraße war tatsächlich nicht zu verfehlen. Fachwerk. Wie fast alle Gebäude in ihrem Sichtfeld. Es ragte mit einer Ecke fast provozierend in einer Rechtskurve auf die Straße. Der mit Sandsteinornamenten verzierte, noch weiter über die Dorfstraße hängende Erker im zweiten Stock hatte die exponierte Lage bereits teuer mit zahlreichen Blessuren bezahlt. Und das trotz der Stille, die über dem Weiler Holzsußra lag. Auch auf der Straße. Genau ein Auto war ihr auf dem Weg hierher entgegengekommen, ein weiteres hatte sie eben überholt. Eine schwarze Limousine. Emma war nur das Kennzeichen aufgefallen. ‚HH‘ für Hamburg. Wie ihr Mietwagen. Wie alle Mietwagen dieser Verleihfirma.

***

Dreimal hatte Emma geklingelt, dreimal hatte sich der dicht gewebte weiße Vorhang an einem der zur Straße liegenden Fenster bewegt. Nach dem vierten Läuten, Emmas Hände waren vor Kälte schon fast steif, schepperte es unhöflich aus der blechernen Gegensprechanlage.

»Was wollen Sie? Ich kaufe nichts!«

»Guten Tag Frau Geißler, Berg mein Name«, ihre Stimme zitterte leicht, »ich bin auf der Suche nach Ihrem Sohn.« Nichts regte sich. Emma legte nach. »Ich suche Heinrich Kovač ...«

»Ich weiß, wie mein Sohn heißt«, schallte es noch eine Spur unfreundlicher aus dem Lautsprecher. »Wieder jemand, der meinem Heinrich was anhängen will?! Stellen Sie sich hinten an. Oder hauen Sie ab. Ja genau, hauen Sie ab, sonst ...«

»Ich möchte Ihrem Sohn nichts anhängen«, fiel Emma der ungehaltenen Frau auf der anderen Seite der Hauswand lautstark ins Wort, »ganz im Gegenteil, ich bin Erbenermittlerin.«

Wieder Stille.

Dann heiseres Lachen, gefolgt von einem ordinären Raucherhusten. »Wer soll denn gestorben sein?« Kurze Pause. »Meine Familie ist schon tot. Jetzt hauen Sie schon ab«, krächzte es aus der Wand, »sonst hol ich die Polizei. Verlogenes Vertreterpack.« Ein Knacken in der Leitung. Das Gespräch war beendet.

Obwohl es sie gerade eiskalt erwischt hatte, wurde es Emma schlagartig warm. Der Kopf fing geradezu an zu glühen. Im Bruchteil einer Sekunde spielte sie die verbliebenen Optionen durch. Mit einem überschaubaren Ergebnis.

Noch einmal betätigte sie den Klingelknopf. Sie würde alles auf eine Karte setzen.

»Jetzt reicht's, ich habe Ihnen gesagt, was passiert, wenn Sie nicht abhauen. Ich ruf jetzt die …«

»Richard Eisleben ist gestorben!« Mit fester Stimme schnitt Emma der Furie abermals das Wort ab.

»Bitte?« Die Antwort folgte kleinlaut.

»Sie haben doch eben gefragt, wer gestorben ist. Dr. Richard Eisleben ist tot. Er war doch ein Studienfreund von Ihnen!«

Emma vernahm erneut das Knacken im Lautsprecher. Dann ein Summer. Das Holztor, vor dem sie die ganze Zeit gestanden hatte, gab nach, und sie stand unvermittelt in einem kleinen Vorhof.

In glitzernden Fellpuschen und einem Bademantel im Leopardenlook stand drei Stufen erhöht vor ihr die Reinkarnation der Medusa. Die übergroßen Lockenwickler im üppigen roten Haar auf dem kleinen Kopf schienen Emma anzufauchen, wie die Schlangen auf deren Haupt. Provozierend hatte sie die Arme vor dem dürren Leib verschränkt. In der rechten Hand qualmte eine runtergerauchte Zigarette vor sich hin. »Was wissen Sie von Richard und mir? Niemand weiß davon.« Die tiefe, rauchige Stimme wollte so gar nicht zu der zerbrechlichen Statur passen. »Niemand!« Trotzig schnippte sie die Kippe knapp an Emma vorbei in den Hof.

»Naja«, Emma reagierte ruhig. Versuchte, souverän zu wirken. »Ich weiß von Ihnen.« Sie pokerte. »Und Johanne weiß von Ihnen!«

»Pfff!« Ann-Marie Geißler verzog verächtlich das zerfurchte Gesicht. »Was will dieses Rührmichnichtan schon wissen. Läuft die durchgeknallte Alte immer noch rum wie ihre eigene Großmutter?« Sie drehte sich weg und ließ die Keilabsätze ihrer nuttigen Plüschpantoletten hörbar auf die Steinstufe aufschlagen. »Sie haben was von einer Erbschaft gesagt. Kommen Sie rein, bevor Sie sich da draußen noch zu Tode schnattern. Schuhe ausziehen!«

Der hochflorige Teppichboden, der vom Windfang in den Wohnbereich führte, war kuschelig an Emmas Füßen. Das Wohnzimmer selbst knüpfte nahtlos an das Outfit der Bewohnerin an. Ein rosa Plüschsofa mit Plüschkissen im Leopardenlook, mit Strass besetzte Bilderrähmchen und Glasfigürchen in einer weißen Achtziger-Jahre-Anbauwand, eine angebrochene Flasche Sekt aus dem Discounter auf dem mit Prospekten und Asche übersäten Wohnzimmertisch. Dieser Raum bediente jedes erdenkliche Klischee. Müsste sie die Beschreibung dieses Zimmers schriftlich festhalten, dachte sich Emma, würde sie diesen literarischen Schund vermutlich eigenhändig verbrennen.

Auf den zweiten Blick machte das Ambiente sie jedoch nachdenklich. Traurig.

Das war das Kinderzimmer einer Fünfzehnjährigen, aber nicht der Wohnraum einer Frau Ende sechzig.

»Setzen Sie sich«, krächzte die Geißler, auf einen verstellbaren Sessel zeigend. »Auch ein Glas?« Sie zeigte auf die geöffnete Flasche Sekt. »Ich brauch' das morgens für meinen Kreislauf«, schob sie entschuldigend hinterher.

Sie hatte schon die nächste Zigarette im Mund, als Emma dankend sowohl den Alkohol als auch die Rauchwaren ablehnte.

»Sie wollen also was von Heinrich«, Ann-Marie Geißler musterte Emma. »Zu groß!«

Die junge Journalistin stutze. »Was ist zu groß?«

»Na Sie«, hustete es ihr entgegen. »Zu groß, zu schwarz, Haar zu kurz. Stehen die Männer heute auf sowas?« Missbilligend schien die Alte Emma zu taxieren, während der verrutschte

Bademantel den Blick auf einen faltigen Oberschenkel freigab. Sie aschte ab. »Heinrich mag es drall. Nicht dick. Aber mit was dran. Auch da vorne. Wie ich früher. Richard mochte das auch. Er stand nie auf solche Rechen wie Johanne. Gott hab ihn selig.«

»Sie scheinen nicht besonders gerührt zu sein. Oder überrascht«, konstatierte Emma.

»Ich lese auch Zeitung«, sie blies den Rauch der Zigarette gen Zimmerdecke. »Hat sich und seinem Liebchen das Licht ausgeblasen. War schon immer ein Feigling, der Richie. Deswegen, Fräulein, bin ich nicht überrascht. Und auch meine Rührung hält sich in Grenzen. Vielleicht rühren Sie mich ja als Erbendingens ... was genau machen Sie?«

»Ich bin eigentlich Detektivin.« Emma empfand das nicht einmal als Lüge. Als Journalistin undercover war sie das irgendwie auch. Außerdem hielt sie die Frau im Leopardenplüsch für nicht besonders helle und beschloss, ihr Anliegen möglichst einfach zu erklären.

»Manchmal werden wir beauftragt, wenn sich Erben nicht so einfach finden lassen. Können Sie mir denn weiterhelfen in Bezug auf Ihren Sohn? Er soll ja bis vor kurzem bei der Panzerdemontage gearbeitet haben.«

»Hat man Ihnen das erzählt?« Die Geißler lachte hustend. »Der Heinrich schaut den Idioten da drüben hin und wieder auf die Finger. Ein guter Junge. Sorgt anständig für seine Mutter. Er arbeitet für die Regierung, müssen Sie wissen. Wie sein Vater.«

Emma hob erstaunt den Kopf. »Ihr Mann war bei der Regierung?«

»So ne tolle Detektivin sind Sie wohl nicht.« Ann-Marie Geißler grinste hämisch. »Mein erster Mann, der alte Kovač, war ein Versager. Hat sich mit dem Auto umgebracht. Behaupten alle, es wäre ein Unfall gewesen. Alleine gegen einen Betonpfeiler. Mein zweiter Mann ist ein Dieb. Dafür brummt der Schönling jetzt in Suhl. Aber der Vater von Heinrich hat sich vor kurzer Zeit erschossen.«

Emma gaffte sie mit offenem Mund an.

»Na, fällt der Groschen, Kindchen?«

Da war es wieder, dieses ‚Kindchen‘. Bei Johanne fand sie das irgendwie süß, hier im Wunderland eines Unterschichtsschneewittchens war es aus ihrer Sicht extrem unangemessen.

»Eisleben ist«, Emma machte eine gedankliche Pause, »sorry, war der Vater von Heinrich? Von Ihrem Sohn?«

»Deswegen sind Sie doch hier, oder? Was hat der alte Richie denn zu vererben?«

Emma starrte verloren auf einen der mit Glassteinchen besetzten Bilderrahmen. Das Foto zeigte Ann-Marie Geißler Arm in Arm mit Michael Wendler. »Das, das weiß ich nicht«, stammelte die noch immer verblüffte Journalistin. Binnen Sekunden fing sie sich jedoch wieder und fand zurück zu ihrer alten Souveränität. »Mein Job ist lediglich, mögliche Erben ausfindig zu machen. Den Rest erledigt das Nachlassgericht.«

Enttäuscht, fast ein wenig wütend erstickte die Geißler ihre Zigarette in dem Kippenberg des vor ihr stehenden Aschenbechers. »Lassen Sie mir Ihre Nummer da. Ich werde Heinrich mitteilen, dass Sie ihn suchen. Soll er entscheiden, ob er sich bei Ihnen melden will. Und jetzt muss ich mich richten. Sie sehen ja, Sie haben mich mitten in der Morgentoilette erwischt.«

Ann-Marie Geißler stand auf und drängte Emma zum Gehen. »Haben Sie einen Zettel und einen Stift, damit ich Ihnen die Nummer ...«

»Gottchen, haben Sie nicht mal eine Visitenkarte? Scheint schlecht zu laufen, Ihr Geschäft!« Abfällig reichte Heinrich Kovačs Mutter Emma einen Block und einen Kugelschreiber mit einem Werbeaufdruck der Spielbank in Wiesbaden.

Richard Gere

Die frische Luft tat gut. Erst auf der Straße in dieser knackigen Kälte spürte sie, wie dick Hände und Füße in der völlig überheizten Plüschpuppenstube angeschwollen waren. Es war noch nicht ganz Mittag, und Emma steckte in einer Winter-Wonderland-Warteschleife. Warten auf den Stammtisch am Abend, vor allem aber darauf, ob sich Heinrich Kovač melden würde. Wichtig war jetzt, auf Empfang zu bleiben. Obwohl sie das Gefühl hatte, sich irgendwo am Ende der Welt zu befinden, war das Mobilfunknetz grandios.

Emma stieg in den kleinen, blauen Leihwagen, wollte den Schlüssel umdrehen, hielt inne. Warum Hektik verbreiten? Sie hatte Zeit, das Wetter war großartig. Der ideale Moment, um Seele und Geist eine kleine Auszeit zu gönnen. Sie rubbelte sich kurz die kalten Hände, zog den Schlüssel wieder aus dem Zündschloss und startete zu einem Winterspaziergang.

Sie war froh, sich vor ein paar Wochen die gefütterten Schaftstiefel mit Kreppsohle gekauft zu haben. Sündhaft teuer, aber jetzt perfekt für einen gemütlichen Spaziergang im Schnee. Zehn Zentimeter mochten in der vergangenen Nacht runtergekommen sein.

Nach nicht einmal fünf Minuten öffnete sich vor Emmas Augen eine ungeahnte Weite. Nichts versperrte mehr die Sicht. Die nächsten Dörfer waren nicht mehr als eine gezackte Linie am perfekt waagerechten Horizont. Er trennte tiefes Blau von jungfräulichem Weiß. Die Sonne hatte heute fast ihren Höchststand erreicht. Und obwohl sie sie im Rücken hatte, musste Emma die Hand vor Augen halten, um die Ferne erfassen zu können. Gierig saugte sie die frische Luft ein und stapfte entlang der verschneiten Äcker. Sie musste an Marc denken und ertappte sich, wie sie sich sorgte. Ihr Freund, Lebensgefährte, oder wie auch immer man das nennen wollte, was er für sie war, war nicht das erste Mal undercover. Und nie hatte sie sich darüber Gedanken gemacht, es könnte ihm etwas widerfahren. Oder er könnte nicht mehr zurückkommen. Es schauderte sie. Der Gedanke, Marc nicht mehr zu sehen, erschien ihr unerträglich.

Deutliches Magenknurren holte sie aus diesem kurzen Schreckensszenario zurück. Emma hatte keine Ahnung, wie weit sie gelaufen oder wie spät es war. Auf jeden Fall waren die Hände warm und der Magen leer. War sie vorhin nicht an einem Gasthaus vorbeigekommen? Sie blickte zurück in die gleißende Sonne, konnte Holzsußra im Gegenlicht aber kaum mehr ausmachen. Sie folgte ihrem Gefühl und den Spuren, die sie selbst im Schnee hinterlassen hatte.

‚Der goldene Hirsch‘ schien gut besucht zu sein. Zumindest versprach das der Parkplatz vor dem Haus, auf dem ihr die schwarze Limousine mit Hamburger Kennzeichen ins Auge stach.

Sie betrat die Gaststube. Schlagartig fühlte Emma sich in ihre früheste Jugend, ja fast Kindheit zurückversetzt. Jedenfalls in jene Zeit, als in jeder Kneipe, jedem Wirtshaus dieselben, mit grünem Samt bezogenen Holzstühle standen, alles mit grün/braunen Florentinerfliesen ausgelegt war und es immer leicht nach schalem Bier roch. Emma sog diesen atmosphärischen Flashback in die Vergangenheit wie zuvor die frische Luft in sich auf. Hier war sie weit weg von Schickimicki-Macchiato, handgeformten Makirollen oder veganer Fusionsküche. Und sie genoss es.

Im Gastraum ging es lebhaft zu. Nur Männer um sie herum. Ein Tisch mit Soldaten in Tarnanzügen, verstreut kleine Grüppchen mit Männern vorwiegend in Arbeitskleidung. Ganz hinten links stach einer aus der Masse heraus. Wie sie ganz in Schwarz gekleidet, eleganter Rollkragenpulli, hochgewachsen, gutaussehend. Volle, wellige graue Haare. Irgendwie wie Richard Gere. Er grüßte lächelnd. Sie hätte wetten können: Das war der Fahrer der S-Klasse vor der Tür.

Emma fand einen letzten freien Tisch. Sie saß kaum, als aus dem Nichts eine Speisekarte auf den Tisch flog, flankiert von einem »Schweinebraten ist aus, Klöße sind noch vier da!«

Der Blick in die Karte bestätigte ihren ersten Eindruck. Vegan, wenn überhaupt, war nur der Beilagensalat. Ihre Wahl fiel auf ein Wildgulasch mit Thüringer Klößen. Dass sie alle vier verbliebenen Klöße erhalten würde, damit hatte sie nicht gerechnet. Auch nicht mit der Suppenterrine Gulasch, mit der man getrost eine ganze Garnison hätte satt bekommen können. Emma bestellte instinktiv einen Espresso, als der Kellner an ihrem Tisch vorbeiging.

»Do gübts nur Goffee«, schallte es gehetzt zurück.

Richard Gere grinste breit, zwinkerte Emma verbrüdernd zu und verließ das Lokal.

Emmas Handy meldete sich. »Berg! Hallo?« Sie bedeutete dem Kellner, dass sie einen *Goffee* nehmen würde.

»Morgen am frühen Abend? Ja, wo denn?«

Sie merkte eben erst, wie laut es um sie herum war.

»Wiesbaden? Leuschnerstraße? Werde ich irgendwie schaffen.«

Verdutzt schaute Emma auf das Mobiltelefon. Ebenso grußlos, wie er das Gespräch begonnen hatte, hatte Heinrich Kovač es auch beendet. Morgen Abend also würde sie das vorläufige Ziel ihrer Reise erreichen. Jetzt müsste sie nur noch überlegen, wie sie einen Mann, der eine Erbschaft erwartet, dazu bringen würde, mit ihr über einen illegalen Kriegswaffendeal zu reden.

Durch das Wirtshausfenster sah sie Richard Gere wie erwartet in die schwarze S-Klasse einsteigen.

Die Panzerknacker

Emmas Kopf dröhnte immer noch. Obwohl der Großraumwagen angenehm temperiert war, hatte sie die rote Wollmütze weit über die Ohren gezogen. Das dämpfte wenigstens ein wenig die Umgebungsgeräusche. Die Fahrt von Ebeleben nach Erfurt war eine einzige Tortur gewesen. Immer wieder hatte sie rechts ranfahren und eine Pause machen müssen. Früher hatte sie eine kurze Nacht mit gerade mal zwei Stunden Schlaf locker weggesteckt. Jetzt fühlte sie sich ausgelaugt. Und sie war sich sicher, reichlich Restalkohol mit sich herumzuschleppen. Dass ihr Richard Gere auf dem Weg von der Mietwagenfirma zum ICE erneut erschienen war, schrieb Emma Halluzinogenen zu, die sie in dem tschechischen Selbstgebrannten vom Abend vorher vermutete. Oder ihrem verhängnisvollen Faible für reife, deutlich ältere Männer.

In toto nahm sie den aktuellen körperlichen Ausnahmezustand jedoch gerne in Kauf. Der Abend, eigentlich die Nacht, war in vielerlei Hinsicht gehaltvoll gewesen. Anschluss an die Stammtischrunde der Panzerknacker, wie sich die fünf durch und durch unattraktiven Männer selbst nannten, hatte Emma leicht gefunden. Auch dank Sigrid, die ihrem Mann Harald und dessen Vasallen stolz verkündet hatte, jetzt eine Detektivin zu kennen. »Da, *die Hübsche mit den halblangen schwarzen Haaren*«, hatte die stämmige Hotelwirtin polternd verkündet, nachdem die Männerrunde sie zunächst ausgelacht hatte. Als die Panzerknackerbande jedoch die Chance erkannte, Zeit mit einer jungen, schlanken Frau statt mit Doppelkopf zu verbringen, waren sie geschmeidig geworden.

Neugierig hatten Sigrids Harry, Piet mit den Kulleraugen, der enorm dicke Jojo, der baggernde Schweißerkönig Uwe und schließlich Frantisek – auf der Flucht vor Unterhaltszahlungen in Tschechien – wissen wollen, ob Emma eher von betrogenen Ehemännern oder deren Frauen beauftragt würde. Nach einem

Bier und zwei halben Wassergläsern von Frantiseks Hausbrand hatte Emma keinen Grund mehr gesehen, nicht herzhaft zu lügen was das Zeug hielt. Von gefährlichen Beschattungen und wilden Verfolgungsjagden hatte sie berichtet und von geheimnisvollen Aktenübergaben. Allein die einzig wahre Geschichte, wie sie einen bislang geheimen Attentatsversuch auf Willy Brandt aufgedeckt hatte, nahm ihr die zunehmend alkoholisierte Runde nicht ab. Obwohl diese wahre Geschichte sogar in Kai Blieseners Roman *Das Brandt-Attentat* literarischen Niederschlag gefunden hatte.

Aber der Kreis der Notgeilen, die sabbernd an Emmas vollen Lippen gehangen hatten, hatte sich dankbar gezeigt. Kein gutes Haar hatten sie an dem Kovač gelassen. Ein fauler Blender sei er und ein dreister Lügner noch dazu. Und unfähig. Sowohl am Schneid- als auch am Schweißbrenner habe sich der *schöne Heiner* als völlig untauglich erwiesen. Letztlich sei er im Büro gelandet, um sich der Logistik anzunehmen.

Echte Qualitäten hatte man Kovač lediglich in der Horizontalen zugesprochen. Zumindest sei er hinter jedem Rock her gewesen. Und ob Lilly die Einzige sei, der er einen Braten in die Röhre geschoben habe, sei mehr als fraglich. Soweit die Latrinenparolen.

Über ihre Arbeit in Rockensußra sprachen die Männer so gut wie nicht. Auf Emmas Frage, ob es denn theoretisch möglich wäre, einen der fahrbereiten Panzer einfach mal so verschwinden zu lassen, brach allerdings schallendes Gelächter aus. »Da trägst du nicht mal einen Hammer raus, ohne dass ein Bataillon Feldjäger am Werkstor auf dich wartet«, hatte Harald unter Kopfnicken der gesamten Panzerknackerbande festgestellt.

Wirklich interessant war es aber erst weit nach Mitternacht geworden. Kovač habe Geld, hatte Emma erfahren. Viel Geld. Er habe schon immer auf großem Fuß gelebt. Da das sicher nicht mit dem Gehalt eines Schweißers zu leisten gewesen sei, habe man dem ungeliebten Sohn des Ortes eher weniger legale Nebeneinkünfte unterstellt. Aber vor kurzem habe er Knall auf Fall gekündigt. Dem Chef rotzig die Brocken vor die Füße geworfen.

Und dann sei der Gaul richtig mit dem Großkotz durchgegangen. Die üppige Hypothek des Hauses von Ann-Marie Geißler habe er laut Sparkassenfunk restlos getilgt, sich einen dicken SUV gegönnt und sich ins mondäne Wiesbaden abgesetzt.

Dahin war sie jetzt also unterwegs. Ins mondäne Wiesbaden. Und eines hatte Emma aus dem Gelage des gestrigen Abends gelernt. Kovač war erpressbar. Mit was, wusste sie nicht. Aber mit dem richtigen Bluff würde sie dem Phantom mit dem lockeren Schniepel schon beikommen.

Zuerst müsste sie aber die Kopfschmerzen in den Griff bekommen. Emma zog die Wollmütze auch über die Augen.

‚Liebe dich!'

Emma musste das Handy mindestens zehn Zentimeter vom Kopf weghalten, um ihr Trommelfell zu schützen. Marc war außer sich. Der BKA-Beamte hatte seine Freundin in einem kleinen Bistro erreicht und zur gegenseitigen Erleichterung berichtet, dass seine Mission geglückt war. Was auch immer das für eine Mission gewesen sein mochte. Marc ging nie in die Tiefe. Ob es ihm verboten war, oder ob er Emma einfach nur die schmutzigen Details seiner Arbeit ersparen wollte, darüber hatten sie nie gesprochen. Umso mehr ärgerte sich die Journalistin, dass sie ihren Freund freimütig über jeden Schritt ihrer Turtle-Trail-Recherche auf dem Laufenden gehalten hatte. *Gefährlich*, *verantwortungslos*, sogar *dum* hatte Marc eben am Telefon Emmas nächsten geplanten Schritt genannt, sich am Abend mit Heinrich Kovač zu treffen. Stecke dieser Typ tatsächlich bis über beide Ohren in einem illegalen Waffendeal mit dem Sudan, würde er sich wohl kaum geduldig Emmas Fragen dazu anhören. So einer sei zu allem fähig. Hinter der Geschichte stecke vielleicht doch mehr. Und so langsam solle sich Emma auch einmal die Frage stellen, wer ihr diesen ominösen Schließfachschlüssel hatte zukommen lassen und ein Interesse daran habe, einen ehemaligen Staatssekretär auffliegen zu lassen. Vielleicht sei es ja dieser Kovač selbst gewesen, der Eisleben, seinen leiblichen Vater, in den Selbstmord treiben und ihn sich damit vom Hals schaffen wollte. Jetzt böte Emma ihm die perfekte Gelegenheit, auch noch die Spuren zu verwischen.

Es war ja nicht so, dass sich die Journalistin exakt diese Fragen nicht auch bereits gestellt hätte. Sie mochte ehrgeizig, zeitweilig sogar verbohrt sein, aber nicht naiv. Vor allem die Frage nach dem *cui bono*, also nach der oder den Personen, für die eine mögliche Enthüllung von Nutzen wäre, hatte sie die ganze Zeit schon beschäftigt. Angst hatte sie jedoch schon von jeher für einen schlechten Ratgeber gehalten. Und mit der Dose Pfefferspray in der Handtasche sowie einem guten Dutzend Ju-Jutsu-Griffen, die Marc ihr gezeigt hatte, fühlte sie sich auch körperlich einem Heinrich Kovač gewachsen.

Eher widerwillig hatte sie Marc gegen Ende des Gesprächs mitgeteilt, wo sie den vermeintlich arbeitsscheuen Lebemann später treffen wolle. Mit *ich bin froh, dass es Dir gut geht* und einem genuschelten *liebe dich* hatte sie das Telefonat schließlich beendet.

Um ein Zimmer für die Nacht hatte sich Emma noch nicht bemüht. In einer Stadt wie Wiesbaden würde sie sicher ein freies Bett finden, und zur Not ging auch spät noch ein Zug über Frankfurt, mit dem sie bis Mitternacht zurück in Stuttgart sein könnte. Die Reisetasche hatte sie vorsorglich in einem Schließfach verwahrt.

Das Bistro, das sie nach ihrer Ankunft gegen Mittag in der Nähe des Wiesbadener Hauptbahnhofs entdeckt hatte, gefiel ihr. Nicht nur die Speisekarte war ansprechend, auch die Tatsache, dass den Gästen eine ganze Wand mit Zeitungen, Zeitschriften und sogar Büchern zum Zeitvertreib zur Verfügung stand, traf genau ihren Geschmack.

Nachdem sie eine Spinatlasagne und eine große Cola geordert hatte - sie musste immer noch den Brand nach der durchzechten Nacht löschen - schnappte sie sich einen Zeitungsstock und den darin eingeklemmten Wiesbadener Kurier.

Das freundliche Lächeln, das sie eben noch der netten Bedienung als Dank für die servierte Cola geschenkt hatte, fror binnen Sekundenbruchteilen ein. *Immer noch keine Spur von entflohenem Vierfachmörder* titelte die Tageszeitung, daneben ein Foto des Gesuchten. Gutaussehend, ein für ein Polizeifoto unangemessenes Schmunzeln auf den Lippen und lässig fallende, silbergraue, wellige Haare. Die Republik fahndete nach Richard Gere.

Emma wurde heiß und kalt. Immer wieder starrte sie auf das Foto. Es bestand kein Zweifel. Er war es. Jean-Baptiste Devier. Dieser nette, charmante Mann, den sie im Wirtshaus in Holzsußra gesehen hatte. Der Typ, den sie der schwarzen Limousine zuordnete, von der sie überholt worden war, und den sie unter dem Eindruck von Restalkohol und völlig übernächtigt am Morgen noch am Bahnhof in Erfurt zu sehen geglaubt hatte. Zumindest kannte sie jetzt den richtigen Namen ihrer Zufallsbegegnung. *Ich muss zur Polizei. Das muss ich umgehend melden!* Emma wollte schon die Lasagne abbestellen und loslaufen. *Das glaubt Dir doch kein Schwein*, schoss es ihr als zweiter Gedanke durch den Kopf. *Dass du der einzige Mensch in Deutschland bist, dem dieser Devier in zwei Tagen dreimal begegnet.* Und wirklich sicher war sie sich plötzlich auch nicht mehr. Es waren schließlich nur Sekunden oder sogar ein Bruchteil derselben gewesen, dass sie dieses Gesicht vor Augen hatte. Noch einmal nahm sie intensiv das Foto in der Zeitung in Augenschein. Die Spinatlasagne wurde serviert. Emma war irgendwie der Appetit vergangen. Nervös fingerte sie das Handy vom Tisch und rief Marc an. Er ging nicht ran. Sie stocherte lustlos im Essen, legte wieder auf. Wenn Sie jetzt hier in Wiesbaden zur Polizei gehen würde, müsste sie mit einer stundenlangen Prozedur rechnen. Dann traf sie eine Entscheidung. Sie aktivierte die Rufnummernunterdrückung des Telefons und wählte die eins eins null.

Missetaten

Kurz nachdem Emma anonym ihre Beobachtungen bei der Polizei zu Protokoll gegeben hatte, trudelte eine SMS von Kovač ein. Darin noch einmal die Adresse und eine genaue Uhrzeit. Um siebzehn Uhr dreißig solle sie pünktlich erscheinen. Und dann noch dieser Schlusssatz: *Hoffe, meine Zeit ist es wert!*

Was für ein arroganter Fatzke. Emma verdrehte die Augen. Sie würde Kovačs Vorabend schon interessant gestalten.

Noch drei Stunden. Reichlich Zeit. Jetzt ärgerte sich Emma, dass sie sich nicht doch vorsorglich ein Zimmer genommen hatte. Obwohl sie am Morgen im Zug ein wenig Schlaf hatte nachholen können, hatte sie das Gefühl, ihr Kopf würde jeden Moment vor Müdigkeit auf die Tischplatte knallen. Ein doppelter Espresso sollte Abhilfe leisten. Gerade jetzt brauchte sie alle ihrer sieben Sinne. In ihren schläfrigen Gedanken ging sie nochmal den Plan durch, wie sie Eislebens vermeintlichen Sohn dazu bringen wollte, ihr Details zur Operation *Turtle Trail* zu gestehen. Sie würde lügen müssen. Und bluffen. Diese Taktik hatte sie immerhin bis hierher gebracht.

Nachdem sie sich einen zweiten Espresso doppio einverleibt hatte, fragte sie die Bedienung nach einem Copyshop in der Nähe.

***

Schlag halb sechs stand Emma vor der Tür mit der angegebenen Adresse. Ein schmuckes Bürgerhaus. Nicht zu pompös, aber man sah, hier wohnte Geld. Auf drei Etagen, wie die Klingeltaster unter der infrarotbeleuchteten Kamera verrieten. Es war schon nahezu dunkel, nur im obersten Stock brannte Licht. Sie klingelte. Wartete.

Gleich nach dem schmalen Mittagessen war sie zurück zum Bahnhof gegangen, hatte aus der Tasche im Schließfach die Akte genommen und die Papiere, auf denen Kovačs Namen vermerkt war, kopiert. Im Wesentlichen handelte es sich um drei Mails, deren Empfänger unkenntlich gemacht worden war. Darin ging es um Zeiten und Transportdetails für die Schreib- und Nähmaschinen. Ein Blatt enthielt eine Liste der knapp zwei Dutzend Angestellten der Panzerdemontage in Rockensußra.

Emma zuckte zusammen, als endlich der Türöffner summte und zeitgleich ein dunkler Wagen langsam die Straße hinunterfuhr. Seit sie Meldung bei der Polizei gemacht hatte, sah sie überall plötzlich große, grauhaarige Männer und schwarze Limousinen. War sie paranoid geworden? Sah sie jetzt schon Gespenster?

Eine schroffe Stimme holte Emma aus ihren Überlegungen. Sie hatte den Fuß noch nicht auf die erste Stufe der Treppe gesetzt, als es schon unhöflich von oben herunter schallte: »Machen Sie mal ein bisschen hinne. Ich bin ein wenig in Zeitdruck!«

Du wirst dir schon noch die nötige Zeit nehmen. Entschlossen erklomm Emma die dritte Etage des Treppenhauses, dessen Decke die Besucherin mit aufwändigem Stuck erfreute.

»Sie sind Frau Berg? Sie sehen gar nicht aus wie eine Detektivin. Kommen Sie rein. Ich kann Ihnen leider nichts anbieten, Sie sehen ja, ich bin auf dem Sprung.«

Emma war überrascht. Sie hatte einen großen, stattlichen Mann erwartet und nicht diesen leicht untersetzen, bullbeißigen, blassen Typen, dessen Gesicht man schneller vergaß als den Namen der Urlaubsbekanntschaft von vor zehn Jahren. Das also war der Womanizer von Ebeleben? Sie hatte einen notgeilen Lebemann erwartet, wie diesen Werbefuzzi aus Jo Schuttwolfs *U-Turn – Irgendwann kommt jeder an.*

»Fahren Sie in Urlaub?« Emmas Blick fiel auf zwei Koffer im Flur der offenbar geräumigen Wohnung.

Kovač trippelte ungeduldig. »Ich sagte doch, dass ich wenig Zeit habe. Kommen wir endlich zur Sache? Was habe ich von meinem *Vater* geerbt?« Verächtlicher hätte er das Wort Vater nicht ausspucken können.

»Gut, machen wir es kurz«, theatralisch griff Emma in ihre

Handtasche und zog einen Schlüssel heraus. »Das haben Sie geerbt!«

Ungläubig gaffte Kovač auf das Ding in Emmas Hand. »Ist das der Schlüssel zum Haus im Odenwald?«, fragte er überrascht. »Hat der Alte mir tatsächlich diese Hütte im Wald vermacht?«

Wieder nahm Emma diese Verachtung wahr. Der Begriff Hütte war nun gänzlich unangemessen für das kleine, villenartige Anwesen mit der erlesen bestückten Bibliothek.

»Wollen wir das wirklich hier im Flur bei offener Wohnungstüre besprechen?« Kovač reagierte nicht. »Na dann«, Emma schürzte die Lippen, »nein, Herr Kovač, das ist nicht der Schlüssel zur Hütte im Odenwald, genau genommen ist das mein Wohnungsschlüssel. Es geht dabei um die Symbolik.« Kovač verdrehte die Augen. Emma legte nach. »Ihr Vater hat Ihnen ein Schließfach hinterlassen. Den Originalschlüssel habe ich selbstredend nicht bei mir. Sicherheitserwägungen.« Das hatte Emma immer schon mal sagen wollen. Bisher hatte sie das nur zu hören bekommen von der Polizei, von Pressesprechern, Wichtigtuern in Behörden und nicht zuletzt von Marc.

»Ok«, Kovač wirbelte mit geballten Fäusten in der Luft, als wolle er den Stürmer seiner Lieblingsmannschaft antreiben, »ich habe ein Schließfach geerbt. Was ist drin? Geld, Schmuck, Aktien?«

»Missetaten!«

»Misse was?« Heinrich Kovačs Bemühungen, angewidert und überheblich zu wirken, legten die obere Zahnreihe frei.

Emma zog einen blassgelben Karton aus der Tasche. Wie die Originalakte trug er die Aufschrift *Turtle-Trail*.

Kovačs eh schon blasse Haut wurde schlagartig weiß. Er wandte die Augen ab, starrte zu Boden, rieb sich die Hände, dass die Knöchel hervortraten.

»Was soll das?« Er schnaubte spöttisch.

»Woher haben Sie ... Keine Ahnung, was Sie da haben.« Er zitterte.

»Gehen Sie.« Mit unruhiger Hand wies Kovač Emma die Tür. »Sie sollen gehen – schnell«, brüllte er hinterher.

»Was ist? Mache ich Sie nervös? Ist Ihnen nicht gut?« Eine nie gekannte Aufregung kroch in Emma hoch. Ihr Kopf schien zu explodieren. Sie hatte den Bullen gereizt. Der Bulle schnaubte. Aus der Verachtung wurde zunehmend Zorn. Der gedrungene Körper verspannte sich. Wieder ballte er die Fäuste. Wut stand dem Kovač ins Gesicht geschrieben.

Emma griff in die Handtasche. Wollte die Dose mit dem Pfefferspray zu fassen bekommen.

Zwei Stockwerke unter ihr schlug es gegen die Haustür.

»Nein!« Die Wut in Kovačs Gesicht wich. Emma sah mit einem Mal Angst.

Stimmen näherten sich. Fremdländisch. Klang in ihren Ohren irgendwie osteuropäisch. Das Schlagen harter Sohlen auf der Steintreppe drang zu ihr.

Die Angst in Kovačs Gesicht schlug in Verzweiflung um. »Tun Sie mir nichts. Lassen Sie das Ding stecken.« Emma hatte immer noch die Hand in der Tasche. Verstand nicht, was um sie herum geschah. »DIE schicken Sie, richtig?« Blanke Panik in Kovačs Gesicht. »Warum? Ich habe doch alles gemacht?«

Den Schlag spürte Emma gar nicht. Sie flog nach vorne. Am Hinterkopf wurde es unvermittelt warm. Der Kovač vor ihren Augen verschwamm. Sie fasste in ihre Haare. Es fühlte sich dickflüssig und klebrig an. Und es schmerzte.

Dann fiel sie in sich zusammen.

Dumpf ein Knall in ihrem Ohr.

Auch der Kovač stürzte.

Im Anschluss Dunkelheit.

Und Stille.

Schlüsselerlebnis

»Au, verdammt!« Das Deckenlicht schmerzte in Emmas Augen. Der ganze Kopf brummte, als würde ein Dutzend Traktoren darin Amok fahren.

»Machen Sie langsam, Emma. Sie haben ganz schön was abbekommen.« Nur schemenhaft konnte die verletzte junge Frau aus den zu Schlitzen verengten Augen einen großen Mann mit grauen Haaren hinter der sonoren, angenehmen Stimme ausmachen. »Diese Söldner sind nicht zimperlich. Auch nicht bei Frauen.«

»Wer sind Sie? Wo bin ich? Ich habe Sie doch in dieser Spelunke ...« Sprechen war gar nicht gut für Emmas Kopf.

»Ja, wir haben uns schon ein paar Mal gesehen«, der Unbekannte kühlte ihre Stirn mit einem feuchten Handtuch. »Ich bin aus der Übung. Früher hätten Sie mich nicht bemerkt. Sie sind übrigens immer noch in Kovačs Wohnung.« Er lächelte. »Und ich glaube, es wird Zeit, dass ich mich vorstelle. Gregor Jehnke mein Name. Sozusagen Ihr Schlüsselerlebnis. Sie dürften mich besser kennen als Devier. Jean Baptiste Devier!«

Sie hätte schreien müssen. Schreien und um sich schlagen. Kratzen und beißen noch dazu. Vor allem aber hätte sie davonlaufen müssen. Aber abgesehen davon, dass ihr körperlicher Zustand keine dieser Aktivitäten auch nur ansatzweise zugelassen hätte, sie hatte absurderweise keine Angst. Da saß oder kniete – Emma konnte es immer noch nicht richtig erkennen – ein entflohener vierfacher Frauenmörder an ihrem Bett oder wo sie auch immer lag, und sie fürchtete sich nicht. Langsam setzte sie sich auf. Der Mörder stützte sie dabei sanft am Rücken. Sie war nicht in einem Bett. Sie saß auf einem Sofa. Und auf was für einem. Allmählich gewöhnten sich ihre Augen wieder an das Licht. Kitschig und schwülstig war das Sitzmöbel mit weißem Leder überzogen und an den Nähten mit feinen goldenen Kordeln abgesteppt. Sie fasste sich an den Kopf. Jemand hatte ihr einen Verband angelegt.

»Abgrundtief hässlich. Wie die ganze Einrichtung. Welche Vergeudung. Da kommt jemand endlich mal zu Geld und hat dann keinen Geschmack. Man hängt doch keinen Vermeer über eine Art-Deco–Kommode.«

»Ihren Kunstsinn in allen Ehren, aber was zum Teufel ist passiert? Wo ist Kovač? Und was machen Sie hier? Und was meinten Sie vorhin mit Schlüsselerlebnis? Haben Sie mir etwa den Schlüssel in die Redaktion ...« Emma hatte das Gefühl, auf Sand zu kauen. Ein trockener Husten erstickte den Rest des Satzes.

»So viele Fragen. Tee? Immerhin Rooibos-Vanille. Wenigstens da hatte Heinrich Geschmack.«

Emma trank gierig aus der Tasse, die Devier ihr gereicht hatte. »Hatte Geschmack?« Der Vierfachmörder sah sie fragend an. »Sie haben eben gesagt, Heinrich hatte Geschmack. Ist er ...?«

»Ach so. Ja. Heinrich ist tot. Hat da oben jetzt ein großes Loch.« Devier zeigte auf Emmas Stirn. Erstmals schauderte sie seit ihrem Erwachen.

»Haben Sie den Kovač ...?«

»Ob ich ihn umgebracht habe? Nein. Ich bin pathologisch auf Frauen fixiert. Da können Sie jeden fragen. Vor allem meine Gefängnispsychologin. Also den Kovač haben die auf dem Gewissen, die für ihre Kopfschmerzen verantwortlich sind. Der eine hat bei Heinrich peng gemacht«, er simulierte einen Pistolenschuss, »und der andere hat versucht, ihr hübsches Köpfchen einzuschlagen. Was für ein Glück, dass ich in der Nähe war. Hab die Tiere verschreckt. Buh. Hier gibt es ein zweites Treppenhaus. Für Dienstboten. Die kannten sich aus. Aber ich sehe, dass Sie wieder halbwegs bei Kräften sind. Unsere kurze Bekanntschaft wird also recht zeitnah wieder zu Ende sein.« Devier sah auf die Uhr und haderte kurz mit sich. »Nun gut, so viel Zeit muss sein. Ich habe Sie völlig eigennützig in diese Geschichte reingezogen, da haben Sie sich ein paar Antworten redlich verdient.«

Emma hatte zwar eine Ahnung, von was der Mann redete, der

auf dem flachen Wohnzimmertisch vor ihr saß und immer noch frappierend an Richard Gere erinnerte, aber sie ließ ihn gewähren. Was hätte sie auch anderes tun sollen. Weglaufen? Das hätte dieser entflohene Häftling bei allem Kultursinn und Feingefühl sicher nicht zugelassen. Und ja, auch sie war der Meinung, dass es endlich Zeit für Antworten wäre.

»Haben Sie mir den Schließfachschlüssel für Zürich zukommen lassen?«

Devier nickte. »Mit den Unterlagen wollte ich Sie auf Eislebens Spur bringen. Ich habe ihn auch wissen lassen, dass Sie im Besitz der Unterlagen sind. Hat ja auch bestens funktioniert. Leider zu gut.«

»Weil Eisleben sich und seine Frau erschossen hat?«

»Kommen Sie, Emma, Sie glauben doch selbst nicht an dieses Märchen vom erweiterten Suizid, wie man das heute nennt. Vielleicht war der es.« Er zeigte in Richtung einer halbgeöffneten Tür links von ihnen. Erst jetzt erkannte Emma die Umrisse eines Beins und die Blutspur, die von der Wohnungstüre bis dorthin führte. Ihr stockte der Atem.

»Die Leiche von ...«

»Ja, von Kovač. Macht sich nicht so gut im Hausflur. Wenn jemand nach Hause kommt und das sieht. Gibt nur Ärger. Bis vorhin war das Haus leer, aber die im Erdgeschoss sind vor einer halben Stunde gekommen. Ältere Leute. Scheinen nett zu sein. Aber ich schweife wieder ab. Bei dem Geschäft, das Sie als ‚Turtle-Trail‘ kennen – Richard fand diese Bezeichnung witzig – ist so ziemlich alles schiefgelaufen. Die ganze Story so kurz wie möglich: Ich habe als Gregor Jehnke in vielen Ländern dieser Welt einen guten Namen als Dienstleister für, nennen wir es ‚besondere Geschäfte‘. Dazu gehörte auch eine Bestellung vor gut einem Jahr von Didinga Khalid, einem engagierten ‚Freiheitskämpfer‘ in Süd-Darfur.« Devier setzte den Freiheitskämpfer selbst in Anführungszeichen. »Jedenfalls ein verlockender Auftrag. Vierzig Kampfpanzer Leopard und zwanzig Schützenpanzer Marder. Gebraucht, aber voll funktionsfähig versteht sich, aus Altbeständen.«

»Die Schreib- und die Nähmaschinen«, fühlte sich Emma in ihrem Verdacht bestätigt.

»So ist es, meine Liebe. Und ein Volumen von dreißig Millionen US-Dollar ist selbst für mich eine Versuchung. Plus Porto natürlich.«

»Natürlich«, stimmte Emma zu, die nicht wusste, wie sie diese wahnwitzige Geschichte einzuordnen hatte.

»Also habe ich Richard Eisleben kontaktiert«, fuhr Devier unbeirrt fort, »wie ich auf ihn kam, werden Sie fragen. Es ist immer gut zu wissen, wer gerade finanziell in der Klemme steckt. Wenn sich ein hochrangiger Beamter Geld aus dubiosen Quellen besorgt, spricht sich das in der Branche rum. Der Krebs seiner Frau und das uneheliche Balg, das ihn um jeden Cent erpresst hat ... Der gute Richard war auf jeden Fall finanziell am Ende. Er sagte mir zu, sein Sohn könne die bestellte Ware beschaffen. Und Kontakte zu den nötigen Stellen habe er auch noch. Für ein entsprechendes Honorar sei alles kein Problem. Khalid zahlte anstandslos seinen Vorschuss. Zehn Millionen Dollar auf ein Konto auf der Isle of Man. Richard sollte das verwalten.«

Emma schluckte. »Zwischenfrage: Wie wollte Heinrich Kovač die Panzer aus Rockensußra fortbekommen? Das ist besser überwacht als Fort Knox.«

»Das sollte Kovačs Sache sein. Die Schwierigkeit ist, wenn Sie im Gefängnis sitzen, sind Ihnen ein wenig die Hände gebunden, und manche Dinge entgleiten Ihnen. Kovač hat offenbar gar nichts aus Rockensußra weggeschafft.«

»Moment«, Emma kramte jetzt endlich ihren Block aus der Handtasche. »Wollen Sie mir sagen, dass überhaupt kein Panzer das Land verlassen hat?«

Devier nickte. »Khalid hat jedenfalls keinen einzigen bekommen. Und wie es aussieht, hat Kovač sich Zugriff auf das Konto mit der Anzahlung verschafft. Das Geld ist jedenfalls weg.«

»Deshalb haben die Sudanesen den Kovač erschossen?«

»Nur wenn Polnisch sprechende Killer mit heller Hautfarbe in Zentralafrika derzeit gefragt sind. Und außerdem, ein Toter kann keine Schulden zurückzahlen. Und zehn Millionen sind für einen sudanesischen Freiheitskämpfer kein Pappenstiel.«

»Und Sie sind ausgebrochen, um sich das Geld wiederzuholen.« Emma war ganz im Reportermodus. Anders hätte sie diese bizarren Momente nicht überstanden.

»Ja und nein. Ich bin ausgebrochen, um meine Tochter zu befreien!«

»Augenblick«, Emma trank noch einen Schluck Tee, »dieser Khalid hat Ihre Tochter entführt?« Sie stockte kurz. »Sie haben eine Tochter?«

»Diana. Das Resultat einer unvorsichtigen Nacht mit der Geliebten eines Kunden. Und auch, wenn Sie mich für ein Monster halten, auch Monster lieben ihre Kinder. Sie ist etwas jünger als Sie. Und ja, irgendwie hat Khalid herausbekommen, dass ich eine Tochter habe, und auch, wo sie lebt. Und deshalb bin ich auch zeitlich leider ein wenig angespannt. Sie haben sicher Verständnis, dass ich Sie jetzt leider verlassen muss. Der Tee, den Sie getrunken haben, dürfte in wenigen Minuten seine Wirkung entfalten. Sie werden etwa eine halbe Stunde erholsam schlafen.«

»Moment, was war verdammt nochmal meine Rolle in diesem Scheißspiel?«

»Hatte ich ganz vergessen. Sie hatten nur eine Nebenrolle. Der Wirbel, den Sie um Eisleben gemacht haben, sollte den Justizminister aufschrecken, damit man mir zur Flucht verhilft. Sie müssen wissen, ich habe viele Schließfächer. Wenn Sie brav einschlafen, schicke ich Ihnen vielleicht noch einen Schlüssel.« Er zwinkerte Emma verheißungsvoll zu.

»Eine letzte Frage noch«, Emmas Bewegungen wurden unkoordinierter, die Sprache schwerfällig. Was auch immer sich im Tee befunden hatte, es begann zu wirken. »Wissen Sie, wo man Ihre Tochter gefangen hält?«

»Bien sûr. Es gibt hier nur eine Höhle, in der ein Sudanese unbehelligt eine Geisel festhalten kann. Und jetzt schlafen Sie gut.«

Emma sank sanft zur Seite.

Irgendwas stimmt nicht

»Wie bitte?« Emma glotzte fassungslos aus den verquollenen Augen. »Du hast mein Handy verwanzt? Bist du bekloppt? Das ist kriminell!« Sie hielt sich mit beiden Händen den Kopf. Er dröhnte wie nach der durchzechten Nacht in Ebeleben.

»Genau genommen habe ich nur eine Tracking-App aufgespielt. Zum Glück. Eine Hausnummer hatte ich ja nicht, nur die Straße. Und ja, gerne geschehen, dass ich dich hier halbtot gefunden habe.« Marc Keller hockte exakt dort, wo sich vor einer halben Stunde Jean-Baptiste Devier verabschiedet hatte. »Und zum Thema kriminell«, der BKA-Ermittler zeigte Richtung halboffener Tür, »ich bin nicht der, der eine Leiche in der Küche hat. By the way, kannst du mir erklären, was hier abgelaufen und wer der Tote ist? Ich müsste demnächst nämlich die hiesigen Kollegen dazu rufen.«

»Entschuldige.« Emma nahm liebevoll Marcs kräftige Hand. »Ich hätte dich nicht so anfahren dürfen. Bin ja froh, dass du da bist. Aber deine Kontrollsucht musst du in den Griff bekommen.«

»Ja, wegen mir können wir auch zur Paarberatung, aber zuerst will ich wissen, was hier gespielt wird.« Marc zeigte genervt mit dem Finger auf den Boden.

»Das glaubst du mir eh nicht. Ich glaube es ja selbst kaum.« Emmas Augen füllten sich. Dicke Tränen rannen über ihre Wangen. »Die haben Kovač einfach so umgebracht. Ich hab daneben gestanden.« Erschüttert, fassungslos saß Emma da. Begriff jetzt erst die Ungeheuerlichkeit des Geschehenen. »Was habe ich angerichtet?«

Marc nahm sie zärtlich in den Arm. Immer wieder von Weinkrämpfen geschüttelt, begann Emma der Reihe nach zu erzählen.

***

Marc rieb sich mit den Händen die Augen und fasste Emmas Geschichte zusammen. »Dieser Devier schickt dir also aus dem Knast einen Schlüssel für ein Schließfach mit Unterlagen, die einen Politiker in die Enge treiben sollen. Und das nur, um einen Justizminister dazu zu bringen, ihm die Flucht zu ermöglichen, weil sudanesische Rebellen seine Tochter entführt haben. Das wiederum, weil diese Rebellen bestellte Panzer nie bekommen haben.« Marc rang nach Luft. »Habe ich das so weit richtig erfasst?«

»Bis auf den Mord hier an der Haustür, den Tod von Eisleben und seiner Frau, zwei Polen, die mich erschlagen wollten, und die Tatsache, dass ich blöde Kuh mich als Lockvogel zur Lachnummer gemacht habe, hast du es.« Zornig schlug Emma mit der Faust auf das weiße Ledersofa. »Hätte ich nur die Finger davon gelassen. Ich habe das Leben von drei Menschen auf dem Gewissen!«

»Irgendwas gefällt mir an dieser Geschichte nicht. Diese zwei Polen, die passen da nicht rein. So ein Warlord räumt den Müll selbst weg oder schickt seine eigenen Leute.« Marc fasste sich grüblerisch ans Kinn.

»Irgendwas stimmt nicht?« Emma lachte laut und bitter auf. »Das ist alles eine Riesenscheiße!«

Marc ließ sich nicht beirren. »Das schon, aber es ist nicht stimmig.« Sie wollte ihn unterbrechen. »Jetzt nicht. Hör einfach zu. Warum sollten die Rebellen Deviers Tochter entführen UND dann noch diesen Koslowski ...«

»Kovač!«, unterbrach Emma ihn.

»Ja, Kovač. Warum sollten die den umbringen?«

»Rache?«, spekulierte Emma.

»Möglich. Aber dafür das Risiko eingehen, hier in Deutschland derart aufzufallen und geschnappt zu werden?« Der BKA-Beamte schüttelte den Kopf.

»Was mich viel mehr stört«, Emma war wieder auf dem Posten, »bevor ich niedergeschlagen wurde, hat der Kovač was gewimmert wie *warum? Ich habe doch alles gemacht*.«

»Was gemacht? Dein Devier sagte doch, es wäre kein Panzer

geliefert worden.« Marc hatte sich zwischenzeitlich auf das weiße Sofa neben Emma gesetzt.

»Ja, das passt nicht zusammen. Wir haben in dieser Sache vier
Akteure«, konstatierte Emma, »der Warlord Khalid bestellt
bei Devier Panzer. Der wiederum beauftragt Eisleben und damit
mittelbar Kovač mit der Umsetzung. Davon erfahren Khalids
Kriegsgegner im Südsudan und kontaktieren Kovač. Der be-
scheißt Khalid.«

Marc sah verwirrt und gleichzeitig fasziniert zu seiner Freundin hoch, die mittlerweile aufgestanden war, hin- und herlief
und weiter dozierte.

»Khalid will seine Anzahlung zurück und entführt Deviers
Tochter ...«, Emma raufte sich die Haare, »... jetzt ist Eisleben
tot, Kovač ist tot.«

»Aber dein Devier lebt noch!«

»Das ist nicht mein Devier«, echauffierte sich Emma nach
dieser zweiten Spitze, »aber was willst du mir damit sagen?«

»Naja, du hast in deiner Gleichung einen *Kunden* und drei *Lieferanten*. Zwei der Lieferanten sind tot, einer nicht. Für mich als
Polizist ist das ein Muster.« Emma sah ihn fragend an.

»Du meinst ...«

»Ich meine, dass dieser Ted Bundy für Arme entweder selbst
hinter dieser Charade steckt oder er der Nächste auf einer Ab-
schussliste ist.«

»Das Erste glaube ich nicht.«

»Warum?« Marc machte eine Grimasse, »weil er so charmant, nett und redselig war? Der Mann hat vier Frauen brutal
ermordet. So einer ist durchaus auch in der Lage, eine Frau anzu-
lügen. Und zehn Millionen Gründe, seine Flucht zu planen und
Mitwisser zu beseitigen. Mit den Mitteln kann der überall unter-
tauchen. Karibik, Südamerika, Russland.«

»Das ist schon richtig«, Emma lief weiter Spurrillen in den
Teppichboden, »aber warum lebe ich dann noch? Er selbst hat
mir die Unterlagen zugespielt, hat mir hier alle Details erzählt
...«

»Aber mal ehrlich«, fuhr Marc dazwischen, »du hast eigentlich nichts. Nichts, was man veröffentlichen könnte. Hörensagen, Vermutungen, Verschwörungstheorien ...«

»Scheiße, du hast recht.« Sie ließ sich wieder neben Marc auf die Couch fallen und sackte in sich zusammen.

»Andererseits«, Marc hob nochmal an, »dich zu beseitigen, wäre logischer gewesen. Und warum soll er dich anlügen wegen seiner Tochter?«

»Auch richtig. Du wärst ein guter Redakteur«, lobte Emma ihren Freund. »Aber gesetzt den Fall, Devier steckt nicht hinter den Todesfällen von Eisleben, dessen Frau und dem Mord an Kovač. Dann muss es eine weitere ...«

»... Person geben, die da drinsteckt«, beendete Marc den Satz.

»Eine Person«, Emma nahm den Faden wieder auf, »die etwas zu verlieren hat. Die Angst hat, mit der Geschichte in Verbindung gebracht zu werden. Selbst, wenn kein Panzer das Land verlassen hat, da beseitigt jemand Mitwisser. Es gibt einen vierten Mann auf dem Turtle-Trail.« Emma sah Marc überrascht an. »Was schaust du so besorgt, Marc?«

»Naja, Devier hat dich in alles eingeweiht. Vielleicht lebst du nur noch, weil er die Täter gestört hat?«

***

»Kriminalpolizei – Kollege Keller, sind Sie hier?« Vor der Wohnungstür standen Marcs Kollegen vom Kriminaldauerdienst Wiesbaden. Emma hatte jetzt einiges zu erklären.

Beim Italiener

»Du hattest den richtigen Riecher, Emma«, Marc beendete das Telefonat, brach ein Stück Pizzabrot ab und lehnte sich entspannt zurück. »Deviers Tochter war wohl tatsächlich *Gast* in diesem Konsulat in Taunusbach. Keine zwanzig Kilometer von hier. Der Assistent des Konsuls sympathisiert wohl mit diesem Didinga Khalid. Die Botschaft in Berlin hat grünes Licht gegeben. Das SEK ist drin. Vier Tote. Keine weibliche Geisel. Sieht so aus, als wäre dein Retter doch nicht nur auf Frauen fixiert.«

»Mein Retter! Wie du das sagst. Als gehörte ich zu seiner Entourage.« Emma verdrehte die Augen. »Dass du was essen kannst. Ich bekomme keinen Bissen runter.« Ihre Bruschetta stand unangetastet hinter dem Laptop, auf dem sie das Redaktionssystem des *ContraPunkt* aufgerufen hatte. »Ich werde bestimmt nie wieder etwas essen. Ich sehe ständig die Leiche vom Kovač vor mir.« Ihr Körper schüttelte sich, sie sah zum Nebentisch und flüsterte: »Meinst du nicht, es ist ein wenig übertrieben, dass du und noch zwei hiesige Beamte auf mich aufpassen? Ich komme mir so beobachtet vor.«

»Du hast es selbst gesagt, und ich stimme dir ausnahmsweise zu, solange Lolek und Bolek da draußen rumspazieren, bist du in Gefahr.«

»Mein Retter aber auch!« Emma streckte Marc die Zunge raus.

»Würde wenigstens Steuern sparen«, nuschelte er.

Emma klappte den Laptop zur Hälfte zu. »Sag mal, bist du eifersüchtig?«

»Auf wen?« Marc mimte Unwissenheit.

»Na, auf meinen Retter?« Emma grinste schelmisch.

»Wow, du hast ja wirklich was auf den Kopf bekommen. Hoffentlich legt sich das wieder.« Ungehalten pfefferte er eine Ecke des Brotes zurück auf den Teller.

»Komm wieder runter, ich hab Spaß gemacht.« Emma tätschelte seine Hand. »Danke übrigens.«

»Danke wofür?« Er zuckte leicht ob ihrer Berührung.

»Dafür, dass du mir beigestanden hast bei dem Verhör. Der Kollege von Dir ist echt fies.«

»Ach, dieser Lindner. Wollte vor dem BKA ne Show abziehen. Peinliches Arschloch. Dich zu fragen, ob du Devier eine sexuelle Leistung in Aussicht gestellt hättest, wenn er dich leben lässt. Der kann froh sein, dass er noch Zähne hat.« Marc machte eine kurze Pause. »Du hast doch nicht ...«

»Arsch!« Emma klatschte auf seine Hand, klappte dann den Bildschirm des Rechners wieder komplett auf. »Ich glaube, ich habe da was. Ich habe mir nochmal die E-Mail angesehen, die Jürgen, also der Uhlmann, mein Chef, aus dem Verteidigungsministerium bekommen hat. Das ist schon starker Tobak, der Redaktion so unverhohlen zu drohen. Unterschrieben hat Staatssekretär Reißhuber. Dr. Erwin Reißhuber, zuständig im Ministerium unter anderem für den Gebrauchthandel mit Kriegswaffen. Und jetzt kommt's«, Emma nahm sich doch ein Stück Bruschetta und dozierte mit vollem Mund weiter, »Reiffhuber ist der Nachfolger von Eifleben als Staatffekretär ...«

»Kau erstmal fertig.« Marc wischte sich einen Krümel aus dem Gesicht. »Ok, dieser Eisleben hat einen Nachfolger, der deiner Redaktion auf die Füße getreten ist. Beides aus Sicht des Ministeriums jetzt nichts Besonderes, wenn du mich fragst.«

»Das noch nicht«, Emma schluckte und drehte den Laptop Richtung Marc, »aber schau mal, ein Protokoll aus dem Bundestag. Reißhuber musste Bericht erstatten auf eine kleine Anfrage der Linken. Die haben nämlich behauptet, dass der Verbleib von gebrauchten Kriegswaffen ungeklärt sei. Spannend ist die Zahl: Sechzig Panzer, so eine ungenannte Quelle, sollen verschwunden sein.«

»Die können doch nicht einfach verschwinden«, Marc schüttelte den Kopf, »das schafft ja nicht mal Copperfield.«

»Angeblich war das auch nicht der Fall. Reißhuber hat sich laut Protokoll mit einem Versehen in der Datenbank herausgeredet. Panzer, die ursprünglich für die Verschrottung vorgesehen sein sollten, seien nur aus Versehen ‚verschwunden‘. Die Ministerin habe kurzfristig einer Lieferung gebrauchter Panzer nach Chile zugestimmt. Ein Mitarbeiter der Verschrottung in Thüringen habe einen Eingabefehler gemacht. Zwischenzeitlich seien die Fahrzeuge am Hamburger Hafen zur Einschiffung und wieder korrekt verbucht.« Emma griff nach der zweiten gerösteten Brotscheibe mit dem Tomatenbelag. Erkenntnis hatte ihren Appetit schon immer angeregt. »Das stinkt doch zum Himmel. Ich wette mit dir, Eisleben ist der Whistleblower. Vielleicht hat ihn das Gewissen gedrückt oder er hat ganz einfach Angst bekommen. Devier hat ja zugegeben, dass er Eisleben von der Akte und mir erzählt hat. Dann ist man im Ministerium nervös geworden. Reißhuber hat den armen Eisleben, seine Frau und letztlich Kovač umlegen lassen. Und als Nächstes sind Devier und ich dran.« Instinktiv versicherte sich Emma der Anwesenheit der beiden Kripobeamten am Nebentisch.

»Vielleicht solltest Du das Fach wechseln. Schriftstellerei statt Journalismus. Bei so einer Verschwörungsnummer wirkt ja sogar Tom Clancy blass.« Marc orderte noch zwei Gläser des kräftigen Primitivo aus Salento. »Du packst jetzt den Klapprechner weg«, er sprach ruhig aber fordernd, »wir trinken noch ein Glas, und dann gehen wir schlafen. Ich habe uns ein nettes Zimmer reserviert. Du brauchst Schlaf und Ruhe. Der Sanitäter hat das vorhin auch gesagt. Unsere zwei Wachhunde begleiten uns, und deren Kollegen werden alles tun, um sowohl die beiden polnischen Killer als auch den entflohenen Devier zu finden. Das ist jetzt kein Spaß mehr. Hör auf, weiter zu bohren. Du bist einmal mit einer Beule davongekommen. Fordere das Schicksal nicht heraus.«

»Ja, was denn jetzt? Verschwörung oder doch echte Gefahr?« Emma tippte noch etwas und stellte den Rechner auf die Seite. »Ich fahre morgen nach Eltville. Die Verteidigungsministerin trifft sich morgen dort mit ihrem französischen Amtskollegen. Habe mich eben bei der Pressestelle online akkreditiert. Ich bin Journalistin, Marc, ich kann jetzt nicht einfach aufhören. Aber

müde bin ich schon, und das mit dem netten Zimmer klingt ver-
lockend.«

Franek

Ungeduldig trommelte Emma mit den Fingern auf den Schreibtisch des Hotelzimmers. Wie lange sie schon in der Warteschlei-
fe der Pressestelle des Verteidigungsministeriums hing, hatte sie
nicht gestoppt. Aber es hatte für zwei Instantkaffees gereicht, die
sie mithilfe des Wasserkochers auf der Minibar zubereitet hatte.
Danach müsste sie auf Earl-Grey- oder Pfefferminztee umstei-
gen, wie die spartanische Auswahl in dem kleinen Plastikaufstel-
ler verriet. Reißhuber war nicht im Ministerium, so viel wusste
Emma bereits. Um nicht abgewimmelt zu werden, hatte sie hoch
gepokert und ganz direkt nach der Verbindung des Staatssekretärs zum Vorgang *Turtle-Trail* gefragt. Seitdem ließ man sie warten.

Marc hatte schon um sieben Uhr ausgecheckt. Trotz seines
freien Tages hatte ihn die Dienststelle zurückbeordert. Gebets-
mühlenartig hatte er am frühen Morgen noch auf sie eingeredet,
die Angelegenheit auf sich beruhen zu lassen. So rührend Emma
es fand, wie sehr sich Marc um sie sorgte, war sie doch tatsächlich ein Stück weit froh gewesen, als er sich nach dem Duschen
angezogen und mit einem flüchtigen Kuss von ihr verabschiedet
hatte.

»Frau Berg?« Die Frauenstimme hallte blechern aus dem
Freisprecher des Handys. »Entschuldigen Sie, dass Sie so lange
warten mussten.« Es klang scheinheilig. »Ihre Akkreditierung
konnten wir leider nicht mehr bestätigen. Aber Herr Dr. Reißhuber erwartet Sie um Punkt zwölf Uhr im Weingut Kugler in Eltville. Er gab mir auf, Ihnen mitzuteilen, er habe zehn Minuten.
Seien Sie pünktlich!« Grußlos endete das Telefonat.

Er war also hier. Mit der Ministerin. Luftlinie knapp zehn Kilometer von ihr entfernt. Und vom Tatort des Vortags. In knapp
drei Stunden würde sie der Mensch empfangen, den sie für den
Hintermann einer unsäglichen Geschichte hielt. Wieso eigent-

lich? Es wäre ihm beziehungsweise der Pressestelle ein Leichtes gewesen, sie abzuwimmeln. Es konnte nur einen Grund geben. Er hatte Angst. Er wollte wissen, was sie wusste.

Weingut klang gut. Öffentlich. Sorgen müsste sie sich also keine machen. Und dann war da ja noch ihr persönlicher Bodyguard. Aus den zwei Beamten vom Abend vorher war jetzt einer geworden. Jünger als die zwei aus der Pizzeria, auch lässiger gekleidet und aus ihrer Sicht sehr ansehnlich. Den Namen erfragte sie erst gar nicht. In ein paar Stunden würde der Mann vermutlich sowieso durch einen Kollegen oder vielleicht sogar eine Kollegin ersetzt.

Emma hatte jetzt jedenfalls Zeit. Mit dem Taxi nach Eltville waren es keine zwanzig Minuten.

Mit einem Mal begann es in ihr zu kribbeln. Irgendwas würde heute passieren. Das spürte sie.

***

Emma war froh, dass sie deutlich früher als geplant das Taxi geordert hatte. Das Treffen der Ministerin mit ihrem französischen Kollegen hatte die idyllische Kleinstadt am Rhein voll in Beschlag genommen. Die Polizei war omnipräsent, viele Straßen für den Verkehr gesperrt.

Fünf vor zwölf fuhr das Taxi vor dem Weingut vor, im Schlepptau der Wiesbadener Beamte in Zivil, der sich auch von der Landesgrenze nach Rheinland-Pfalz nicht hatte abschrecken lassen. Er folgte Emma wie ein Schatten. Stumm, aber permanent sichtbar. Sie fragte sich, wie lange das so gehen würde. Bis nach Stuttgart könnte er sie ja wohl schlecht verfolgen.

Angespannt, den Dufflecoat halb geöffnet, lief sie über den Hof des Weinguts und Hotels, an schwarzen Limousinen vorbei zu einem Portal, das augenscheinlich den Eingang markierte. Unter dem Mantel trug sie die Kopie der Akte, mit der sie Kovač nervös gemacht hatte. Vielleicht würde das auch hier funktionieren.

Emma registrierte erfreulich viel Leben in der kleinen Hotellobby. Erleichtert marschierte sie an die rustikale Rezeption.

»Guten Tag, Berg mein Name ...« Weiter kam sie nicht.

Die geschäftige junge Frau hinter dem dunkelbraunen Tresen schnitt ihr prompt das Wort ab. »Zimmer 201. Herr Reißhuber erwartet Sie.« Emma glotzte ungläubig. »Einfach die Treppe hoch, erstes Zimmer auf der linken Seite«, ergänzte die Concierge.

Mit weichen Knien wankte Emma die mit Teppich ausgelegte Holzstiege hoch. Zum ersten Mal war sie dankbar dafür, dass ihr Schatten ihr auch auf diesem Weg unauffällig folgte. Vor der Zimmertür mit der Nummer zweihunderteins hielt sie kurz inne, drehte sich um und fragte: »Wie heißen Sie eigentlich?«

»Richi Müller«, er grinste, »und ja, ich kenne schon jeden Gag über Tatortbullen.« Er fasste Emma sacht am Ärmel an. »Soll ich mit reinkommen?«

Sie schüttelte den Kopf. »Aber es wäre schön, wenn Sie hier warten.«

Er nickte verbindlich.

»Herein!« Die Stimme aus dem Zimmer klang fest und kräftig. »Ah, Frau Berg. Kommen Sie rein. Setzen Sie sich.«

»Danke.« Etwas anderes fiel ihr nicht ein angesichts dieses Zahnpastalächelns eines Versicherungsvertreters. »Ich war überrascht ...«, begann sie ihre Vorrede, Reißhuber ließ sich das Ruder aber nicht aus der Hand nehmen.

»Überrascht, weil ich Sie hergebeten habe? Das wollten Sie doch, oder? Und ich komme den Wünschen unserer Medienvertreterinnen natürlich gerne nach. Das ist ganz im Sinne der Frau Ministerin. Wie kann ich Ihnen helfen?«

Etwas kleinlaut kramte Emma die Kopie der Akte unter dem Mantel hervor. »Es geht um ...«

»Ach ja, diese *Turtle-Trai*-Geschichte. Haben Sie am Telefon bei meiner Assistentin erwähnt. Mein Vorgänger soll in diese Betrugssache verwickelt sein. Muss sehr verzweifelt gewesen sein. Armer Mann. Sein Selbstmord ist ein Schock für uns alle.«

93

»Freitod!«

»Bitte? Wie meinen Sie?«

»Es heißt Freitod oder Suizid. Ein Mensch kann sich nicht selbst ermorden.« Die aalglatte Art des Staatssekretärs begann Emma zu nerven.

»Gut, Sie werden das sicher besser wissen als Journalistin ...«

»Ich glaube nicht daran, dass Eisleben sich und seiner Frau das Leben genommen hat!« Diesmal war sie es, die dem Politiker das Wort abschnitt.

»Nun, die Untersuchungen der Polizei sind aber eindeutig, soweit ich das verfolgt habe. Wenn Sie Probleme mit den Ermittlungen haben, bin ich sicher der Falsche ...«

»Keine Sorge, das weiß ich auch«, antwortete sie schnippisch. Und unvermittelt platzte es aus ihr heraus: »Was glauben Sie eigentlich, wer ich bin? Eine Idiotin? Hier, ich habe Ihnen ein paar Seiten einer Akte kopiert, die mir zugespielt wurde.« Sie knallte den Aktenhefter auf den Tisch. »Da drin geht es verschleiert um einen Waffendeal über sechzig Panzer im Wert von dreißig Millionen Euro mit einem Warlord in Darfur. Eisleben wird darin erwähnt, ein gewisser Heinrich Kovač wird darin erwähnt, ein Mitarbeiter jener Panzerverschrottung, in der es laut Ihnen zu Unregelmäßigkeiten bei der Datenerfassung gekommen sein soll. Wissen Sie, was ich glaube? Irgendwas hatte Ihr Vorgänger in der Hand, um Sie ins Boot nehmen zu können. Vielleicht hat auch einfach nur der Reiz des Geldes gereicht? Sie haben die Marder und Leoparden Stück für Stück beiseitegeschafft. Als Koordinator für ausrangierte Kriegswaffen und mit Kovač als Buchhalter an ihrer Seite haben Sie praktisch alle Möglichkeiten. Wer fragt schon, wenn der Staatssekretär alles abzeichnet. Aber dann ist was dazwischengekommen. Ein offizieller Deal mit Chile. Die Ministerin ist Ihnen da in die Parade gefahren. Jetzt mussten Sie schnell die Ware beschaffen, um die Bücher wieder glattzuziehen. Aber da war ein Problem. Zehn Millionen Euro, die schon angewiesen und verteilt waren. Ein sudanesischer Warlord versteht da keinen Spaß. Sie wurden unruhig. Und als Devier, also Gregor Jehnke, mich ins Spiel gebracht und damit mächtig Welle gemacht hat, sind Sie durchgedreht. Und jetzt? Eisleben ist tot, Kovač ist tot und mir, die diese Akte hat, wurde gestern beinahe der Schädel eingeschlagen. Und jetzt hören Sie verdammt nochmal auf, sich dumm zu stellen.«

Gelassen nahm Reißhuber die Papiere vom Tisch. Er gähnte. »Wie ich hier lesen kann, geht es bei Ihren Waffen um Näh- und Schreibmaschinen. Ich weiß zwar auch nicht, was dieser Didinga Khalid damit machen möchte, aber es ist nicht verboten, damit zu handeln.«

Es klopfte an der Tür. Ohne auf eine Aufforderung zu warten, trat ein Kerl wie ein Schrank ein. Die Haare kurzgeschoren, Stiernacken, die Miene versteinert. »Herr Staatssekretär, es wird Zeit.« Die Stimme kam Emma bekannt vor. Der Akzent auch.

»Drei Minuten. Danke, Franek.« Reißhuber deutete der hünenhaften Gestalt an, das Hotelzimmer wieder zu verlassen. Er faltete die Hände vor dem Gesicht. »Nun zu uns, Fräulein Berg«, seine Stimme klang ruhig, aber drohend, »ganz offensichtlich wollen Sie mich oder das ganze Ministerium mutwillig in ein Dreckloch hineinziehen, wie es Ihresgleichen von der Schmierenpresse ja gerne tut.« Reißhuber hatte die aufgesetzte Höflichkeit vollends abgelegt. »Sollten Sie beabsichtigen, mich öffentlich in irgendeiner Form in Verbindung zu bringen mit Ihrer hanebüchenen Geschichte oder mit Eisleben oder diesem Kovač, wird es Franek eine Ehre sein, Ihnen einen Besuch abzustatten. Sie durften ihn ja bereits kennenlernen.« Reißhuber verzog süffisant die Mundwinkel.

»Sie drohen mir? Sie wissen schon, ich zeichne das Gespräch mit meinem Handy auf.«

»Das tun Sie nicht, das wäre illegal ohne meine Zustimmung. Aber es könnte mir gleichgültiger nicht sein. Franek ist mein Anwalt. Franek Grabowski, Dr. jur. Sehr erfolgreich.« Er stand auf und streifte sich das Sakko über, das neben ihm auf der Couch gelegen hatte. »Jetzt muss ich Sie leider bitten zu gehen, die Ministerin erwartet mich.« Er wies ihr die Tür.

Ohne Murren stand Emma auf, nahm die Papiere vom Tisch und steckte sie wieder ein. Auf halbem Weg zur Tür machte sie unvermittelt Halt. »Eine letzte Anmerkung noch.« Ohne sich umzudrehen, richtete Emma noch einmal das Wort an den Staatssekretär. »Vielleicht kann ich Ihnen nichts nachweisen. Noch nicht. Aber die Originalakte ist an einem sicheren Ort verwahrt. Falls mir etwas zustoßen sollte.«

Anleger 511

Was hast du blöde Kuh dir nur gedacht! Emma lief schnurstracks an Richie Müller vorbei, der brav vor der Tür Wache gehalten hatte. Dann stürmte sie die Treppe hinunter und wäre dabei fast über den Gürtel ihres Mantels gestolpert. Erst als die eiskalte Luft ihr im Hof des Weingutes entgegenschlug, blieb sie wieder stehen. Ihr hochroter Kopf glühte.

»Ich weiß, es geht mich nichts an«, der Kriminalbeamte war ihr so schnell es ging gefolgt, »aber was ist da drin passiert? Alles klar mit Ihnen, Frau Berg?«

»Alles klar, Richie Müller.« Sie lächelte ihn süßsauer an. »Mir ist nur ein glitschiges Scheißerlein durch die Lappen gegangen. Künstlerpech.«

Er starrte sie verständnislos an.

Sie schaute ihm interessiert in die Augen. »Gehen Sie mit mir einen Kaffee trinken?«

Richie nickte, ohne zu zögern. Sie liefen wortlos die Straße hinunter bis zum Rheinufer. Sie hatte sich bei Richie eingehakt.

Wenige Minuten später saßen sie auf der Sonnenterrasse des Promenadenkaffees *Anleger 511*.

»Eine Frage, Frau Berg, sind Sie …«

»Oh Gott, bitte nenn mich Emma«, sie lachte laut, »du willst wissen, ob ich solo bin – richtig?« Richie grinste verlegen. »Wenn ich das nur wüsste. Es ist …«

»Lass mich raten«, entgegnete der smarte Personenschützer, »kompliziert?«

Emma lachte herzhaft. Seine Unbefangenheit tat ihr gut. »Du hast keine Ahnung, wie sehr!«

»Sind Sie Frau Berg?« Der Kellner unterbrach die kurze, knisternde Stille. Sie nickte, er reichte ihr einen Umschlag. »Das ist eben für Sie abgegeben worden.«

Emma befühlte das weiße Kuvert und ließ ein paar Luftpolster platzen. Mit einem breiten Lächeln öffnete sie das Päckchen und entnahm einen Schlüssel und eine Karte.

Lassen Sie ihn nicht davonkommen!

Schließfach 110078

Privatbank Justus Klaavs

Herrenstraße 56

FL-9490 Vaduz

Code: ggb78h11

Gez. JBD Endstation Eltville

Jo Schuttwolf

AUSZEIT

Eine Novelle

Jo Schuttwolf

Ich bin Jo Schuttwolf und der literarische Patenonkel von Michi Cordes
… zumindest war ich es für eine bestimmte, schöne Zeit.

Ja, ich habe diese Hauptkommis-
sarin, die Heldin meines Kollegen
und Freundes Klaus Maria Dechant,
lieb gewonnen. Ich fand Michi sowieso toll, seit ich sie in „Mordslust"
kennengelernt hatte. Umso ehren-
voller war es, dass ich diese Prota-
gonistin zu meiner eigenen machen
durfte. Und da es in meinen Büchern meist um einen Roadtrip
geht, habe ich sie auch auf eine Reise geschickt. In »Auszeit«
geht es um einen unfreiwilligen Ausflug der ganz anderen Art:
Was harmlos als Erholungsurlaub anfängt, wird zu einem rasanten Trip in die »Eingeweide« von Los Angeles, voller krimineller
Machenschaften und skuriller Begebenheiten, die letztlich wieder an den deutschen Rhein führen. Michi goes Hollywood sozusagen. Viel Spaß dabei!

Anleger 511

Anleger 511 ... hier ist es also. Michi Cordes überprüfte nochmal den Namen, der unter einer langen Telefonnummer auf einem schmutzigen Zettel stand. Die Mittagssonne spiegelte sich in den Wellen, die von einem vorbeifahrenden riesigen Containerschiff herkamen. Ihr linker Arm schmerzte etwas, aber es ging mittlerweile. Die Kugel hatte einige Sehnen durchtrennt. Michi näherte sich dem Gebäude. *Wohnt er hier oder arbeitet er als Kellner in diesem Laden?* Sie wusste so gut wie nichts über ihn. Sie wusste auch nicht, was jetzt gleich passieren würde, wenn die Vergangenheit wieder hochkam. Vielleicht war er auch gar nicht da. Nachdem sie vor der Tür kurz innegehalten hatte, steckte sie den Zettel zurück in ihre Hosentasche und trat entschlossen ein.

Venice

Die Sonne hatte schon früh am Morgen solch eine Kraft entwickelt, dass Michi ihren Strickpulli auszog und im Bikini vom Wohnzimmer auf die Terrasse wechselte. Sie setzte den heißen Becher Kaffee auf den kleinen wackelnden Metalltisch und setzte sich in den Korbsessel. Eigentlich ein perfekter Tag. Nichts zu tun und eine wunderbare Aussicht auf den Kanal und die kleine Brücke, unter der hin und wieder ein weißes Motorboot hindurch fuhr. Sie war nicht mehr im Polizeidienst, vorübergehend. Eine kleine Auszeit, Tapetenwechsel, täte ihr gut, so sah es zumindest ihre Freundin Claire. Aber was machte man mit so viel Zeit auf einmal? Hier in Venice, wo man keinen kannte. Das Apartment, das Claire ihr überlassen hatte, war gemütlich, wenn auch mit allerlei Krimskrams und kitschigen Deko-Kunstwerken vollgestellt. Sie und Claire waren in mancherlei Hinsicht völlig verschieden, aber seit der Schulzeit Freundinnen. Auch die Tatsache, dass Claire vor einigen Jahren nach Kalifornien ausgewandert war, hatte der Freundschaft letztlich nicht geschadet. Irgendwie waren sie immer in Kontakt geblieben. Es gab ja WhatsApp, und hin und wieder trafen sie sich, immer wenn ihre Freundin ihre Eltern in Deutschland besuchte. Und jetzt wohnte Michi für zwei Wochen bei ihr in Venice. Claire war heute früh beruflich nach San Diego zu einer Keramik-Messe geflogen. Sie hatte direkt am Ocean Front Walk in Venice Beach einen kleinen Laden mit exotischen Vasen und schrägen Skulpturen aus Porzellan. Claire passte wirklich hierhin, das war Michi in den letzten Tagen sehr klar geworden.

Also, was mache ich jetzt mit dem Tag? Wieder zum Strand oder zum Sunset Strip? Nein, Michi wollte heute nicht die ausgetrampelten Wege gehen, die alle Touristen nahmen. Davon hatte ihr Claire schon genug gezeigt. Nein, sie wollte nach Downtown und dann noch weiter Richtung Süden, dahin, wo diese Stadt kein Makeup trug. Michi holte sich noch einen zweiten Kaffee und blätterte in dem alten L.A.-Tour Guide, der auf der staubigen Ablage unter dem kleinen Metalltisch lag. Wie es aussah, musste man erst den Big Blue Bus nehmen, um in Santa Monica in die Metro Richtung Downtown zu steigen. Ok, los geht´s. In fünf Minuten war sie in ihrer Cargohose und hatte sich eine dunkle Bluse übergezogen. Ihre hellbraune, monströse Lederhandtasche würde sie aber diesmal nicht mitnehmen. Für einen ausgedehnten Spaziergang durch die Stadt zu viel Ballast. Sie steckte vierzig Dollar, Kreditkarte und Reisepass in die tiefliegende Seitentasche ihrer Hose und verließ das Apartment, den Tour Guide nahm sie mit.

Im Bus nach Santa Monica staute sich die Hitze. Es würde ein verdammt heißer Tag werden. Michi liebte eigentlich Sonne, Strand und Palmen, aber nachdem sie schon einige Tage Nichtstun und Strandleben hinter sich hatte, sehnte sie sich nach mehr Intensität und Tiefgang. Und ja, wenn sie ehrlich war, freute sie sich wieder auf ihre Arbeit. Auf Schwetzingen, auf ihren Wiedereinstieg bei der Kripo. Momentan war sie noch eine Ex-Polizistin. Aus gutem Grund. Die Beziehung zu Jean-Baptiste Devier hatte sie wirklich ziemlich aus der Bahn geworfen. Nicht verwunderlich in diesem besonderen Fall, wo Privates und Berufliches auf katastrophale Art und Weise verquickt gewesen war.

Michi sah aus dem Seitenfenster. Verschiedene kleine, bunte Häuser glitten an ihr vorbei. Venice hatte schon was. Alles wirkte so bunt, leicht und kreativ, und gleichzeitig war etwas Trostloses dahinter. Irgendwie zusammengewürfelt, improvisiert, ohne Konzept. War wohl der amerikanische Pioniergeist, der überall noch zu spüren war. Da tickte sie als Europäerin einfach anders. Claire dagegen hatte ihre Heimat in Kalifornien gefunden. Für Michi aber wäre es ein Unding, hier länger zu wohnen. Dabei war sie schon als Kind von Amerika beigeistert. Vielleicht lag das an den ganzen amerikanischen Krimiserien, die sie heiß und innig liebte. Nicht umsonst hatte sie in ihrem Studium den begehrten FBI-Profiling-Lehrgang in Austin absolviert. Sie hatte sich beworben und war tatsächlich als eine von wenigen ausgewählt worden. *Erkennung von Tätermotiven* und *angewandte Psychologie* - dafür interessierte sich Michi am meisten.

Als sie in Santa Monica aus dem Bus stieg, ärgerte sich Michi, dass sie eine viel zu dicke Bluse angezogen hatte. Es waren mittlerweile einundneunzig Grad Fahrenheit, wie eine große Digitalanzeige neben einem Taxi-Stand zeigte. Sollte sie in ein klimatisiertes Taxi steigen oder wie geplant die Metro nehmen? Sie überlegte nicht lange. Nein. Ein Taxi kam ihr irgendwie snobistisch vor.

Los Angeles Times

"Und nachts kommen die Geister"
Von John Pears

Das Interview mit dem Maler Walt Hook fand am 25. September unter erschwerten Bedingungen in Venice Beach statt. Aufgrund seiner instabilen psychischen Verfassung musste das Gespräch im Appartement von Mr. Hook oft unterbrochen werden. Erst nach mehreren Anläufen gelang es, Mr. Hook zu Aussagen über seine politische Vergangenheit zu bewegen. Eine Woche später war er spurlos verschwunden und wurde vom Los Angeles Police Department als vermisst gemeldet.

Los Angeles Times: Mr. Hook, ich sehe eine Staffelei mit einer Skizze neben Ihrem Fenster. Woran malen Sie gerade?

W. Hook: Ich male gerade gar nicht. Es stagniert.

Los Angeles Times: Woran liegt das?

W. Hook: Weiß ich nicht. Vielleicht an dem Wahnsinn, der gerade passiert ist. Die Welt ist wahnsinnig. Oder ich selbst. Ich habe immer das Meer gemalt. Den Ausblick, den man hier hat. Immer aus der gleichen Perspektive. Da ist das Meer im Hintergrund, und vorne passiert immer etwas anderes. Mal eine Gruppe von herumlungernden Kids, mal ein Unfall mit Qualm aus dem Motor. Meist gar nichts. Auch das Wetter ist immer anders. Die ganze Stimmung. Das war eine Bilder-Serie, bestimmt zwanzig Stück in Öl. Aber wie eine Fotostrecke. Immer scheinbar das gleiche Motiv, aber doch anders. Das war eine Idee.

Nur ein Frame, und darin kann alles passieren. Aber irgendwie fällt es mir jetzt schwer, mich zu konzentrieren, überhaupt auf Ideen zu bekommen. Weiß der Teufel warum.

Los Angeles Times: Wann war Ihre letzte Ausstellung?

W. Hook: Ich glaube, vor einem halben Jahr, im „Vallion", hier direkt am Beach. Die haben diese hohen Wände und Metallschienen zum Aufhängen der Leinwände. Sah gut aus. So industrial. Aber verkauft habe ich nichts. Doch! Ein kleines Bild, von früher. Da hatte ich so ein Häuschen im Wald gemalt.

Los Angeles Times: Ein Häuschen im Wald?

W. Hook: Ja genau. So richtig idyllisch. Ich glaube, da stand sogar noch ein Reh daneben. Es war eine Verarschung. Romantischer Kitsch. Ich fand´s witzig. Aber genau das Bild wurde gekauft. Und das wiederum war auch witzig. War gut gemacht … goldener Schnitt, beruhigende Bildaufteilung, saftige, tiefgrüne Farbtöne. Solche Farben gibt´s hier in Kalifornien nicht. War wohl deshalb etwas Besonderes. Hier ist alles pastelliger, dunstiger und irgendwie zufälliger. Alles hat seinen Platz durch Zufall, ohne vorgegebene Ordnung. Ohne Geschichte, ohne festgefahrene Traditionen, die viel älter als zweihundertfünfzig Jahre alt sind. So was hatte lange Zeit eine beruhigende Wirkung auf mich. Sehr naiv.

Los Angeles Times: Wo haben Sie noch gelebt oder gemalt?

W. Hook: Italien. Da war ich auf Sizilien. Hatte ein Zimmer in einer Wohngemeinschaft in Syrakus. Das war die beste Zeit. Das Licht, der Wein. Ja und Griechenland, Matala. Das ist auf Kreta. Die Hippies waren früher da, aber das wurde schnell vermarktet, überall Souvenir-Shops und Modeboutiquen. Schrecklich. Das war in den Achtzigern. Aber die Leute haben Bilder gekauft. Jede Menge. Und früher, als ich im Jemen war, selbst da habe ich gemalt. Ein wenig.

Los Angeles Times: Während Ihrer Zeit im Jemen… haben Sie da…

W. Hook: Egal, ist vorbei.

Los Angeles Times: Warum egal?

W. Hook: Kein Kommentar!

To Make you feel my Love

Den Kopf an die Fensterscheibe gelehnt, ließ Michi die Autos, Häuser und Straßen an sich vorbeiziehen. Alles sah ziemlich gleich aus. Die Fahrt mit der Metro schien ewig zu dauern. Mittendrin in Los Angeles mit dem Tempo einer Schnecke gab es wenig Abwechslung fürs Auge. Die Stadt zog sich unendlich in die Länge, so schien es Michi. Vielleicht hätte sie doch das Taxi nehmen sollen. Auf einmal wurde es dunkler und etwas kühler, die Bahn tauchte unter den Asphalt. *Wie angenehm*, dachte Michi und blätterte im Kapitel über Chinatown in ihrem Tour Guide aus den neunziger Jahren. Ob das da jetzt noch genauso aussah? Sie würde gleich irgendwo aussteigen und einfach zu Fuß die Gegend erkunden. Zur Not hatte sie ja ihr Handy mit Google Maps, um sich zu orientieren. Aber ihr war es ein Ehrgeiz, möglichst überall auch ohne Internet klarzukommen, eine Fähigkeit, die ihr als Polizistin bei Einsätzen schon öfter zugute gekommen war.

Als Michi Cordes nach weiteren zehn Minuten die U-Bahn-Station 7th Street/Metro Center erreichte, hatte sie den spontanen Impuls auszusteigen und wurde Zeugin eines merkwürdigen Ereignisses. Eine Gruppe junger Männer kam plötzlich aus einer dunklen Ecke hinter einer Absperrung hervor. Drei von ihnen schoben Einkaufswagen vollgepackt mit kaputt aussehenden Elektroteilen und filzigen Decken vor sich her. Die Männer, oder besser Jungs, waren vielleicht siebzehn oder achtzehn Jahre alt, trugen fleckige, graue Anoraks und scannten den Bahnsteig, als wollten sie jeden Moment irgendeine illegale Aktion starten. Michi blieb reflexartig stehen und beobachtete die Umgebung, besonders die Rolltreppen, die einzigen Fluchtmöglichkeiten hier unten. Die Typen verhielten sich einfach merkwürdig. Dann formierten sie sich, bauten sich vor einigen verängstigten Passanten auf und ... fingen an, laut zu singen! A capella. Die Hektik in der

U-Bahnstation war plötzlich wie ausgeschaltet. Die Leute standen da und waren still. Lauschten. Michi auch. Es war wie aus einer anderen Welt. Noch nie hatte sie Bob Dylons *To make you feel my love* so virtuos, gefühlvoll und gleichzeitig so lässig gesungen gehört. Nachdem der letzte Ton des Songs verklang, war es noch fast eine halbe Minute völlig still auf dem Bahnsteig. Erst dann fingen einige ältere Damen an zu klatschen.

Michi stand immer noch regungslos da und sah dann einen älteren Mann, der wie vorher die Jungs aus der dunklen Ecke hinter der Absperrung kam. Er schien afrikanischer Herkunft zu sein. Mit seinem langen, verzierten Holzstab in der Hand, der aufrechten Haltung und der Halskette aus kleinen Knochen sah er aus wie ein ehrwürdiger Medizinmann. Er schaute sich kurz zu den Rolltreppen um und holte aus einem Umhängebeutel einen biegsamen Stoffhut hervor. Dann ging er langsam mit einem arroganten Grinsen an den Leuten vorbei und hielt ihnen den Hut hin. Die meisten legten sofort etwas Kleingeld hinein. Bei denen, die kein Geld hatten, blieb er einfach länger stehen und durchbohrte sie mit seinem Blick, bis sie doch ein paar Münzen rausrückten. Michi war genervt von der penetranten Art dieser Geldeintreiberei. Der Mann wirkte wie ein Guru, der „seine" Jungs für sich arbeiten ließ. Michi musste an *Slumdog Millionaire* denken, diesen indischen, Oscar-prämierten Film, in dem Kinder regelrecht zum Singen und Betteln *abgerichtet* wurden. Als der Medizinmann bei ihr vorbeikam, schaute Michi ihm streng und vorwurfsvoll in die Augen, natürlich ohne irgendeinen Cent rauszurücken. Da passierte etwas Merkwürdiges: Der Mann musterte die deutsche Ex-Polizistin interessiert und lächelte sie schließlich sehr warmherzig an. Dann ging er weiter. Michi sah ihm gerade noch verdutzt nach, als ein lauter Pfiff ertönte. Vier schwerbewaffnete Polizisten rannten die Rolltreppe hinunter. Die Leute auf dem Bahnsteig schauten verwirrt umher. Die Polizisten bahnten sich hektisch einen Weg durch die mittlerweile größer gewordene Menschenmenge, die auf den bald einfahrenden Zug wartete. Zu spät. Die Sänger und der Medizinmann waren weg. Genauso schnell, wie sie gekommen waren.

Als Michi die geschäftige Unterwelt mit ihrer Elektrobeleuchtung, den Sicherheitskameras und dem abgestandenen Geruch verlassen hatte, war sie heilfroh. Dann lieber in der Mittagshitze durch Downtown ziehen. Michi schlenderte durch die breiten, von riesigen Wolkenkratzern flankierten Straßen, einfach so, ohne Ziel und letztlich ohne genaue Orientierung. Claire, die meist auf irgendeinem Esoterik-Trip war, hatte ihr gesagt, dass sie einfach mal ohne Plan durchs Leben ziehen solle, einfach mal loslassen, dann würde sich die Welt verändern. Michi hielt von so einer Einstellung meist nicht viel, aber na gut, warum sollte sie es nicht mal ausprobieren. Die Urlaubstage in L.A., die sich bisher nicht als die allerspannendsten entpuppt hatten, waren dafür ideal. Die kontrollierte Polizeihauptkommissarin in ihr konnte zu Hause bleiben, sozusagen Ferien vom *Ich* machen. Die Straßen von Downtown L.A. waren voller Licht und Schatten. Auch in sozialer Hinsicht. Ging Michi eben noch durch den nach Reichtum riechenden *financial district*, fand sie sich kurze Zeit später in einem Gebiet wieder, wo Obdachlose ihre Hütten aus Plastikfolien an den Häusermauern befestigt hatten. Es mussten Hunderte sein. *San Pedro* hieß die Straße. Michi war es etwas mulmig zumute, überall misstrauisch schauende Gestalten vor diesen Behausungen entlang der Häuserzeilen. Und direkt dahinter die imposanten Hochhäuser, die man auf fast allen Postkarten hier sah. Das war Los Angeles. Doch nach knapp einer Stunde Sightseeing reichte es. Michi knurrte der Magen, und sie war durstig. Sie nahm den alten Tour Guide zur Hand. Hatte sie nicht eben in der Metro von einer legendären Bar gelesen?

Ja genau, der Laden hieß *King Eddy Saloon* und musste ein legendärer Ort sein. Wegen Charles Bukowski, der dort gesoffen haben soll. Michi las den Text in Claires Tour Guide. Dann suchte sie die 5th Street auf Google Maps. Das Handy machte ihr überraschend klar, dass sie direkt davor stand! Und tatsächlich, auf der Straßenseite gegenüber war dieses große Eckhaus, wo auf den schwarzen, wenig einladenden Wänden im Erdgeschoss zu lesen war „King Eddy Saloon". Auch wenn Michi sich lieber irgendwo ganz tourist-like in ein nettes Eiscafé gesetzt hätte, steuerte sie doch entschlossen auf den Eingang des King Eddy zu. Sie wollte sich ja abseits der üblichen Pfade bewegen. Es war mittlerweile kurz nach drei, der Laden hatte gerade aufgemacht. Mit einem unangenehmen Quietschen ließ sich die Tür aufziehen. Michi trat ein. In eine andere Welt.

Los Angeles Times

Interview

Los Angeles Times: Was mögen Sie eigentlich an Los Angeles? Warum leben Sie hier?

W. Hook: Weiß ich nicht mehr so genau. Eine Art Hassliebe oder so was. Ich glaube, ich lebe da irgendetwas aus, was ich mir ganz früher nicht eingestanden habe: Ich fand diesen „Way Of Life" einfach toll. Dieses Ohne-feste-Ordnung-Leben. Natürlich merkt man dann, dass es doch eine Ordnung gibt, sogar eine sehr starke. Strukturelle Gewalt überall.

Los Angeles Times: Strukturelle Gewalt… Wie meinen Sie das?

W. Hook: Na hier zum Beispiel. In Downtown. Wer wohnt da in den Plastiktonnen und Pappkartons direkt vor den Glastempeln der Hochfinanz? Schwarze. Fast nur Schwarze! Das ist eine der großen Traditionen hier, eine feste Ordnung. Ja, das ist auch der „Way Of Life". Weiß, dick und reich ist eine Sache, aber dann noch so selbstgefällig …da könnte ich manchmal eine Bombe reinwerfen.

Los Angeles Times: Haben Sie das nicht gemacht?

W. Hook: Was?

Los Angeles Times: Mr. Hook, Sie haben früher Ihre politische Meinung deutlich geäußert. Ich würde es mal so sagen,… auf „unmissverständliche" Art und Weise. Wie stehen Sie heute dazu?

W. Hook: So will ich darüber nicht reden.

Los Angeles Times: Wie denn?

W. Hook: Wie denn. Wie denn. Das war damals ein ganz anderer Zusammenhang. Ihnen fehlt der Background.

Los Angeles Times: Dann klären Sie mich auf …

W. Hook: Keiner will das wissen. Diese Dinge, die werden zu Geistern. Und die kommen nachts. Fast jede Nacht. Früher jedenfalls. Das geht vielen von uns so. Und dann gibt es Ausblicke. Ich meine nicht den Alkohol. Etwas, was Dir gut tut, was Du vielleicht schon in deiner Kindheit gemacht hast.

Los Angeles Times: Was war das in Ihrem Fall?

W. Hook: Ich habe früher als Kind schon gemalt und Musik gemacht.

Los Angeles Times: Haben Sie in einer Band gespielt?

W. Hook: Klar. Jeder war in einer Band. Als Jugendliche haben wir die Klassiker rauf- und runtergespielt. Die Stones, Dylon und auch ein paar eigene Sachen.

Los Angeles Times: Welches Instrument haben Sie gespielt?

W. Hook: Gar keins. Ich habe gesungen. Sogar vor kurzem noch, mit meinem Kumpel Mboto. Den hab ich hier am Strand kennengelernt. Der ist schon ziemlich bekannt. Eine ganze Zeit lang haben wir im *King Eddy* gespielt. Da hatte ich auch mal eine Ausstellung. Ich glaube, die fanden mich wegen meiner Herkunft exotisch und interessant. Da kamen auch komische Typen mit komischen Ideen. Die wollten Informationen über Waffen und so was… ich glaube das waren Cops. In letzter Zeit beobachtet hier jeder jeden. Ich bin nicht mehr im *King Eddy*. Ich will hier weg.

Los Angeles Times: Wohin wollen Sie?

117

W. Hook: Weg. Egal.

Los Angeles Times: Mr. Hook, eines Ihrer Bilder heißt *Gun Paradise*. Was für ein Paradies meinen Sie?

W. Hook: Ich will eine Pause.

King Eddy Saloon

Eine lange Theke. Vereinzelte, lichtscheu wirkende Gestalten, die davor saßen. Ein karogemusterter Fußboden wie ein Schachbrett. Und an den Seiten schmucklose quadratische Tische, an denen jeweils nur eine Person halbwegs bequem Platz finden konnte. Das war also das berühmte *King Eddy*. Michi wunderte bald gar nichts mehr in dieser Stadt, die letztlich wie ein riesiger Campingplatz oder Abenteuerspielplatz wirkte.

Sie setzte sich an einen der Seitentische und bestellte einen alkoholfreien King Eddy-Cocktail. Als der mit exotischen Früchten aufwendig drapierte Cocktail vor ihr stand, konnte Michi nicht anders als beeindruckt zu sein. Ein wahres Kunstobjekt, das zudem auch noch extrem frisch und appetitlich aussah. Der Geschmack war umwerfend. Michi schloss die Augen. Genau das Richtige nach der Latscherei durch die Hitze. Diese Stadt ist doch gar nicht so übel, dachte sie und betrachtete die Fotos an der Wand. Charles Bukowski fand sie da nicht, aber Kiefer Sutherland und viele andere ihr unbekannte Männer und Frauen, die an der Theke posierten und der Kamera zuprosteten.

Und ein Bild mit Menschen vor dem Brandenburger Tor.

Michi stand auf und ging näher an das schon verblasste Foto heran. Ja wirklich, da war eine Art Demo vor dem Brandenburger Tor zu sehen. Das Foto war, nach dem Outfit der Demonstranten zu urteilen, aus den sechziger oder siebziger Jahren. Die Leute auf dem Bild schienen ziemlich aufgebracht zu sein und irgendetwas zu schreien. Sie hielten Schilder hoch, die Michi aber nicht lesen konnte. In der Mitte der Menschenmenge stand im Vordergrund ein Mann mit nacktem Oberkörper, langen, strähnigen Haaren und rotem Stirnband. Er wirkte wie ein stolzer indianischer Krieger, mit einer gebogenen Adlernase, ganz ruhig inmitten des Tumults. Sein Blick ging direkt in die Kamera. Wer war das? Wohl auch ein Promi, der sich damals in Deutschland engagiert hatte? Michi ging zurück zu ihrem Tisch und trank den Cocktail aus. Nochmal kurz zur Toilette, und dann konnte der zweite Teil ihres Downtown-Trips beginnen.

Auf der engen Treppe runter zu den Toiletten hätte sie bald ein junger Asiate umgerannt, der eilig an ihr vorbei nach oben wollte. Michi konnte sich gerade noch an dem dünnen Eisengeländer festhalten. Der Asiate blieb augenblicklich stehen und murmelte auf untertänige Art und Weise etwas, was nach tausend Entschuldigungen klang. Als wollte er Michi auf die Beine helfen oder stützen, umklammerte er ungelenk ihre Hüfte. Dabei war sie ja noch gar nicht gefallen. Er schien einfach völlig unglücklich über diesen Zusammenstoß zu sein. Michi lächelte ihn an und sagte »No problem. It´s okay!«

Der junge Mann, der ihrer Meinung nach chinesischer Abstammung war, lächelte zurück. Und da fiel es ihr auf: Kein einziger Muskel um seine Augenpartie herum war aktiv, keine kleinen Fältchen. Das Lächeln war falsch. Und dann fiel ihr einen Sekundenbruchteil später ein: Sie hatte ihn vor dem *King Eddy* schon auf der Straße gesehen. Instinktiv fasste sie in ihre Seitentasche, ihr Handy war weg. Sofort war die Polizistin in ihr zu einhundert Prozent aktiviert. Sie verstellte ihm entschlossen den Weg nach oben. Der Asiate schaltete auch sofort um und rannte die letzten Stufen nach unten. Michi hinter ihm her. Er öffnete eine Art Putzschranktür und verschwand. Als Michi dort ankam, sah sie, dass eine weitere, aber viel längere Treppe noch tiefer nach unten führte. *Na gut, wie auch immer, den schnapp ich mir*. Die Ex-Polizistin nahm zwei, drei Stufen auf einmal und kam dem Flüchtigen immer näher. Unten angekommen schien er auch nicht mehr weiter zu wissen und öffnete irgendeine der beiden alten Holztüren vor ihm. Von da ging die Verfolgungsjagd durch einen langen, modrig riechenden Gang weiter. Michi war nur noch zwei Meter hinter ihm, als der junge Kerl rechts um die nächste Ecke bog ... und beide sich plötzlich in Gesellschaft befanden. Sie standen vor sechs schwer bewaffneten Männern und drei offenen Holzkisten mit Jagdgewehren. Michi sah nur noch den eingestanzten Namen auf den Kisten ... *Strasser*! Dann spürte sie einen Schlag auf ihren Hinterkopf, und alles wurde schwarz.

Los Angeles Times

Interview

W. Hook: Rückstoßlader. Mit feststehendem Lauf. Die nächste Patrone kommt immer nach Betätigung des Abzugs. Handgriff aus Kunststoff, sonst fast alles aus Stahl. Eine perfekte Einheit. Viele von uns hatten eine Uzi. Ich war der schnellste im Auseinander- und Zusammenbauen.

Los Angeles Times: Warum die Uzi und keine andere Waffe?

W. Hook: Die Kalaschnikow ist auf dreihundert Meter treffsicher. Ok. Aber ungeladen fast ein Kilo schwerer, zu schwer. Leicht und handlich, so was ist entscheidend, wenn man schnell sein will. Wenn Häuser und Personen in nächster Nähe sind.

Los Angeles Times: Das haben Sie sich alles selbst beigebracht?

W. Hook: Ach was! Selbst beigebracht?! Wir wurden eingewiesen. Trainiert. An solchen aufgebauten Häuserfronten. Potemkinsche Dörfer, wenn Sie so was kennen. Das Schlimmste waren die Hitze und der Staub.

Los Angeles Times: Wieso?

W. Hook: Wieso? Liegen Sie mal bei vierzig Grad in der Wüste mit einem krustigen Belag aus Schweiß und Sand im Gesicht und warten auf die richtige Sekunde zum Angriff. Blitzschnell reagieren, dann rennen, schießen und natürlich treffen, Deckung suchen und wieder warten. Und das den ganzen Tag lang. Wir hatten im Jemen kaum einen freien Tag. Es waren aber auch nur ein paar Wochen.

Los Angeles Times: Und da haben Sie auch gemalt?

W. Hook: Nein, natürlich nicht. Aber abends ein paar Skizzen gemacht. Alkohol gab es nicht, ich brauchte etwas, um mich abzulenken, runterzukommen. Da kamen zumindest ein paar ganz gute Ideen zustande.

Los Angeles Times: Gun Paradise?

W. Hook: Ja … zumindest vom Ansatz her.

Los Angeles Times: Warum *Paradise*?

W. Hook: Ich weiß es nicht.

Los Angeles Times: Was haben Sie gefühlt, als Sie zum ersten Mal eine Waffe benutzt haben?

W. Hook: Sie wollen wissen, wie ein perverser Killer so tickt?

Los Angeles Times: Nein, das habe ich nicht gesagt.

W. Hook: Sie lügen. Sie wollen nur diese Story von früher. Wahrscheinlich hänge ich auch mit dem Scheiß zusammen, der hier gerade passiert ist. So viele Tote. Dahinter steckt Hook. Hook, dieser Unbekannte. Und dann hat der noch so eine Deckmantel-Tätigkeit: Malen! Aber nachts treffen sie sich heimlich und bauen Bomben. Und tagsüber ist er der Maler. Ja, ich gestehe, ich bin ein Monster. Zufrieden?

Los Angeles Times: Nein, Mr. Hook, es geht uns um die Wahrheit, den Menschen Walt Hook, der hier zugewandert ist und eine interessante Lebensgeschichte hat … die sich auch in den Bildern ausdrückt.

W. Hook: Pah, Bullshit. In den Bildern drückt sich nichts aus. Höchstens der Betrachter selber.

Los Angeles Times: Ist das Ihre Kunsttheorie? Allein der Betrachter bestimmt die Aussage?

W. Hook: Ah, jetzt geht's um Kunsttheorie. Wir machen Schluss hier.

Wossoh

Eine Hand streicht langsam über ihre Brüste. Es ist hell, sehr hell. Sie hört ihr Herz klopfen. Die große Gestalt entfernt sich wieder. Dann kommt sie wieder zurück und lehnt sich an ihren Rücken. Sie spürt ihre Handgelenke, sie schmerzen. Er hat sie gefesselt. Devier. Es ist Devier. Er hat es geschafft. Er hat sie in seine Zelle gelockt. Sie ist wehrlos, hat keinerlei Kontrolle mehr. Aber wie? Er hat sie einfach durch die Wand zu sich gezogen. Einfach so. Einfach so? In Michis Kopf fängt sich alles an zu drehen. Erneut versinkt sie in Dunkelheit.

Michi öffnete langsam die Augen. Das erste, was sie wahrnahm, war wieder dieses grelle Licht, ein stechender Schmerz am Hinterkopf und ein taubes Gefühl in ihren Armen. Der Raum, in dem sie sich befand, war keine Gefängniszelle, sondern ein staubiger Kellerraum mit großen und kleinen Holzkisten in verschiedenen Metallregalen. Michis Erinnerungsvermögen und ihr analytischer Verstand wurden langsam wieder aktiv. Das musste unterhalb dieser Bar sein. *King Eddy*, genau! Aber was war das da in ihrem Rücken? Michi zuckte zusammen. Devier! Nein, kann nicht sein! Und da vernahm sie auch schon ein unverständliches Gemurmel. Der Asiate! Sie versuchte so gut es ging, sich zur Seite zu drehen, aber das ging nicht, sie war Rücken an Rücken an ihn gefesselt. Ihre Hände lagen auf ihren Beinen und fühlten sich taub an, sie waren stramm mit Kabelbinder zusammengebunden. Schmerzen spürte sie fast gar nicht. Die unterbrochene Blutzufuhr hatte auch etwas Positives, dachte Michi in einer Mischung aus Verzweiflung und Sarkasmus. *Konzentrier' dich, was machst du jetzt*? Sie versuchte, die innere Kontrolle wiederzuerlangen. Das war das Wichtigste in solchen Situationen. Doch die Überlegungen wurden durch ein Türgeräusch unterbrochen. Dieser Typ, der garantiert nicht Devier war, kam wohl wieder rein. Instinktiv stellte sie sich ohnmächtig. Sie spürte, wie der

Unbekannte dicht an sie herantrat. Sie blinzelte ganz leicht mit ihren Augen und versuchte, etwas zu erkennen. Ein bärtiger Mann stand breitbeinig über ihr und beugte sich langsam zu ihr herunter. Die Position war perfekt. Jetzt oder nie. Explosionsartig schnellte Michis linkes Bein nach oben und traf ihn an seiner empfindlichsten Stelle. Volltreffer! Er schrie kurz auf und wankte leicht gebückt nach hinten. Mit aller Kraft holte Michi mit ihrem rechten Bein aus und traf seinen Kopf. Er fiel zur Seite und rief irgendetwas. Sie musste jetzt unbedingt nachtreten. Sie musste etwas näher an ihn heran, konnte aber nicht, weil dieser Junge wie ein Klotz an ihrem Rücken klebte. Ihr blieb nicht viel Zeit. Sie versuchte, mit ihrem rechten Fuß sein Gesicht zu treffen. Als hätte der Asiate ihren Plan erfasst, drückte er sich gegen Michi, so dass sie näher an den Bärtigen heranrutschen konnte. Der Typ wollte gerade wieder aufstehen, da landete auch schon Michis Schuhspitze an seiner linken Schläfe. Mit einem tiefen Grunzen sackte er zusammen und blieb bewegungslos vor ihr auf dem Boden liegen. Die Gefangene holte tief Luft und ließ sie langsam wieder aus ihren Lungen. Geschafft. Aber das war nur der erste Schritt. Sie sah ihre Hände, die tiefrot und geschwollen aussahen. Der dünne schwarze Kabelbinder saß sehr eng. Ihr Mitgefangener äußerte mit zitternder Stimme irgendetwas, was sie nicht verstand.

Ok, sagte Michi zu sich selber, *Du wirst dich jetzt zusammenreißen, es wird wehtun, aber der Trick von Schrader funktioniert.* Sie hatte es ihren Nahkampf-Ausbilder mehrmals machen sehen und es nach drei Versuchen auch selber geschafft. Vielleicht kam ihr das Taubheitsgefühl jetzt zugute? Sie holte tief Luft und faltete ihre Hände wie beim Beten. Dabei drückte sie die beiden Handgelenke so weit es eben ging auseinander. Die Plastikbänder vergruben sich dabei tief in ihre Haut. Gott sei Dank spürte sie kaum etwas. Michi hielt ihre zusammengebundenen Hände in dieser Position so weit wie möglich nach vorne. Sie spannte ihre Bauchmuskeln und hielt die Luft an. Schnelligkeit ist jetzt alles! Mit einem heftigen Ruck riss sie die gefalteten Hände zurück an ihren Oberkörper. Ein massiver Stich erreichte nun doch ihr

Schmerzzentrum im Gehirn. Scheiße! Bloß keine Pause. Michi nahm nochmal Schwung. Es tat noch mehr weh, aber das peitschende Geräusch des reißenden Kabelbinders klang wie Musik. Die Hebelwirkung ihrer plötzlich auseinander gedrückten Ellenbogen war tatsächlich stark genug gewesen. Etwas benommen, aber erleichtert schaute sie auf ihre blutunterlaufenen Hände. Es würde etwas dauern, bis das Gefühl wieder in allen Fingern war.

Nach etwa fünfzehn Minuten waren ihre Hände halbwegs wieder zu gebrauchen. Sie kribbelten und brannten noch, aber ihr war klar, dass sie und der Junge hier so schnell wie möglich wegmussten. Auf der linken Seite zwischen ihr und dem Jungen war ein dicker Knoten, der das Seil fixierte, das sie beide umspannte. Mit aller Kraft versuchte Michi, sich so weit es eben ging nach links zu drehen, um an den Knoten zu kommen. Das klappte auch halbwegs, wären da nur nicht ihre Hände gewesen, die außer grobmotorischen Bewegungen immer noch nicht viel machen konnten. Aber sie musste es versuchen. Auch wenn es länger dauerte.

Es dauerte über eine Stunde. Dann waren sie frei. Schweißgebadet half Michi dem Asiaten auf die Beine. Er schaute sie verdutzt und ehrfürchtig an. Dann hielt er ihr seine Hände hin. Klar, die waren natürlich auch mit Kabelbinder gefesselt. Bevor Michi ihm umständlich vorgemacht hätte, wie er sich befreien könnte, lief sie zu dem Metallregal an der Wand. Vielleicht gab es da irgendein Werkzeug, ein Messer oder eine Zange. Nein, nichts. Nur viele kleine Kisten mit 9mm-Patronen. Da fiel ihr ein: Wo Patronen aufbewahrt wurden, fand man auch oft eine Feile, mit der viele Kriminelle den Bleikern freilegten, um dem Geschoss eine verheerende Wirkung zu geben. Und nach ein paar Minuten wurde Michi auch fündig. Gleich mehrere Elektrofeilen lagen auf einer Ablage. Und zum Glück fand sie auch eine normale Handfeile. Es war zwar nicht leicht, aber nach einiger Zeit waren die Plastikriemen durchtrennt. Der Junge rieb seine tauben Hände und schaute mit roten, glasigen Augen verlegen zur Seite. Michi ging zu dem Kerl auf dem Boden, der hin und wieder röchelnde Laute von sich gab, aber noch nicht wieder aufgewacht war. Vielleicht hatte er eine Waffe. Fehlanzeige. Außer Zigaretten und einem Feuerzeug war nichts in seiner Jacke zu finden.

Michi ging zu ihrem asiatischen Schicksalsgefährten und sah ihn durchdringend an. Nach ein paar Sekunden der Irritation verstand er und gab seiner Befreierin verlegen ihr gestohlenes Handy zurück.

»What's your name?« fragte Michi.

»Wossoh!« kam nach einer Pause grummelnd als Antwort.

»Na gut, Wossoh, verlassen wir diesen Keller!« Mit diesen Worten, die sie eher flüsterte als sagte, ging sie zur Tür und drückte die Klinke behutsam runter.

Los Angeles Times

Interview

Los Angeles Times: Sie haben am Anfang gesagt, dass einem die Dinge gut tun, die man schon in seiner Kindheit gemacht hat…

W. Hook: Ja, das Malen und die Musik .

Los Angeles Times: Wie waren da die ersten Erfahrungen? Wie war Ihre Kindheit?

W. Hook: Das Beste im Leben.

Los Angeles Times: Was genau war das Beste?

W. Hook: … einfach diese Geborgenheit. Ich hatte eine tolle Kindheit. Ich kann mich kaum an irgendeinen Zwang erinnern. Ich durfte im Prinzip alles machen, meine Eltern hatten ein kleines Reihenhaus. Die Welt war spießig, aber das habe ich als Kind nie so empfunden. Ich war viel draußen. Ich hatte viele Freunde, wir haben`ne Menge Scheiß gebaut, aber wenn ich abends total verdreckt nach Hause kam, war alles in Ordnung. Einmal war die Polizei hinter uns her, weil wir ein Feuer am Bahndamm gemacht hatten. Und weil es außer Kontrolle geraten war. Meine Mutter hat uns im Haus versteckt. Sie sagte dann ein paar ernste Worte zu mir, aber abends gab´s ein heißes Bad, und beim Abendessen war alles wieder vergessen. Meinen Vater habe ich zu Hause fast nie gesehen. Er war Berufssoldat und im Krieg früher Offizier. Wir Kinder haben seine Dienstwaffe mal gefunden und damit gespielt. Meine Mutter hat sie uns wieder abgenommen. Es war eine Vorstadtidylle, wenn Sie so wollen. Wirklich schön. Dann, als ich elf wurde, war plötzlich alles anders.

Los Angeles Times: Was ist passiert?

W. Hook: Ein ganz normaler Umzug. Mein Vater wurde versetzt nach Berlin. Das war für mich ein Bruch mit meinem bisherigen Leben. Ich war in der Grundschule kein guter Schüler, weil ich immer irgendeinen Scheiß gebaut habe. Die Lehrerin sagte, das Abitur würde ich nie schaffen. Und in Berlin kam ich dann aufs Gymnasium. Meine Mutter hat mich einfach angemeldet. Fremde Schule, fremde Stadt, keine Freunde und dann diese überaus motivierende Prophezeiung meiner Lehrerin. Das saß bei mir tiefer als ich dachte. Ja, und dann kam auch noch die Pubertät. Ich wurde dick, ruhig und ängstlich.

Los Angeles Times: Wie haben Sie die Schule geschafft?

W. Hook: Keine Ahnung. Ich habe mich einfach in mich zurückgezogen. Aber da war eine Gruppe von Jungs, die mein technisches Talent schätzten. Ich sollte für sie alte Motorroller fit machen. Und das tat ich. Irgendwie hatte ich dann einen Platz in dieser Gruppe. Das war die Rettung. Es ging dann auch um solche Mutproben. Matchbox-Autos im Laden klauen oder eine Nacht gefesselt in einem Keller durchhalten.

Los Angeles Times: Wozu sollte das gut sein?

W. Hook: Das weiß ich heute auch nicht mehr. Jedenfalls kamen wir uns ganz schön tough vor. Gefesselt ohne Wasser und Brot, eine ganze Nacht lang. Wie so ein Initiationsritual. Als ich das geschafft hatte, durfte ich wiederum ein neues Gruppenmitglied anwerben und testen. Also in den Keller sperren und fesseln. Das war eine ganz eigene Welt.

Ein rosa Gummiboot

Ein langer Gang wie in einem runtergekommen Parkhaus. Notdürftige Beleuchtung von alten Neonröhren, die flackernd spärliches Licht gaben. Kein Mensch weit und breit. Michi schlich leise in Richtung einer weiteren Tür, nur einige Meter entfernt. Wossoh trottete still hinter ihr her. Sie lauschte angestrengt, ob dahinter irgendein Geräusch zu hören war. Nichts. Vielleicht ging es dort wieder nach oben ins *King Eddy*? Sie fasste sich ein Herz und drückte die Klinke nach unten.

Die Tür war nicht verschlossen. Als wäre sie seit Jahren nicht mehr benutzt worden, musste Michi alle Kraft aufwenden, nur um sie einen halben Meter zu öffnen. Dabei entstand ein lautes quietschendes Geräusch, das die beiden Flüchtenden jetzt gar nicht brauchen konnten. Dahinter war alles dunkel. Michi machte die Taschenlampe ihres Handys an und erschrak. Eine Menschengruppe stand ihr gegenüber. Regungslos. Schaufensterpuppen. Mit alten Decken und Tüchern umwickelt. Die Szenerie dieses Raums wurde noch merkwürdiger durch einige Malereien, die der Lichtkegel ihres Handys nach und nach offenbarte. Die Zeichnungen an der grauen Kellerwand, von der der Putz abblätterte, mussten ziemlich alt sein, sie waren schon sehr verblasst. Am deutlichsten zu erkennen: Ein altmodisch aussehender Polizist in Interaktion mit einem glatzköpfigen Mann, der auf dem Boden saß. Ein Obdachloser? Was war das für ein Raum? Die Abstellkammer einer Schaustellertruppe? Wossoh sah sich ebenfalls erstaunt im Halbdunklen um. Überall an den Wänden standen Regale mit Unmengen von Kisten und Krimskrams. Michi suchte eine zweite Tür, einen gottverdammten Weg rauf an die Oberfläche. Nicht leicht bei einer Smartphone-Beleuchtung und dem ganzen Durcheinander. Eine Netzverbindung gab es hier unten natürlich auch nicht, konstatierte Michi mit einem nicht überraschten Blick auf ihr Handy. Na, immerhin war der Akku noch zu achtzig Prozent voll. Plötzlich gab es einen Knall und aufgeregte Stimmen aus der Ferne. Wossoh rannte augenblicklich raus, wieder zurück auf den Gang. Und Michi tat es ihm gleich. Denn in diesem Panoptikum wären sie in der Falle. Im flackernden Neonlicht eilten sie einfach den Gang weiter, ohne zu wissen wohin. Nur weg von den Stimmen, die zu einem wütenden Geschrei wurden. Ihre Flucht war anscheinend bemerkt worden.

Michi Cordes und ihr unfreiwilliger Verbündeter liefen so schnell sie konnten. Nach hundert Metern gabelte sich der Weg. Die Ex-Polizistin entschied sich für links, weil es dort dunkler aussah. Der junge Asiate folgte ihr. Er schrie ständig irgendetwas. Michi hatte keine Zeit, darüber genervt zu sein. Der Tunnel machte plötzlich eine scharfe Neunzig-Grad-Kurve, um sich direkt danach wieder zu teilen. Diesmal lief Wossoh instinktiv nach rechts und seine Begleiterin hinter ihm her. Was war das hier unten? Ein Labyrinth? Wo führten diese Gänge hin? Michi hatte mittlerweile die Orientierung verloren und blieb stehen, um zu hören, wie weit ihre Verfolger wohl hinter ihnen waren. Einige Stimmen maulten da noch herum, aber schon weiter weg als eben. Ein paar Meter entfernt stand Wossoh vor einem undefinierbaren Berg. Michi hielt den Lichtschein darauf. Es war eine Ansammlung von kaputten Holzkisten, stinkenden Plastiksäcken und alten Decken. Die beiden Flüchtenden wollten gerade weiterlaufen, als der Junge mit dem Fuß gegen etwas Hartes stieß. Gegen einen kleinen Knauf, der zu einer viereckigen Bodenplatte aus Metall gehörte. Eine Falltür! Vielleicht ihre Rettung?! Michi zog mit aller Kraft an dem metallenen Knauf und tatsächlich: Die Platte ließ sich hochziehen, hier ging es eine Etage tiefer. Plötzlich hörte sie das Rufen und Fluchen ihrer Verfolger wieder. Entschlossen stieg die Ex-Hauptkommissarin die schmale Treppe runter, während Wossoh die Falltür hochhielt. Den Lichtkegel immer auf den nächsten Meter gerichtet, versuchte Michi, so schnell es ging hinabzusteigen, um auch Platz für Wossoh zu machen. Nach einigen Metern sah sie nach oben. Der Asiate stand aber nur wie angewurzelt da und machte die

Falltür einfach zu. *Verdammt! So ein Idiot. Entweder hat er einfach Schiss bekommen oder ... was weiß ich*, dachte Michi und lauschte dabei angestrengt in die Stille. Sie hörte nichts. Jedoch nach kurzer Zeit viele trampelnde Schritte. Sie wurden immer lauter. Und sie trampelten einfach über sie hinweg. Keiner von diesen Typen blieb anscheinend stehen. Hatten sie die Bodenplatte nicht bemerkt? Michi wartete noch ein paar Minuten, dann stieg sie weiter die Treppe hinunter. Je tiefer sie kam, desto lauter wurde ein klatschendes, manchmal glucksendes Geräusch, dessen Herkunft an Surrealismus kaum zu überbieten war: Ein leicht auf- und abwippendes, rosafarbenes Gummiboot, befestigt an einem Steg im Abwasserkanal.

Los Angeles Times

Interview

Los Angeles Times: Sie erzählten von einer ganz eigenen Welt, in der Sie sich wohlfühlten. Wie lange hielt das an?

W. Hook: Sehr lange. Das übertrug sich reibungslos auf die Studentenzeit.

Los Angeles Times: Was haben Sie studiert?

W. Hook: Politik und Soziologie. Aber ich war nicht so oft in der Uni. Wir hatten nach wie vor andere Dinge im Kopf.

Los Angeles Times: Welche?

W. Hook: Irgendwie anders sein als unsere Eltern. Obwohl ich wie gesagt ein schönes Zuhause hatte, aber es war alles etwas niedlich und eng. Wir wollten einfach raus, etwas verändern. Mit eigenen Gesetzen und Werten. Wir waren halt Kinder unserer Zeit. Damals Ende der sechziger, Anfang der siebziger.

Los Angeles Times: Wer ist *wir*?

W. Hook: Meine beiden Kumpels, die ich noch aus der Schule kannte, und Jenny, die war echt schräg drauf. Durch sie sind wir in Matala gelandet.

Los Angeles Times: Matala?

W. Hook: Ja, die Höhlen am Strand. Auf dieser griechischen Insel, Kreta. Jenny hatte da einen Lover. Die beiden schipperten mit einem Plastikboot vor der Küste herum, und er hat den ganzen Tag Gitarre für sie gespielt. Matala war in den 60igern eine riesige Hippie-Kommune. Da lebten Aussteiger aus aller Welt, besonders junge Amerikaner, Vietnamverweigerer. Meist in diesen Höhlen, wie Penner. Aber frei und das blaue Meer direkt vor den Füßen. Das war ein Traum. Ich gehörte auch dazu, acht Monate lang. Kennen Sie *Carey*?

Los Angeles Times: Nein. Wer ist Carey?

W. Hook: Das ist ein Song von Joni Mitchell. Sie war auch mal dort. In dem Song besingt sie ein Café, das *Mermaid*. Ist ein cooler Ort. Leider wurde Matala zu meiner Zeit schon langsam touristisch. Aber das Leben da und die Höhlen haben mein Leben verändert.

Los Angeles Times: Inwiefern?

W. Hook: Es hat mir gezeigt, dass ein anderes Leben möglich ist, es gab keinen Besitz, alles wurde geteilt, auch die Liebe. Es gab keine Zweierbeziehungen. Jeder war frei und gönnte jedem die Freiheit. Wir waren wie eine große Familie. Anfangs. Klar, manchmal gab es etwas Eifersucht, aber das legte sich schnell wieder. Am Ende haben die Höhlen mich vertrieben.

Los Angeles Times: Die Höhlen?

W. Hook: Ja. Bei Matala gibt es diese Felsenbucht. Da wurden vor Urzeiten Höhlen in das poröse Gestein gegraben. Richtige Wohnungen. Und später, als die Römer kamen, wurden diese Behausungen zu Grabstätten. Was glauben Sie, was das für eine Atmosphäre dort ist. Sicher und geschützt vor dem Wind, aber in manchen Nächten ... Wir konsumierten, wie es damals üblich war, psychodelische Pilze. Ich weiß nicht, ob Sie sich das vorstellen können, aber die Höhlen sprechen. Die Steine, … sie sprechen mit einem. Und das war keine Einbildung, und wenn es Einbildung war, dann waren es wahre Bilder. Über einen selbst. Ich habe den Tod meines Vaters gesehen und mich von ihm verabschiedet, und zwei Wochen später kam ein Brief an, dass er gestorben sei. Und es waren noch viele andere Geister, die hochkamen. Die Zeit war unbeschwert und beschwert zugleich, besonders nachts. Hinzu kam, dass wir mehr und mehr Auseinandersetzungen mit den Behörden hatten, und da wir Obdachlose waren, stand jeden zweiten Tag ein Polizeiwagen am Strand. Da bin ich wieder zurück nach Hause.

Los Angeles Times: Zu Ihren Eltern?

W. Hook: Für ein paar Tage. Aber das war der Horror. Ich hatte mich verändert. Ich bin sofort wieder weg. Zu einem Cousin in die DDR.

Los Angeles Times: DDR?

W. Hook: Ja, das war der Arbeiter- und Bauernstaat in Deutschland. Aber auch da war es zu eng. Ich habe es nach einigen Schwierigkeiten an der Grenze geschafft, in einer West-Berliner Kommune unterzukommen. Da traf ich zum ersten und letzten Mal Gudrun Ensslin.

El Sendero

Mit dem Rücken zur Wand bewegte sich Michi langsam über die vielleicht nur dreißig Zentimeter schmale Plattform in Richtung Gummiboot. Direkt unter ihr floss gemächlich das stinkende Wasser des Kanals. Der Lichtschein ihres I-Phones huschte chaotisch über die Wände. Sie brauchte beide Arme, um die Balance beim Gehen nicht zu verlieren. Am rosa Boot angekommen sah sie, dass es sich um ein komfortables, etwa vier Meter langes Kanu handelte. Es war mit einem Tau befestigt, einige kleine Kisten lagen wohlgeordnet im Heck. Der Kanal wird anscheinend als Transportweg benutzt, dachte Michi und stieg ohne Bedenken in das Boot. Hier war es jedenfalls bequemer als an der Wand stehen zu bleiben. Michi leuchtete in die Ferne des Kanaltunnels vor ihr. Er schien endlos zu sein. Das leichte Wackeln des Kanus, in dem sie jetzt saß, war irgendwie beruhigend. Zum ersten Mal Ruhe. Zum ersten Mal keine unmittelbare Gefahr. Michi spürte, dass sie fror. Hier in dieser Unterwelt war es um einiges kühler als oben. Sie hatte Hunger, war durstig, fühlte sich matt, wie ausgespuckt. Was nun?

Michi schloss die Augen und hörte dem leisen Glucksen des an die Mauer schwappenden Wassers zu. Vielleicht war alles nur ein Traum. Warum musste sie durch diese öde Stadt laufen. Warum war sie nicht einfach in Venice geblieben oder noch besser nach Hause geflogen. *Eine Auszeit täte ihr gut, so ein Scheiß!* Gerade wollte eine Träne ihre Wange herunterlaufen, da übernahm die Polizistin in ihr wieder die Regie und ließ den Lichtschein ihres Handys systematisch die Wände checken. Vielleicht gab es irgendeinen Hinweis, der ihr weiterhelfen konnte. Da war aber nichts, außer ein paar verblasste Farbklecser, und ziemlich oben an der Wand ein Wort. Nach genauerem Hinsehen konnte sie es erkennen: El Sendero. Michi dachte sofort an ihre Schulzeit. Sie kannte dieses Wort. Es hatte irgendwie mit Guerilla-

Kämpfern zu tun. Zur Zeit des Kalten Krieges. Ja genau: Sendero Luminoso, der leuchtende Pfad. Also hieß *El Sendero* so was wie *der Pfad*. Nach einigen weiteren Überlegungen über den damals herrschenden Ost-West-Konflikt und die Rolle Chinas merkte Michi, dass ihr Geist sich verlor und am liebsten vom Hier und Jetzt verabschieden wollte. Und sie merkte mehr und mehr etwas unangenehm Hartes in ihrem Rücken. Als sie sich umdrehte und hinter sich griff, war ihr, als hätte das Schicksal plötzlich Erbarmen mit ihr: Sie hielt eine volle Flasche Mineralwasser in der Hand! Und dann lag da noch eine Flasche Bourbon, halbverdeckt von einer Plastiktüte. Wahrscheinlich Proviant von jemandem, der mit dem Boot irgendwelche Waren transportierte. Mit jedem gierigen Schluck Wasser strömte das Leben wieder in die einzelnen Regionen ihres Körpers. Dabei wurde ihr klar: Weglaufen war keine Option! Nein, sie musste agieren, angreifen! Vielleicht müsste sie nur nach Spuren von Wossoh suchen, denn wo er war, da würden auch diese Typen sein. Wahrscheinlich hatten sie ihn längst geschnappt. Und wie sie ihn einschätzte, würde er schreien und sich durch Krach bemerkbar machen. Einige mögliche Befreiungsszenarien fegten in Sekundenschnelle durch Michis Kopf. Wie auch immer, die junge Ex-Polizistin stand auf und kletterte wieder auf die Plattform. Sie würde einen Weg finden.

Los Angeles Times

Interview

Los Angeles Times: Sie nannten Gudrun Ensslin. Wie haben Sie sie kennengelernt?

W. Hook: Ironischerweise durch meinen Onkel, meinen Patenonkel.

Los Angeles Times: Ironischerweise?

W. Hook: Ja. Indirekt. Mein Onkel war wie Helmut Ensslin auch Pfarrer. Die waren sozusagen Kollegen. Ich glaube, damals in Bad Cannstatt, gemeinsame Gemeindearbeit oder so was. Gudrun war viel älter als ich. Habe sie damals nur hin und wieder kurz gesehen, wenn ich meinen Onkel dort besucht habe.

Los Angeles Times: Hat sie Sie irgendwie beeindruckt oder beeinflusst?

W. Hook: Beeinflusst? Wie meinen Sie das?

Los Angeles Times: So rein weltanschaulich meine ich.

W. Hook: Nein. Ich hab ja gesagt, ich habe sie ganz früher nur kurz mal gesehen. Aber mein Onkel, der war wichtig für mich!

Los Angeles Times: Inwiefern?

W. Hook: Letztlich war er ein Revolutionär. Also ich meine so völlig unspießig. Es war damals nicht immer einfach, in einem Kaff wie Bad Cannstatt seine Meinung zu sagen und dann auch noch als Pfarrer. Die Leute haben bestimmte Erwartungen an einen Mann des Glaubens. Entweder erfüllt er sie oder er ist unten durch. Meinem Onkel hat das alles nichts ausgemacht. Keine

Ahnung, wo er diese Kraft herhatte. Es war wohl sein Glaube, der war bei ihm zu hundert Prozent echt.

Los Angeles Times: Glauben Sie an Gott?

W. Hook: Ich habe nie einen Zugang zur Religion gefunden. Aber die Art und Weise, wie mein Onkel sich im Leben verhielt, war beeindruckend. Er schien nie wirklich Angst vor etwas zu haben. Er war jedenfalls immer friedlich, besonnen und sah das Beste in allem. Obwohl er einen behinderten Sohn hatte, irgendwie geistig zurückgeblieben. Er hieß Gerald, ein lustiger Kleiner. Ungefähr zehn Jahre jünger als ich. Ein Nachzügler. Ich habe manchmal auf Gerald aufgepasst. Hab´ ihm gezeigt, wie man ohne Streichhölzer, ohne Feuerzeug Feuer macht. Er hat es aber nie selber geschafft. Aber er hat geübt, viel geübt, jede freie Minute. Mein Onkel hat einiges gestemmt. Die ganzen Lebensumstände waren nicht einfach. Ja, und dann waren da diese komischen Typen, da wo mein Onkel wohnte. So eine Gang. Die dealten mit Waffen und Drogen. So was gibt es nicht nur hier.

Los Angeles Times: Was war mit denen?

W. Hook: Ich sag ja, die verkauften Waffen und Koks. Keine Ahnung an wen. Ich hatte zufällig was gesehen, als ich so einem Kleinbus die Vorfahrt genommen hatte. Ich war mit meinem Onkel unterwegs zu einem Gottesdienst. Er war ja mein Pate und wollte mich seiner Gemeinde vorstellen. Vielleicht dachte er, aus mir würde noch ein guter Christ. Jedenfalls knallten wir in seinem alten Fiat mit diesem Kleinbus zusammen. Ich glaube, es war ein Hanomag. Dabei wurde die Seitentür von dem Bus mehr oder weniger aus den Angeln gerissen. Und ich konnte in den Innerraum schauen. Da lagen Dutzende von Gewehren auf dem Boden. Alle in Bündeln zusammengeschnürt. Ich hab's genau gesehen. Und die Typen haben das wiederum auch gesehen. Bei dem Unfall war kein Mensch in der Nähe, kein Zeuge. Also haben die mich und Onkel Edgar, so hieß er, einfach mitgenommen. Säcke über den Kopf gezogen und in irgendeine Hütte geschleppt. Kann aber nicht weit weg gewesen sein. Wir waren dann in irgendeinem Raum alleine. An Stühle gefesselt. Mein Onkel sagte, ich solle ganz ruhig bleiben, er würde das regeln, er wüsste, wer diese Typen seien.

Los Angeles Times: Hatte er Kontakt zu diesen Kriminellen?

W. Hook: Eigentlich nicht, aber er kannte wohl zwei von denen aus der Nachbarschaft. Von früher, als sie noch Kinder waren und in die Kirche gingen. Er hat sich als Pfarrer immer um alle gekümmert. Gerade auch um die Schwierigen.

Los Angeles Times: Was ist in der Hütte passiert?

W. Hook: Etwas Komisches. Was ich nie so erwartet hätte.

Am Haken

Michi kletterte die Treppe hoch. Oben angekommen drückte sie von unten gegen die eiserne Platte. Sie ließ sich aber nicht ohne Weiteres aufdrücken. Irgendetwas lag darüber. Nachdem Michi alle Kraft zusammengenommen hatte, konnte sie die Falltür nach oben wuchten. Jetzt merkte sie, dass da eine schwere Decke oder ein Teppich war, mit dem jemand diese Bodenplatte verdeckt hatte. *Wossoh*, dachte sie sofort, *der Junge war doch gar nicht so übel*. Michi zog ihren Körper durch die Öffnung und stand nun wieder oben in dem Tunnelgang.

Das schwache, flackernde Neonlicht ließ alles unwirklich und bedrohlich eng erscheinen. Michi blickte sich um. Niemand war zu sehen. Langsam und vorsichtig ging sie in die Richtung, aus der sie beide gekommen waren. Kein Geräusch, keine Menschenseele weit und breit. Nach etwa fünf Minuten erreichte sie eine Tür. Die Ex-Polizistin wurde automatisch langsamer. Sie schlich ganz nah heran und legte ihr rechtes Ohr behutsam an die Metalloberfläche. Nichts. Nicht das Geringste zu hören. Sie ging weiter. Dann gabelte sich der Gang. Hier waren sie, glaubte sie, nach rechts abgebogen, also musste sie jetzt nach links. Jede Ecke, jede Abbiegung sah gleich aus. Michi blieb stehen. Wenn sie ehrlich war, wusste sie nicht mehr, wo sie war. Es gab auch keine Türen hier, an denen man sich orientieren konnte.

Plötzlich hörte sie Stimmen. Ganz schwach. Sie waren nicht weit entfernt. Aber aus welcher Richtung, war schwer zu sagen. Die schlauchartigen Gänge leiteten den Schall überall gleichzeitig hin. Bis Michi auf einmal merkte, dass die Stimmen vor ihr aus der Wand kamen. Sie trat näher an die Mauern. Und tatsächlich, da war ein dünner vertikaler Spalt in der Wand. Eine Tür ohne Klinke. Wie eine Geheimtür, kaum zu erkennen bei der spärlichen Beleuchtung. Auch hier drückte sie ihr Ohr gegen die Türwand. Ja, da war etwas, was wie ein Tier klang. Schluchzen und Knurren zugleich. Und dann eine laute drohende Männerstimme: »Quién? Pajero!!!«

Aus dem schluchzenden Knurren wurde ein menschlicher Schrei: »Wossoooh!« *Scheiße*, dachte Michi, *sie foltern ihn und versuchen, seinen Namen rauszubekommen.* Sie musste sich unbedingt Klarheit darüber verschaffen, was in diesem Raum vor sich ging. Leise und vorsichtig versuchte sie mit den Fingernägeln die Tür zu öffnen. Das war gar nicht so einfach, immer wieder glitt die Tür zurück in die Ausgangslage. Dabei entstand ein Geräusch. Das aber außer von ihr nicht zu hören war, das jedenfalls hoffte sie. Schließlich gelang es ihr, einen kleinen Spalt offenzuhalten und einen winzigen Blick in das Zimmer zu werfen. Und da sah sie ihn. Wossoh hing mit den Händen an einem Haken, seine Fußspitzen berührten gerade mal den Boden. Er war schweißgebadet. Apathisch murmelte er immer wieder »Wossoh«. Und da waren zwei andere Typen, die sich laut in einem merkwürdigen Gemisch aus Spanisch und Englisch unterhielten, oder besser gesagt anschrien. Diese Kerle schienen merkwürdig drauf zu sein, wie unter Drogen. Der eine fuchtelte überdreht mit einer Uzi vor Wossohs Gesicht herum. Der andere kramte fahrig und laut fluchend in einem Regal herum. Ob noch ein dritter in dem Raum war, konnte man nicht erkennen. *Was nun?* Michi schloss leise wieder die Tür und lehnte sich mit dem Rücken gegen die Wand. *Wie konnte sie ihn befreien?* Sie war unbewaffnet.

Los Angeles Times

Los Angeles Times: Was hatten Sie denn erwartet?

W. Hook: Na, was erwartet man von einem Pfarrer in so einer Situation? Wie wir da so saßen, mit den Händen nach hinten gebunden auf einem Stuhl, hatte ich den Eindruck, mein Onkel würde beten oder so, er zitterte plötzlich am ganzen Körper und murmelte immer wieder etwas. Die drei jungen Typen standen da herum und wussten wohl nicht so recht, was sie machen sollten. Sie konnten uns nicht einfach laufen lassen. Sie wirkten aber so, als wäre ihre Geduld bald am Ende. Sie hatten da irgendjemanden angerufen, aber wohl noch keine Antwort bekommen. Der eine hielt eine Pistole in der Hand.

Los Angeles Times: Was passierte dann?

W. Hook: Also, mir war das Verhalten von Onkel Edgar irgendwie peinlich. Für mich war er sonst die Souveränität schlechthin, aber jetzt saß er da wie so ein wimmerndes Häufchen Elend. Das war schrecklich, ihn so zu sehen. Jetzt, wo es drauf ankam. Mich machten die Typen maßlos sauer, gleichzeitig bewunderte ich ihre Coolness. Und dann sagte mein Onkel auch noch, dass er mal aufs Klo müsste. Ich weiß nicht, ob er sich eingepisst hatte, es wirkte so. Sie banden ihn los, und einer von ihnen wollte ihn gerade zum Klo begleiten, da beugte er sich stöhnend vornüber und stütze seine Hände auf seine Knie, als

144

könne er nicht gut gehen und müsste verschnaufen. Sein Begleiter beugte sich über ihn und wollte ihn gerade wieder aufrichten, als sich mein Onkel wie ein Klappmesser blitzartig aufrichtete und seinen Hinterkopf gegen das Kinn des Mannes rammte. Der fiel sofort hinten auf den Boden. Ich traute meinen Augen nicht: Onkel Edgar sprang ohne zu zögern auf den anderen Mann mit der Pistole. Ein Schuss löste sich. Mein Onkel schlug ihm die Faust gegen die Schläfe, nahm ihm die Waffe ab, rollte schnell zur Seite und zielte auf den dritten Mann, der jetzt direkt über ihm stand. Das war wirklich wie in einem Film. An das weitere kann ich mich nicht mehr so gut erinnern. Da war ja ein Telefon. Onkel Edgar hat dann die Polizei angerufen und die Typen so lang mit dem Revolver in Schach gehalten. Ich glaube, die Bullen kamen auch ziemlich schnell, so nach zehn Minuten.

Los Angeles Times: Und haben Sie später mit ihm darüber gesprochen?

W. Hook: Ja schon, aber ich erinnere mich noch an die Art und Weise, wie er mit den Arschlöchern beim Warten auf die Polizei sprach. Das müssen Sie sich mal vorstellen. Zwei saßen auf dem Boden, der eine lag da, weil er noch zu stark benommen war. Onkel Edgar hockte vor ihnen auf dem Stuhl, die Knarre auf sie gerichtet. Und dann erzählte er ihnen was vom Knast, und wie sie sich am besten verhalten sollten und wie er Kontakt zu ihnen aufnehmen und mit ihren Eltern reden wollte. Er würde versuchen, sie da wieder rauszuholen. Er sprach mit ihnen wie ein Freund. Ich konnte das alles nicht verstehen. Später habe ich ihn danach gefragt. Und dann hat er etwas vom Krieg erzählt und seinen Erlebnissen. Er wurde im Nahkampf ausgebildet. Er ist da mit Dingen in Berührung gekommen, die normale Menschen nicht erlebt haben. In Russland, in den Prypjat-Sümpfen. Ich glaube, er hat zum ersten Mal darüber gesprochen. Das fiel mir auf, weil mein Vater im Gegensatz zu ihm nie irgendein Wort über den Krieg verloren hatte. Und dann hat mein Onkel auch noch was anderes gesagt. Er war ja schließlich später Pfarrer geworden. Man würde auf jeden Fall Schuld auf sich laden, an der Front. So oder so. Scheiß-Krieg. Aber er hätte gelernt, dass die Anwendung von Gewalt manchmal das Richtige sei. In solchen speziellen Situationen. Es käme darauf an, sich in dem Moment zu entscheiden. Und wenn es wirklich aus Notwehr passierte, wäre es ok. Aber nicht, wenn es einen Befehl gab. Ich war damals Jugendlicher und höchst verwirrt.

Los Angeles Times: Was genau hat Sie verwirrt?

W. Hook: Fast alles. Das muss man sich mal vorstellen, da kommen diese Wichser und kidnappen uns, weil sie irgendein illegales Waffengeschäft abwickeln wollen. Sie fesseln uns und halten uns eine Knarre vors Gesicht. Dann schlägt Onkel Edgar sie mit diesem *Weichei-Trick* nieder, das war schon sehr cool, ruft die Polizei und redet dann wieder wie ein netter Sozialarbeiter mit ihnen. Ich habe ihn gefragt, ob er nicht sauer auf diese Typen wäre. Er hat gesagt, er wäre nicht sauer auf diese Jungs, nur auf die alten Männer dahinter. Die Drahtzieher. Aber die, die uns entführt hatten, kannte er von früher, als sie kleine Kinder waren. Ich habe das irgendwie nie richtig verstanden. Ich sah einfach nur diese Scheiß-Typen, die uns das Leben zur Hölle gemacht hatten, wenn auch nur für eine Stunde.

Onkel Edgar hatte einen anderen Blickwinkel. Er war da unbeirrbar. Und auch etwas unheimlich, denn diese Show, die er da zuerst abzog mit dem Zittern und dem Beten, sah so echt aus. Als hätte er so was schon öfters gemacht. Und dann sein Angriff, ohne zu zögern. Völlig entschieden und effektiv. Faszinierend.

Brothers in Blood

Angespannt drückte sie ihr Ohr dicht an die Tür. Sie hörte, dass jemand immer wieder fluchte. Dauernd fiel das Wort *Pajero* und dann sagte jemand genervt »El Sendero estará aquí pronto.« Da war es wieder: El Sendero, der Pfad. Aber damit war wohl ein *Jemand* gemeint, der bald da sein musste. So viel gab ihr Spanisch gerade her. Wer war dieser El Sendero? Der Boss? Der oberste Waffendealer?

Michi fühlte sich mittlerweile ziemlich schlapp und zittrig. Zu lange unter Stress und zu wenig getrunken. Egal, jetzt musste sie sich noch einmal konzentrieren. Wie könnte sie die Kerle überrumpeln? Da hörte sie plötzlich nichts mehr, kein Reden, kein Fluchen, kein Geräusch außer dem leisen Wimmern ihres Schicksalsgefährten. Michi lauschte angestrengt in die Stille. Nichts. Sie versuchte vorsichtig, die Türe wieder einen Spalt weit zu öffnen, was ein paar Minuten dauerte. Und dann die Überraschung: Wossoh war alleine im Zimmer und die Typen verschwunden. Nachdem sie mit angehaltenem Atem die Tür so weit geöffnet hatte, dass sie den Raum übersehen konnte, bemerkte sie eine zweite Tür links hinter dem Gefesselten. Die Kerle hatten wohl gerade woanders etwas zu tun. Kein Kampf nötig. Michi fiel ein Stein vom Herzen. Aber sie musste sich beeilen. Wieviel Zeit blieb ihr? Sie öffnete die Tür mit einem Ruck und gab dem Jungen mit dem Zeigefinger vor ihrem Mund zu verstehen, dass er ruhig sein sollte. Der strahlte sie völlig perplex an. Zielgerichtet ging Michi direkt zu dem Regal an der rechten Wand. Sie bräuchte ein Messer oder eine Zange. Und sofort fand sie etwas, wenn auch nichts Optimales. Mit einer Handsäge näherte sie sich dem Jungen, rückte einen der Stühle im Zimmer neben ihn, stellte sich darauf und sägte vorsichtig an dem Kabel, mit dem seine Hände an diesem Haken hingen. Geschafft. Wossoh rieb seine blutgestauten Finger und schmerzenden Gelenke und sah sie unsicher an. Michi checkte die Umgebung. *Eine Waffe wäre nicht schlecht. Vielleicht auch in diesem Regal?* Aber da lagen nur diese großen Kisten mit dem Schriftzug *Strasser* darauf. Eine davon war halb offen. Vollgepackt mit Jagdflinten. *Ja klar, Strasser, österreichische Jagdgewehre.* Diese Marke kannte sie. Was hatten die nur hier verloren? Und wo war die Munition? Nirgends etwas zu finden. Außer dem Regal mit den Kisten und einem Tisch mit zwei Stühlen war in dem Raum gar nichts. Da fiel ihr Blick auf eine Lederjacke, die über einer Stuhllehne hing. Die könnte hier unten doch ganz gut wärmen. Hinten drauf war so was wie ein Logo genäht. Da stand *Brothers in Blood* unter einem Totenkopf-Emblem, und im Halbkreis darüber in geschwungener Schrift *El Sendero*. Michi musste sofort an die Jacken der Biker in der Serie *Sons of Anarchy* denken. Das hier war wahrscheinlich auch so eine Gang-Uniform oder Kutte, wie es in der Szene hieß. *Das Ding gehört jetzt mir*! Michi zog sie mit einem leichten Grinsen über. Und da sah sie noch etwas Brauchbares. Auf dem anderen Stuhl lag eine Uzi. Nein, eine Mac-10, wie Michi beim näheren Hinsehen sofort erkannte. Sogar mit einem eingesteckten Magazin und einem zweiten daneben. Perfekt. Michi winkte Wossoh zu sich. Zeit für eine Bootsfahrt.

Los Angeles Times

Los Angeles Times: Haben Sie von diesen Kidnappern nochmal etwas gehört?

W. Hook: Nein, die waren wohl im Knast oder im Jugendstrafvollzug. Keine Ahnung. Ich habe Onkel Edgar danach auch nicht mehr oft gesehen. Ich bin ja nach Berlin gegangen, und er ist mit seiner Frau und seinem Sohn in irgend so ein spießiges Kaff am Rhein gezogen.

Los Angeles Times: Am Rhein?

W. Hook: Ja, das ist ein großer Fluss in Deutschland. Mehr noch, ein echter Strom, so wie der Mississippi, nur eben viel kleiner, aber für deutsche Verhältnisse beeindruckend. Da sind diese Weindörfer. Der Rhein ist …

Los Angeles Times: Ganz kurz noch mal zu der Berliner Zeit. Sie sprachen von einer Kommune, wo sie Gudrun Ensslin näher kennengelernt haben.

W. Hook: Nein, ich habe sie da nur einmal kurz wiedergesehen. Sie war mehr in Frankfurt, wir waren dezentral organisiert und besuchten uns. Ich wohnte in mehreren Kommunen zwischendurch. Auch in Holland, da war auch Jim Morrison. Alles ziemlich abgedreht. Wir haben viel Gras geraucht... ja und öfter Pilze gegessen. Und dann gab es dieses große Wasserbecken, letztlich ein Kinderplanschbecken, das wir an heißen Sommertagen in der Wohnung aufstellten. Wir sind da rein, zu viert, fünft oder sechst. Ja, und haben unseren Horizont erweitert. Mit LSD und Sex ...

eine coole Mischung. Die Pool-Partys hier in den Hollywood Hills sind nichts dagegen! Einmal war das Plastikbecken undicht. Dann stand die Wohnung unter Wasser. War aber egal, der Vermieter war einer von uns, der hat mitgeplanscht. War alles ziemlich verrückt, ganz anders als die Sachen, die die Kids heute so machen.

Los Angeles Times: Wie anders?

W. Hook: Ja, einfach völlig anders. Heute ist alles vorgefertigt. Es geht um Konsum und Genuss, sehr oberflächlich auf sich selbst bezogen. Wir haben früher geraucht wie die Indianer, in dem wir eine Pfeife herumgehen ließen. Wir waren Brüder und Schwestern, wir wollten Teil einer höheren Wahrheit sein. Auch Sex gehörte dazu, ein weiterer Pfad zur Wahrheit. Ja, man kann es mit den Urvölkern vergleichen, zumindest haben wir es so empfunden. Es war eine heilige Sache, eine Initiation. Wir waren Auserwählte. Wir waren Krieger und hatten eine Mission.

Los Angeles Times: Hat der Name RAF etwas mit einer Botschaft zu tun?

W. Hook: Ha, das weiß ich heute gar nicht mehr. „Red Army Fraction" war für uns mehr Heimat. Wir wussten, wo wir verdammt nochmal nicht hinwollten, und das machte aus uns eine Kommune, eine Familie. Wir waren gegen Amerika, gegen den Vietnamkrieg, gegen alte Nazis in neuen Ämtern. Wir waren Outlaws, zu allem bereit. Bei mir war das alles weniger politisch motiviert, ich fühlte mich eher wie in einem Hells-Angels-Club. Es war das großartige Gefühl, in einer starken Einheit zu sein, die etwas bewirkt.

Los Angeles Times: Aber Sie haben mit Frau Ensslin zusammengearbeitet und deutliche politische Zeichen gesetzt.

W. Hook: Nein, jetzt hören Sie endlich mit Gudrun auf. Die war mit Baader in Stammheim schon mehr oder weniger außer Gefecht gesetzt. Ich gehörte zur Second Generation. Das waren die, die danach kamen.

Los Angeles Times: Und wer war das?

W. Hook: Einige. Mohnhaupt und Klar zum Beispiel.

Los Angeles Times: Und Sie!

W. Hook: Ja. Ich war einer von Ihnen!

Die Gondel

Gott sei Dank war weiterhin nichts zu hören von diesen *Brothers in Blood*. Michi lief genau den Weg zurück, den sie gekommen war. Der Asiate hatte seine Fassung wiedergefunden und folgte ihr. Ständig sah er sich nach eventuellen Verfolgern um. Aber da war niemand. Michi wusste, dass sie nicht lange unentdeckt bleiben würden. Sie mussten sich beeilen. Der Kanal mit dem startklaren Gummiboot schien ihr instinktiv die beste Fluchtmöglichkeit zu sein. Als sie bei dem Gerümpelhaufen mit der Falltür angekommen waren, checkte sie kurz die Lage. Sie forderte Wossoh mit einer Geste auf, absolut ruhig zu sein. Weder Schritte noch andere Geräusche waren zu hören. *Ok, dann los*. Michi zog die Metallplatte hoch und ließ Wossoh hinuntersteigen, dann folgte sie, ohne beim Schließen der Falltüre ein Geräusch zu machen.

Wossoh staunte nicht schlecht, als er unten im Lichtkegel von Michis Handy-Taschenlampe ein rosafarbenes Boot sah. Mittlerweile vertraute er seiner taffen Begleiterin und stieg wie selbstverständlich in das Kanu. Michi machte das Tau los und sprang ebenfalls hinein. Im Boot war eine lange Aluminiumstange. Der Sinn wurde beiden unmittelbar klar. Der Chinese nahm die Stange in die Hand und stieß ihr Kanu damit wie ein Gondoliere immer wieder vom Grund ab, so dass sie langsam über das Wasser glitten und sich so immer weiter von der Tür entfernten. Michi saß mit der geladenen Mac-10 im Heck und starrte unentwegt nach hinten auf die Tür, in der sie jeden Moment Verfolger erwartete. Sie würde notfalls das ganze Magazin dieser Maschinenpistole abfeuern. Ihre Flucht musste jetzt gelingen. Keiner dieser Kerle war zu sehen. Langsam, aber stetig glitt das Gummiboot über das muffig riechende Abwasser in der nur drei Meter breiten Fahrrinne.

Die Tür war mittlerweile so weit entfernt, dass Michi ihre angespannte Haltung lockerte, die Mac-10 neben sich legte und nach der Mineralwasserflasche griff. Wossoh war emsig dabei, das Boot so schnell wie möglich vorwärts zu bewegen. Mit einem Lächeln reichte sie ihm die Flasche. *Dieser Junge ist doch ganz ok*, dachte die Ex-Polizistin, als er sie verhalten angrinste und so gierig trank, dass er sich verschluckte. Wie alt mochte er sein? Jedenfalls noch nicht volljährig. Die Kids wurden in bestimmten Stadtteilen früh erwachsen. Sehr früh. Hier lebten viele Chinesen und schlugen sich durch. Wahrscheinlich wie Wossoh. Michi betrachtete seine alten, ausgelatschten Schuhe und seine zu enge, speckige Jeansjacke. Sie würde einen Weg hier hinaus finden.

Plötzlich zeigte ihr chinesischer Gondoliere aufgeregt nach vorne. Michi hielt das Licht dorthin. Eine weitere Türöffnung näherte sich langsam. *Scheiße*! Die Deutsche kontrollierte ihre Mac-10 und brachte sich in eine schussbereite Position. Sie bräuchten vielleicht fünf Minuten, dann wären sie vorbei und wieder weit genug entfernt. Angestrengt fixierte sie die Tür. Gespenstische Stille. Nur das Klatschen des Wassers an der Bugseite des Kanus und das Eintauch-Geräusch der Stange, mit der der Junge ihr Boot nach vorne bugsierte.

Langsam glitt das Kanu an der Tür vorbei. Da meldete sich Wossoh mit einem leisen, mehr geflüsterten Zuruf. Michi sah nach vorne. Der Kanal gabelte sich direkt vor ihnen. Sollten sie nach rechts oder links? Im Fokus der Handylampe konnte man grob erkennen, dass der linke Tunnelgang kleiner und irgendwie älter aussah. Da fehlten überall Steine in der Wand. Instinktiv zeigte Michi nach links. Plötzlich erklang von hinten ein lautes Schreien. Augenblicklich machte sie das Licht aus, drehte sich blitzartig wieder um, den Lauf ihrer Maschinenpistole in Richtung Tür. Es war jetzt stockdunkel und absolut still. Michi legte sich mit dem Bauch flach auf den Boden des Kanus und zog ihren Gefährten auch nach unten in Deckung. Wie könnten sie es schaffen, in den linken Gang abzubiegen, um aus dem direkten Schussfeld zu kommen? Es waren nur noch ein paar Meter. Auf einmal durchschnitt grelles Taschenlampenlicht von der Tür her die Dunkelheit. Und sofort, als das Rosa ihres Gummiboots im Lichtkegel aufleuchtete, krachte auch schon der erste Schuss durch den Tunnel, peitschte aber haarscharf an ihrem

Kanu vorbei. Michi war klar, sie musste jetzt aufs Ganze gehen. Sie bedeutete Wossoh, das Boot so schnell es ging weiter voranzubringen, nach links in den abzweigenden Gang, der hin und wieder im herumtanzenden Lichtkegel der Taschenlampe zu sehen war. Und dann ballerte sie in zwei Sekunden das ganze Magazin leer, dreißig Schuss in Richtung Taschenlampe, die sofort ausging. Gleichzeitig manövrierte Wossoh ihr Boot mit allen Kräften halbschräg nach links. Sofort hatte Michi das zweite Magazin zur Hand. Aber da kam auch schon eine geballte Salve Schüsse als Antwort zurück. Die Funken abprallender Kugeln an den Tunnelwänden blitzten kurz auf. Das plötzliche Stechen in ihrem linken Arm nahm Michi kaum wahr. Sie zog mit dem Finger am Abzug, und wieder verließen dreißig Patronen mit lautem Knattern die Mündung ihrer Waffe. Auch jetzt ließ die bleihaltige Antwort der Gangster nicht lange auf sich warten. Aber es klang diesmal etwas anders. Der Chinese und sie hatten die Einfahrt in den linken Tunnel erwischt. Sie waren aus der Schusslinie heraus.

Nach einigen Minuten vernahm Michi nur noch das weit entfernte Krakeelen der Typen und hörte Wossohs lautes Keuchen direkt vor ihr. Er kniete am Bug und stieß unermüdlich das Kanu vom Grund ab. Immer wieder rammten sie mit der Bootskante die Kanalwand. Michi hatte die Taschenlampe wieder angemacht und gab ihrem Begleiter zu verstehen, dass er ruhig langsamer werden konnte. Ein Blick auf das Display ihres Handys zeigte unmissverständlich: Der Akku hatte nur noch zehn Prozent Leistung. Dann würde es dunkel werden. Als Michi neben sich nach der Wasserflasche tastete, griff sie in eine warme Pfütze. Da war es ihr klar. Das Stechen im Arm vorhin. Sie war angeschossen worden.

Los Angeles Times

Los Angeles Times: Wie kam es zu dem Attentat?

W. Hook: Was meinen Sie?

Los Angeles Times: Schleyer!

W. Hook: Ah, ihr Amerikaner fragt immer nach Schleyer. Ja, er war einfach dieser typische Nazi, der auch nach dem Krieg weiter Karriere machte. Wir hassten ihn. Wie kann einer, ein Freund von Heydrich und SS-Hauptsturmführer, später Arbeitgeberpräsident werden? Dieses Gesindel musste weg.

Los Angeles Times: Was haben Sie getan?

W. Hook: Ich habe einen unserer Wagen gefahren. Damals siebenundsiebzig in Köln. Und ich habe die Waffen vorbereitet und geladen. Für Wisniewski, Stoll und die anderen. Wir hatten diese PM-63, Rückstoßlader aus Polen. Jedenfalls war die Entführung durch die Einzelaktion von Stoll chaotisch.

Los Angeles Times: Chaotisch?

W. Hook: Der ist auf die Motorhaube von Schleyers Wagen gesprungen und feuerte seine ganze Munition ins Wageninnere. Auf diese Bodyguards. Au Mann, was ein Blutbad. Ich habe dann Schleyer in dieses Hochhaus gefahren. In dieses Appartement in Köln. Monika hat es angemietet.

Los Angeles Times: Monika?

W. Hook: Ja, sie hat geholfen und unter falschem Namen die Wohnung für uns angemietet. Später ist sie in die DDR, kam da aber ins Gefängnis.

Los Angeles Times: Schleyer wurde dann in dieser Wohnung erschossen?

W. Hook: Nein, nein. Das ging noch weiter. Über Holland nach Brüssel. Wir mussten die Wohnungen wechseln. Es spitzte sich später alles zu. Parallel lief ja die Flugzeugentführung, die Sache in Mogadischu. Und dann kam direkt als Folge der Tod von Baader, Ensslin und Raspe. Man sagte, es sei Selbstmord gewesen. Eins war dann jedenfalls klar: Schleyer musste sterben. Mit drei Schüssen in den Kopf.

Los Angeles Times: Mr. Hook, hatten Sie damals den Eindruck, dass Sie für Recht gesorgt haben? In dem Sinne: Wir ziehen die alten Nazis zur Rechenschaft?

W. Hook: Oh ja, genau das! Aber das Fatale ist, dass wir aus Schleyer letztlich einen Heiligen gemacht haben. Durch das Attentat der RAF wurde er zu einem Opfer des Terrors, zu einem Märtyrer, dessen Vergangenheit man aus „Taktgefühl" nicht weiter antastet. Heute gibt es eine Hanns-Martin-Schleyer-Halle für Sportveranstaltungen in Stuttgart. Letztlich kann man die auch mir verdanken. Ich hatte jedenfalls die Schnauze voll. Ich war irgendwie froh, im Knast zu sein.

Los Angeles Times: Sie wurden verhaftet. Wie lange waren Sie im Gefängnis?

W. Hook: Das weiß ich gar nicht mehr genau. Einige Jahre. Dann wurde ich entlassen. Ich hatte ja selber direkt keinen Mord verübt. Ich war immer der technische Support. Ich kümmerte mich um die Autos und Waffen. Jeder hat gemacht, was er konnte.

Los Angeles Times: Haben Sie bereut, was Sie gemacht haben?

W. Hook: Ja und nein! Ich habe bereut, dass ich

mich als Vollstrecker einer objektiven Wahrheit gesehen habe. Das war hochmütig. Wie ein Gotteskrieger oder so was. Aber wir kamen uns damals so vor. Was ich aber gut fand und nach wie vor so machen würde, ist der unerbittliche Kampf gegen alles, was meine Freiheit bedroht. Ich kümmere mich nicht mehr um die große Politik. Es geht jetzt nur noch um mich.

Los Angeles Times: Wie meinen Sie das?

W. Hook: Ja, ich sorge für meine Freiheit und Sicherheit. Notfalls mit Gewalt. Deshalb bin ich auch vor einigen Jahren in die USA ausgewandert. Man darf hier eine Waffe besitzen. Für mich ganz wichtig. Ich habe sie hier im Wandschrank. Natürlich gut abgeschlossen. Wollen Sie mal sehen?

Der Gondoliere

Der Rand des Bootes war rot verschmiert. Als der junge Chinese dies im Lichtkegel der Handy-Taschenlampe erkannte, war er sofort bei ihr und fixierte das I-Phone schräg auf einer kleinen Kiste, die neben Michi verstaut war. Jetzt konnte er halbwegs gut sehen. Er krempelte ihren linken Ärmel hoch und da war auch schon die Stelle deutlich sichtbar. Auf dem Unterarm, kurz vor dem Ellenbogen, klaffte eine Wunde, aus der das Blut tropfte. Da fiel Michi der Bourbon ein. Sofort griff sie mit der rechten Hand hinter sich und bekam nach langem Herumtasten im Heck des Bootes endlich die Flasche zu fassen. Wossoh verstand sofort und kippte fast die Hälfte über ihren Arm. Dann holte er aus seiner Hosentasche ein metallenes Sturmfeuerzeug hervor und drückte es mitten auf Michis Schusswunde. Mit der anderen Hand zog er seinen Gürtel von der Hose und wickelte ihn mehrmals stramm um ihren Unterarm. Schließlich verknotete er alles fest, nachdem er noch einen Lappen, der dort herumlag, zwischen Arm und Gürtel stopfte. Zum Schluss schüttete Wossoh noch etwas von dem Whiskey darüber und nahm selbst einen kräftigen Schluck.

»Good«, sagte Michi anerkennend und wollte sich gerade nach vorne in eine aufrechte, sitzende Position bringen, da merkte sie, dass es ihr schwindelig wurde. Sie spürte, wie ihre Kräfte nachließen. Und sie spürte Schmerzen, starke Schmerzen. Wossoh legte eine Hand auf ihre Stirn und gab ihr von dem Bourbon. Michi trank zwei, drei Schlucke. Sie sah, wie ihr chinesischer Freund sie anlächelte, die lange Aluminiumstange wieder in die Hand nahm und ihr Kanu weiter nach vorne drückte. Er strahlte irgendwie Zuversicht aus. Michi lehnte sich zurück und nahm einen weiteren Schluck Bourbon. Wie sollte es jetzt weitergehen? Die Ex-Polizistin sah über sich die langsam vorbeiziehende Tunnelwand. Das spärliche Smartphone-Licht offenbarte brüchiges, teilweise moosüberwachsenes Mauerwerk. Dieser Teil schien sehr alt zu sein. Vor ihr stand ihr neuer Kumpel im Bug des Kanus mit der Metallstange in der Hand. Er sah aus wie ein Gondoliere in Venedig. Woher wusste er, wie man einen provisorischen Druckverband anlegte? Er wirkte dabei ziemlich routiniert. Als hätte er nie etwas anderes gemacht als angeschossene Polizistinnen in unterirdischen Abwasserkanälen zu verarzten. Michi musste lächeln. Ihr Arm brannte. Sie nahm noch einen Schluck. Vor einigen Jahren war sie in Venedig gewesen und fand die vielen Pärchen in den Gondeln höchst kitschig. Aber die Stadt selber hatte Eindruck auf sie gemacht. Häuser auf alten Holzstelzen, historische Gemäuer mit Vogelnestern in den Löchern, Patina auf kupfernen Balkongeländern. Michis Gedanken schweiften ab, klammerten sich an einen anderen Ort, weit weg. Es wurde dunkler und dunkler, aber auch wärmer. Dann schien ihr die Sonne ins Gesicht. Sie war an einem Strand und schaute auf die vorbeifahrenden Schiffe. Und dann sah sie sich selber, wie sie in einiger Entfernung dasaß und winkte. Sie wollte zurückwinken, konnte aber den Arm nicht bewegen. Sie war gefesselt in einer muffigen Bordkajüte im Bauch eines riesigen Frachters. Eine große Gestalt stand an der offenen Luke und lachte höhnisch. El Sendero. Er würde sie in Lima in eines dieser Lager für Geiseln bringen, um Lösegeld zu erpressen, und sie dann erschießen. Er kam auf sie zu. Nein. Sie hatte sich getäuscht: Es war Jean Baptiste Devier. Dann ein lauter Knall. Dunkelheit.

Das nervöse hin- und her irrende Licht einer Taschenlampe holte sie zurück. Wossoh stand vor ihr und schlug mit seiner Aluminiumstange an das Gitter, das ihnen die Weiterfahrt verwehrte. Ihr Boot wurde von einem großen Metallsieb aufgehalten. Und es war nass. Das Heck ihres Kanus hing halb im Wasser. Klar, warum sollte auch keine einzige Kugel bei dem Schusswechsel vorhin das Plastikboot getroffen haben. Adrenalin strömte in Michis Körper. Sie musste aufstehen, aber es ging nicht. Dann hörte sie ein schrilles Quietschen. Eine kaum sichtbare Tür öffnete sich, und mehrere dunkle Gestalten kamen hindurch. *Wo war die Mac-10*? Michi tastete neben sich, aber da war nur Wasser. Sie bäumte sich mit aller Kraft auf, um halb kniend das Gleichgewicht zu verlieren und seitlich aus dem Kanu zu fallen. Das Wasser war gnadenlos kalt. Füllte sofort jeden Winkel, jede Pore. Keine Luft mehr. Dann war alles schwarz. Stille.

Los Angeles Times

Interview

Los Angeles Times: Sie sprachen von Ihrer Waffe. Fühlen Sie sich bedroht?

W. Hook: Irgendwie schon. Sie etwa nicht?

Los Angeles Times: Was meinen Sie?

W. Hook: Ja, dieses Ereignis vor zwei Wochen. Aber auch generell. Liegt vielleicht an mir und meinem Leben in Deutschland. Ich war viel auf der Flucht. Hier habe ich meine Ruhe. Dachte ich. Ich sitze immer mit dem Gesicht zum Ausgang. Das ist bei allen so, die oft abhauen mussten. Auch wenn ich meine Bilder male, die Tür habe ich immer im Blick.

Los Angeles Times: Von wem fühlen Sie sich bedroht?

W. Hook: Von denen, die vorgeben, das Beste für mich zu wollen. Wie damals die Bundesrepublik Deutschland. Das war ein Beschiss. Lassen wir das Thema.

Los Angeles Times: Welche Rolle haben Drogen in Ihrem Leben gespielt?

W. Hook: Anfangs waren es Aufputschmittel, Kokain und so. Um den Kampfgeist zu stärken. Später dann nahm ich Schmerzmittel und auch Heroin, um mich geborgen zu fühlen. Ich wollte einfach an einem anderen, warmen Ort sein, weit weg. Das Heroin hat mir geholfen. Ich weiß, warum die Soldaten im Schützengraben das Zeug genommen haben. Aber davon loszukommen, war der Horror.

Los Angeles Times: Was haben Sie unternommen?

W. Hook: Ich war in der Betty Ford Lodge, dieser

Entzugsklinik in den Cahuilla Hills. Nicht weit entfernt von den Promis. War gut. Aber man kann es nur schaffen, wenn man genug gelitten hat und die Geister einen loslassen wollen. Die vielen Alpträume, in denen ich in einer Wohnung gefesselt bin. Aber keiner hört einen, weil die Wände mit Schaumstoff beklebt sind. Die Rollläden sind immer unten, es ist wie in einem dunklen, unterirdischen Gewölbe. Mitten am helllichten Tag. In einem Hochhaus, wo ganz viele Leute leben. Wie bei Schleyer. Sein Geist hat mich lange besucht. Fast jede Nacht. Die Träume waren der Horror.

Los Angeles Times: Heute sind Sie ganz weg von den Drogen?

W. Hook: Ja, komplett. Hin und wieder etwas Gras, aber das zähle ich gar nicht unter Drogen. Die Geister halten mehr und mehr die Klappe. Ich sehe die Dinge wie sie sind. Aber ich sehe auch die Dinge, die dahinter stecken.

Los Angeles Times: Was meinen Sie damit?

W. Hook: Ich meine die Scheinheiligkeit, die Typen, die Recht und Ordnung vertreten. Das war im Knast genau dasselbe. Ich habe gelernt, dass die Aufseher nicht Deine Freunde sind. Wenn es Schwierigkeiten unter den Insassen gab, durfte man sich auf keinen Fall an die Aufseher wenden, sondern musste das alleine lösen. Man braucht interne Freunde. Ich hatte damals ein Problem mit zwei Typen in den beiden Zellen direkt gegenüber. Die wollten sich unbedingt mit mir prügeln. In den Waschräumen, wenn keiner mehr da war. Die fingen einfach mit irgendeiner harmlosen Scheiße an und waren auf Streit aus. Ich habe mich gewehrt, wollte das alleine regeln. Aber es kam immer wieder vor. Ab dem Moment, wo ich alles den Aufsehern gemeldet hatte, wurden diese

Angriffe noch häufiger. Die steckten unter einer Decke. Hass auf Kommunisten, oder sie mochten mich einfach nicht. Es hörte erst auf, als ich eine Gruppe von Gleichgesinnten gefunden hatte. Alleine bist Du im Knast verloren. Es gibt kein Recht, keine Ordnung, kein Vertrauen, das man haben könnte. Das ist genau dasselbe im Moment hier. Die Bedrohung ist da, das Vertrauen ist futsch. Bei mir auf jeden Fall.

Los Angeles Times: Von wem fühlen Sie sich bedroht? Hat es mit den Ereignissen in New York zu tun?

W. Hook: Verdammt, glauben Sie im Ernst, dass Al Qaida an allem Schuld ist? Sie haben es doch vor zwei Wochen live im Fernsehen gesehen! Was da passiert ist, war das höhnische Grinsen amerikanischer Strategie. Zwei Flugzeuge in die Twin Towers. Das gibt´s doch gar nicht. Es sei denn, es ist gewollt und inszeniert. Die können mir nichts vormachen.

Der Blaumann

Das erste, was sie sah, war eine graue, kahle Wand. Eine einzelne Glühbirne hing an einem Kabel von der Decke. Altes Mauerwerk lugte an einigen Stellen unter bröckelndem Putz hervor. In der Ecke standen ein Schnellfeuergewehr und ein langer, verzierter Holzstab. Hatte nicht dieser schwarze Medizinmann in der Metro genauso einen bei sich gehabt?

Scheiße, jetzt haben sie uns doch erwischt, schoss es Michi durch den Kopf. Sie wollte sich aufrichten, aber das ging nicht. Ihr linker Arm fühlte sich an wie eine brennende Fackel. Aber er schien ordentlich verbunden zu sein. Mit einer Mullbinde. Kein Blut zu sehen. Das rechte Handgelenk und ihre Beine waren mit einem breiten Klebeband an dem Feldbett fixiert, auf dem sie lag. Der Raum war außer zwei Mülltonnen und einem Klappstuhl neben ihrer Liege völlig leer. Über der Stuhllehne hing die Jacke der *Brothers of Blood*, die Michi hatte mitgehen lassen. Sie trug fremde, aber trockene Klamotten: einen dicken, gelben Pullover, eine schwarze Jeans und Adidas-Turnschuhe. *Wo ist Wossoh*? *Was ist das für ein Raum*? Ein Verhörzimmer in einem weiteren Tunnelsystem? Mit aller Kraft versuchte Michi sich loszureißen. Vergeblich. Das Klebeband war zu fest und sie selber einfach zu geschwächt. Plötzlich deutlich hörbare Schritte. Jemand kam. Sofort schloss sie die Augen. Soll er doch denken, dass sie schlief oder noch ohnmächtig war. Michi hörte ihn reinkommen und dann nur ein Gezerre und Gerumpel. Sie drehte ihren Kopf ganz langsam zur Seite und versuchte, durch minimales Augenblinzeln etwas zu erkennen. Es war ein untersetzter, älterer Typ in einem Blaumann, der die Mülltonnen leerte. Dann näherte er sich ihrem Feldbett. Die Ex-Polizistin stellte sich so bewusstlos wie möglich. Was würde er machen? Sie spürte, wie er ihren verbundenen Arm berührte, leicht anhob und wieder niederlegte. Sonst berührte er sie nicht. Nach einer halben Minute hörte Michi ihn leise rülpsen und dann wieder aus dem Zimmer gehen.

Dieser Alptraum hörte einfach nicht auf. Schon wieder gefesselt. Dabei wollte sie in Downtown nur etwas spazieren gehen. Die Deutsche starrte an die Decke. Sie hatte es mit ihrem asiatischen Freund fast geschafft. *In welchen Raum hatten sie Wossoh gesteckt*? *Lebte er noch*? *Warum hatte man ihre Wunde neu verbunden, warum trug sie trockene Klamotten, wer hatte sie umgezogen*? *Was wollten diese Typen*? Schon als sie anfing, sich diese Fragen zu stellen, gingen ihr allerlei hässliche Szenarien durch den Kopf. Hier unten würde man sie nie finden. Auch nie suchen! Wie könnte sie entkommen? Das Problem war die große Behinderung durch ihren verletzen Arm. Ein zweites Mal würde eine Flucht nicht gelingen. Vielleicht sollte sie versuchen, starke Schmerzen zu simulieren, um mit dem Kerl im Blaumann irgendwie in ein Gespräch zu kommen. Vielleicht würde sich dieser subalterne Typ von ihr einwickeln lassen und weiterführende Informationen preisgeben? Über die Räumlichkeiten, die Organisation, seinen Boss, über El Sendero. Eine bessere Idee fiel ihr jedenfalls nicht ein. Hoffentlich würde dieser Blaumann nochmal zurückkommen. Und so schrie sie, so laut es ging: »Anybody here? Anybody here?«

Nach endlosen drei Minuten öffnete sich die Tür, und der Blaumann schlurfte herein. Michi versuchte, ein möglichst schmerzverzerrtes, mitleiderregendes Gesicht zu machen und sagte: »I´ve got a lot of pain. I want to go to the toilet!«

Der Mann sah sie belustigt an und murmelte: »Lass die Show! Musst Du wirklich pinkeln oder ist das nur so ein dummer Trick?«

Mboto

Michi traute ihren Ohren nicht. Der Kerl sprach Deutsch. Ungläubig musterte sie ihn. Er sah unscheinbar aus, wie ein Hausmeister oder jemand, der bei Bedarf die Heizung entlüftet. In der linken Hosentasche seines Blaumanns drückte sich die Form einer Zigarettenschachtel durch. Er nahm die Schachtel aus der Tasche und zündete sich eine Lucky Strike an. Dann setzte er sich auf den Stuhl neben ihrer Liege und sagte:

»Was willst Du hier?«

Der Ex-Hauptkommissarin verschlug es die Sprache. Was für eine Frechheit. Wer wurde denn hier wieder gefesselt und bedroht?

»Was wollen SIE?« brachte sie schließlich empört hervor.

Der Kerl lachte und blies ihr den Zigarettenqualm ins Gesicht.

»Ha, ich glaub´s nicht. Die kleine Deutsche versucht, den Spieß umzudrehen. Gleich kommt irgendeine Story mit Heiligenschein. What a Nazi-Bitch!« Mit den Worten erhob er sich, ließ die Kippe fallen und trat kurz darauf. Dann beugte er sich zu ihr runter.

»Aufs Klo gehen kannst Du vergessen! Sag mir erst, was Du hier willst!«

Michi sah, wie er in Richtung Tür ging. Sie durfte ihn nicht wieder gehen lassen. Sie musste jetzt alles auf eine Karte setzen.

»Die Story mit Heiligenschein,« rief sie ihm zu. Der Hausmeister drehte sich um.

»... die Story, die stimmt! Also nicht mit Heiligenschein, aber ich bin einfach nur eine Touristin.«

»Ja genau. Und da dachtest Du Dir: ich mach´ mal zur Abwechslung ein bisschen gemeinsame Sache mit den Brothers und fahr das Kurier-Bötchen«, dabei zeigte er auf die Lederjacke über der Stuhllehne.

»Nein, nein, ... ich bin ...«

»... ja, ja, ich weiß, Du wurdest entführt und musstest fliehen. Hast Dir unterwegs noch einen jungen chinesischen Lover zugelegt, eine Mac10 und eine warme Lederjacke zufällig gefunden. Dann dachtest Du, so eine Bötchenfahrt ist doch nett und bist dabei ins Wasser gefallen.«

»Ja, so ungefähr!«

Der Hausmeister lachte kurz und schüttelte den Kopf. Er wollte gerade den Raum verlassen, da fiel es Michi ein.

»To make you feel my love!«

Etwas verdutzt blieb der Blaumann stehen.

»Dieses Lied, das haben diese Jungs in der Metro-Station gesungen. Und dann kam der schwarze Medizinmann. Er hatte so einen Holzstab wie den da in der Ecke. Das war kurz, bevor ich in den Schlamassel geraten bin!«

Der Mann in der Hausmeisterkluft blickte kurz auf den Holzstab in der Ecke und verließ dann schweigend das Zimmer.

Kurze Zeit später ging die Tür wieder auf. Der Medizinmann betrat den Raum. Er sah Michi für zwei, drei Sekunden an, drehte sich zu dem Blaumann, der hinter ihm stand, und nickte. Dann verließ er den Raum. Der Hausmeister ging auf die Gefangene zu, schnitt das Klebeband an ihrem rechten Handgelenk und an den Beinen durch und sagte: „Mboto meint, Du bist ok. Komm mit!"

Ed

Noch etwas wackelig auf den Beinen trottete Michi hinter ihm her. Ein enger Gang führte geradeaus auf eine große Holztür zu. Der nächste Verhörraum. Die Schwetzinger Kriminalistin war auf alles gefasst. Doch als der Hausmeister die Tür aufschloss und Michi den Raum betrat, fühlte sie sich fast wie bei ihren Großeltern. Da stand ein dunkler Eichenschrank, gegenüber ein ledernes Sofa mit einem Ölgemälde darüber. Auf dem Bild war ein langer Lastkahn auf einem großen Fluss zu sehen. Die vielen Pappeln am Ufer erinnerten an den Rhein. Vor dem Sofa stand ein kleiner Glastisch. Darauf lagen unzählige Zeitschriften und eine Glock. Michi zuckte kurz.

»Die ist nicht geladen. Setz´ Dich!« Der Fremde zeigte auf das Sofa und setzte sich auf einen großen gepolsterten Stuhl ihr gegenüber.

»Wo ist Wossoh?« platzte es aus ihr heraus, nachdem sie sich vorsichtig gesetzt hatte.

»Wer?«

»Dieser asiatische Junge.«

»Dem geht´s gut. Der hilft uns gerade bei unserer Arbeit.«

»Wer ist *uns*? Was soll das hier alles?«

»Wir sind für die Leute hier unten da.«

Mit einem schnellen Griff nahm Michi die Glock, richtete sie auf den Boden und gab einen Probeschuss auf den Fußboden ab. Aber zu hören war nur ein metallenes Klicken. Der Blaumann sah ihr dabei in Ruhe zu.

»Ich sag ja, die ist nicht geladen.«

»Wer ist El Sendero?«

»Haha ... der legendäre El Sendero. Eigentlich bin ich das!«

»Sie?«

»Ja, oder ich war es jedenfalls mal. Jetzt ist es ein anderer. El Sendero ist mehr eine Amtsbezeichnung und kein Name.

Ich habe das Chapter damals geleitet. Ist schon lange her. Die Wichser tragen immer noch mein Logo auf ihren Lederjacken. Und nennen sich Brothers in Blood. Idioten. Sag mal, Michaela, wieso kannst Du mit der Waffe umgehen? Was machst Du hier unten?«

Michi fiel sofort ein, dass sie ja ihren Reisepass in der Hosentasche gehabt hatte. Er kannte also ihre Personalien. Ihr Profiling-Instinkt sagte ihr, dass dieser Typ prinzipiell die Wahrheit sagte, sein Augenspiel unterstrich auf natürliche Art das, was er sagte. Trotzdem konnte sie sich keinen Reim auf das alles machen. Sie müsste mehr aus ihm herauskriegen, um zu überlegen, wie sie hier wegkäme. Kämpfen war in ihrem Zustand keine Option.

»Woher wissen Sie, dass ich mit der Waffe umgehen kann?«

»Die Welt hier unten kenne ich. Ich habe meine Augen und Ohren in jedem Tunnelgang. Was hier passiert, erreicht mich, früher oder später. Auch Euer Kentern im Gummiboot. Wir haben Euch da rausgefischt. Dein Arm sah nicht gut aus.«

»Nur ein Streifschuss.«

»Ja, aber die Wunde war nicht sauber. Hab eine ganze Apotheke hier unten. Also, was hast Du eigentlich hier zu suchen, mit 'ner Mac10? Was hast Du mit den Brothers zu tun?«

»Ich bin bei der Polizei! In Schwetzingen.« Michi setzte instinktiv alles auf eine Karte, die volle Wahrheit, mal sehen was passierte.

»Haha ... für diese Waffendeals hier unten interessiert sich die Schwetzinger Polizei?«

»Nein, ich bin aus Versehen hier gelandet. Wir sind überrumpelt worden. Der Chinese und ich.«

»Wo?«

»In diesem King Eddy. Im Keller auf dem Weg zur Toilette.«

»Alles klar! Die Brothers wollten keine Zeugen. Und Frauen können sie auch immer gut gebrauchen. Sie haben Euch mitgenommen.«

»Wohin? Was ist das hier unten?«

»Das King Eddy war früher ein Speakeasy, eine Flüsterkneipe. Aus der Zeit der Prohibition. Die gab es überall, nicht nur in

L.A.. Illegale Bars, wo man Alkohol bekam. Alles unterirdisch in ausgebauten Kellern mit Tunnelverbindungen. Die sind heute noch da. Teilweise verbunden mit den Abwasserkanälen und U-Bahnschächten. Ist jetzt das Revier der Brothers. Das King Eddy ist wegen seiner Geschichte legendär.«

»Und Du?«

»Ich habe da früher Musik gemacht, in den späten Achtzigern, mit Mboto. Den kennst Du ja bereits. Wir waren damals ziemlich bekannt und haben a cappella gesungen. War irgendwie kult, zumal ich aus Deutschland kam und anscheinend eine Art exotische Ausstrahlung hatte. Zumindest für die linken Amerikaner hier in L.A.. Die dachten, ich wäre ein Revolutionär oder so was.«

Michi fiel sofort das Foto im King Eddy ein. Ja, das war er: der Typ bei den Demonstranten mit der gebogenen Adlernase, der aussah wie ein indianischer Krieger vor dem Brandenburger Tor.

Der Hausmeister mit der Adlernase wollte gerade noch etwas sagen, als eine junge, mexikanisch aussehende Frau mit einem Tablett zur Tür hereinkam und fröhlich zwitscherte: »El desayuno!« Der Blaumann erhob sich etwas schwerfällig aus dem Stuhl, ging zur Tür und lächelte Michi an.

»So, iss erstmal was. Übrigens, die Toilette ist hier nebenan, mach dich frisch, wenn Du willst. Handtücher und so, alles da. Ich komme gleich wieder. Übrigens, ich bin Ed!«

Was für ein merkwürdiger Typ. Michi presste ihre Ohren an die Wand. Vielleicht konnte man vom Nebenraum her etwas hören, Hinweise auf das, was hier vor sich ging? Aber da waren nur lachende Frauenstimmen und das Klappern von Geschirr. Ein Blick durch den Spalt einer halb offenstehenden Tür beruhigte sie etwas. Tatsächlich: ein helles, freundliches Badezimmer mit Toilette und Dusche. Weiße Handtücher lagen fein säuberlich gefaltet auf einer Ablage neben dem Waschbecken. Die Kriminalistin checkte mit geübtem Blick alle Ecken des Raumes, um mögliche Überwachungskameras ausfindig zu machen, aber alles schien in Ordnung zu sein. Sie ließ das Wasser laufen und wusch ihre Hände mit wohlriechender Lavendelseife. Was für ein Luxus. Dabei sah sie in den Spiegel über dem Waschbecken. Erst jetzt bemerkte sie das Pflaster auf der rechten Wange. *Ok, Michi*, sagte sie sich selber, *Du bist hier anscheinend erstmal halbwegs sicher und solltest etwas frühstücken.*

Das Spiegelei auf dem Maisbrot war einfach köstlich, das musste sie zugeben. Und mit dem heißen, schwarzen Kaffee kam die Lebensenergie wieder zurück. Die Anspannung ließ langsam nach. Nach dem Frühstück machte sie sich im Badezimmer nochmal richtig frisch und legte sich auf das Ledersofa, um zu überlegen, was jetzt zu tun sei. Michi war wohl gerade etwas eingedöst, als Ed ins Zimmer stürmte. Mit einer Uzi in der Hand: »Die hier ist geladen!«

Downtown L.A.

Michi war sofort auf den Beinen und fixierte ihr Gegenüber. Ed lächelte sie an. »Die Uzi könntest Du brauchen.« Er drückte ihr die Maschinenpistole in die rechte Hand und drehte sich auch schon wieder um. »Komm mit! Wir müssen uns beeilen. Ich denke, die Brothers werden bald hier sein, um nach Euch zu suchen. Die können sehr hartnäckig sein.«

Michi folgte ihm zögerlich durch einen hell erleuchteten Gang. Dabei checkte sie die Uzi, sie war geladen. »Wohin gehen wir?«

Ed drehte sich um und sagte: »Zu den elysischen Bergen. Der einzige Weg nach oben. In die Freiheit, wenn Du so willst.«

Schon irgendwie alles merkwürdig, dachte Michi, aber die Waffe, die Ed ihr überlassen hatte, gab ihr halbwegs ein Gefühl von Sicherheit und Vertrauen. Sie fühlte sich auch durch das reichhaltige Frühstück gestärkt und lief nun so schnell es ging hinter Ed her, der es wirklich sehr eilig hatte.

»Sag mal, Ed, warum hilfst Du mir eigentlich?«

»Weil Du aus Schwetzingen kommst!«

»Ich komme da nicht her. Ich arbeite da.«

»Egal, nachher haben wir genug Zeit zum Reden.« Mit diesen Worten legte Ed noch einen Zahn zu. *Erstaunlich fit für sein Alter*, dachte Michi. Am Ende des Gangs befand sich eine große Holztür. Ed hielt direkt darauf zu und öffnete sie.

»Hier ist Downtown L.A., das echte Zentrum!« Er grinste und bedeutete Michi, ihm nachzukommen. Was sie dann hinter der Tür sah, war unglaublich: eine riesige Halle mit vielen kleinen Hütten aus Holz und ausgebreiteten Decken auf dem Boden. In der Luft lag der Geruch von gegrilltem Fleisch und Gewürzen. Leise Gitarrenmusik ertönte aus einem Lautsprecher, der von vielen Kabeln gehalten an einer Wand hing. Ein Gewusel von Menschen belebte die kleinen Gassen zwischen den Hütten. Überall lagen irgendwelche Waren auf Tischen, hinter denen Händler es sich bequem gemacht hatten und auf Kundschaft warteten. Obst, Gemüse, aber auch diverse Elektroteile wurden lautstark angeboten. Bunte Lampions hingen kreuz und quer über diesem Platz, den man am besten mit einem Bazar vergleichen konnte. Es gab sogar eine Klimaanlage, stellte Michi fest, als sie neben sich aus einem großen Rohr in der Wand kühle, frische Luft spürte. Staunend ging sie mit Ed weiter. Die Menschen, meist ärmlich gekleidet, sahen sie zuerst misstrauisch an, dann aber durchaus wohlwollend, als sie merkten, dass sie mit Ed unterwegs war. Er schien eine sehr geachtete, ja geliebte Person zu sein. Viele lächelten ihm zu oder wollten ihm irgendetwas zeigen. Aber Ed winkte nur kurz und bahnte sich zielstrebig seinen Weg durch die engen Gassen bis zum hinteren Ende der Halle. Hier bog er nach rechts in einen schmalen Gang, und plötzlich standen sie in einer menschenleeren, spärlich beleuchteten U-Bahnstation. Links in einer Ecke standen zwei Fahrzeuge, die wie Golf-Buggys aussahen. Vor dem einen stand ein Typ mit einem großen Schraubenschlüssel: Wossoh!

Ratten

Der junge Asiate strahlte sie an, und Michi lächelte erleichtert. Ihm schien es gut zu gehen. Er hatte anscheinend irgendetwas an diesen Buggys repariert. Bohrmaschine, Kabelspule und jede Menge Schrauben lagen jedenfalls wild verstreut auf dem Boden. »Woher kommt der Strom?« Michi kam dies alles höchst eigenartig vor.

Ed half Wossoh, die Werkzeuge vom Boden zu räumen und setzte sich in einen Buggy. »Wir sind hier genau unter dem Dodger-Stadion. Die haben eine gute Stromversorgung da oben. Und wir haben einen guten Elektriker hier unten.« Mit diesen Worten zeigte er in die Richtung, aus der sie gerade kamen. »Wir haben jede Menge Spezialisten für alles. Der Strom wird einfach oben angezapft, da wo die städtische Leitung ans Stadion andockt. Merkt keiner. Setz´ Dich!« Ed wies auf den Platz neben sich. Michi kletterte mit der Uzi in der rechten Hand zu Ed in den Golf-Buggy.

»Wo sind eigentlich meine Sachen? Ausweis, Handy und so.«

»Kriegst Du. Später. Wir müssen hier weg.«

Wossoh saß bereits in dem anderen Wagen. Beide Fahrzeuge setzten sich nun mit einem surrenden Geräusch in Bewegung und fuhren durch die leere U-Bahnstation und dann durch einen engeren, dunklen Tunnel. Ed und Wossoh schalteten die Scheinwerfer ein. Dies war auch notwendig, da überall Hindernisse in Form von kaputten Kisten oder umgekippten Mülleimern im Weg lagen. Ed manövrierte lässig durch den Tunnel, dessen ursprünglicher Sinn sich Michi nicht erschloss. Der Chinese fuhr hinter ihnen her.

Die Deutsche, die eigentlich nur eine erholsame Auszeit nehmen wollte, musste schmunzeln. Von einem Gummiboot in einen Golf-Buggy, auf der Flucht, mit einer Uzi in der Hand, und das alles viele Meter unterhalb einer Millionenstadt. Das würde ihr keiner glauben. Sie glaubte es eigentlich selber noch nicht. Plötzlich sah sie im Lichtkegel der Scheinwerfer eine Tür, die auf der rechten Seite an ihnen vorbeizog. Die Ex-Polizistin hielt die Maschinenpistole sofort in diese Richtung.

»Ja, behalte die Türen im Auge. Da könnten uns die Brothers noch erwischen. Die sind gut vernetzt und haben überall ihre Helfer. Das ist hier wie ein Rattennest.«

»Jetzt mal ehrlich, was genau machst Du eigentlich hier unten?« Michi merkte, wie sie beim *Du* blieb.

»Ich bin so was wie ein Oberpenner. Kümmere mich um die Bewohner hier, die Leute, die oben nicht mehr klar kommen. Manche sind krank.«

»Du bist doch kein Sozialarbeiter, oder?«

»Jetzt schon. Früher nicht. Eher das Gegenteil. Ich habe Leute gekidnappt und gefoltert. In Deutschland. Und bin später nach L.A. gezogen. Erst als Künstler oben in Venice und dann nach dem elften September als Waffenkönig hier unten. Die Sache mit den Twin Towers hat das Fass bei mir zum Überlaufen gebracht. Ich dachte, die Amis haben das selbst inszeniert. Ich weiß es immer noch nicht genau. Da kam auf jeden Fall so ein Hass in mir auf. Hass auf das Establishment. Die Geister der Vergangenheit. Kennst Du so was?«

»Ja, ich glaube schon.« Michi musste an Devier denken.

»Und wie passt das zu dieser Sozialarbeit hier unten?«

»Gar nicht. Ich wurde mal angeschossen in einem der Tunnel. Bei einem Deal. Das war viel schlimmer als bei Dir. Das war mein U-Turn. Ich wäre beinahe draufgegangen. Das Leben ist wertvoll. Irgendwann begreift man das. Oder auch nicht.«

Michi starrte mit der Uzi im Anschlag auf alles, was die Scheinwerfer rechts erfassten. Bisher war keine weitere Tür oder Öffnung zu sehen.

»Du bist also ein Cop?« Ed drehte sich kurz mit prüfendem Blick zu ihr.

»Ich war wie gesagt bei der Schwetzinger Polizei.«

»WAR? Das ist Vergangenheitsform, soviel Deutsch kann ich noch.«

»Ich bin eine Ex-Polizistin. Ich brauche gerade Abstand.«

»Ging mir auch so.«

»Was war das für ein Bild da in dem Raum? Sah aus wie der Rhein.«

»Ja der Rhein ... bei Eltville. Ich war früher mal Maler. Aber das Bild ist nicht von mir. Habe es in Venice auf einem Kunstmarkt entdeckt. Ein Bild vom Rhein in Venice. Hier gibt es alles. Ich mag es. Ich male nicht mehr. Aber lustig!«

»Lustig? Was?«

»Der Ex-Maler und die Ex-Polizistin!«

Plötzlich ein Knall vor ihnen. Ed stoppte sofort den Buggy und machte das Licht aus. Wossoh hinter ihm tat das Gleiche. Stille. Michi richtete ihre Waffe dorthin, woher das Geräusch kam und spähte in die Dunkelheit. Jetzt hörten sie ein Rascheln, untermalt mit fiepsenden Lauten. »Wir können weiter, das sind Ratten!« Mit diesen Worten setzten die Buggys sich wieder in Bewegung, und tatsächlich sah Michi nach ein paar Metern, dass Ed richtig lag. Eine umgefallene Mülltonne und jede Menge Ratten, die teilweise vor den wieder eingeschalteten Scheinwerfern flohen. Sie legte die Maschinenpistole vor sich auf ihren Schoß. »Warum hast Du keine Mac-10? So eine Uzi wiegt doch über ein Kilo mehr, und die Mac ist auch noch schallgedämpft an der Mündung.«

»Ja, stimmt. Aber hier unten gibt´s nur das, was man kriegen kann.«

»Auch die Strasser-Flinten?«

»Haha ... ja, die gab´s mal als Angebot bei Walmart. Ich kenne die Zwischenhändler von früher. Aber die Brothers mittlerweile auch. Die kontrollieren hier seit Jahren alles. Wie die Ratten.«

»Was hast Du mit denen zu tun?«

»Nichts mehr. Sie dulden mich, weil ich früher *El Sendero* war, sozusagen der Gründungsvater. Außerdem holen sie sich manchmal was aus meiner Apotheke. Sie lassen mich und meine Leute in Ruhe. Das sind ja sowieso nur harmlose, armselige Typen. Hast sie ja eben gesehen in der Halle. Aber Ihr beide müsst hier weg.«

»Wo geht´s denn raus?«

»Jedes Rattenloch hat einen Geheimausgang!« Ed kicherte in sich hinein und erklärte nicht ohne Stolz: »Den kennen die Brothers nicht. Ist unterhalb der elysischen Berge.«

»Wo?«

»Elysian Park. Östlich von den Dodgers. Da war früher ein Bergwerk, eine Goldmine.«

»Hier in L.A. ... Gold?«

»Ja, dachte man zumindest, man hat wohl auch ein bisschen in den Bergen gefunden. Dieser spanische Entdecker, Portolà hieß der, hat im achtzehnten Jahrhundert so eine Art Handelspfad errichtet. Wir befinden uns gleich direkt darunter. Willst Du eine Zigarette?« Mit diesen Worten stoppte Ed den Elektrowagen und holte eine verknautschte Schachtel Lucky Strike aus seiner Hosentasche. Michi ließ sich zugegebenermaßen gerne eine anstecken, in Situationen wie diesen brauchte man so was einfach. Nur warum setzte Ed sich so für sie und Wossoh ein? Das war ihr immer noch ein Rätsel.

Feuer ohne Feuerzeug

Nachdem sie ihre Zigarette halb aufgeraucht hatte, schnippte Michi die Kippe aus dem Buggy. Ed grinste sie an, konnte aber kaum etwas von ihrem Gesicht in der Dunkelheit erkennen. *Was für eine kühne Blonde*, dachte er. Paddelte mit einer Mac10 durch die Abwasserkanäle und legte sich mit den Brothers an. Sie hatte den richtigen Job. Sie ist genau die Richtige für seinen Auftrag.

Nach einer längeren Fahrtzeit, bei der kein Wort gewechselt wurde, stoppten die beiden Buggys vor einem Müllhaufen. Ed leuchtete mit seiner Taschenlampe die nähere Umgebung ab. Zerquetschte Plastikflaschen, zerfetzte Autoreifen und jede Menge rostige Schlösser und Scharniere waren dort in einer Ecke zu einem riesigen Berg aufgetürmt. Und dahinter, eine kleine Holztür, die sich aber erst offenbarte, als Ed, Michi und Wossoh um den Berg herumgingen. »Endstation!«, rief der alte Ex-Maler im Tonfall eines Busfahrers und kramte in einer ausgebeulten Ledertasche, die er sich umgehängt hatte.

»Hier, das gehört Dir. Ist alles jetzt ziemlich trocken. Oben hast Du Empfang!« Mit diesen Worten reichte er der Ex-Polizistin Handy, Pass, Kreditkarte und die Dollarnoten, die er glatt gebügelt hatte.

»Also, Michaela. Ich hatte mal eine Freundin. So eine heimliche, aber heftige Sache. Wir haben uns jeden Montag im Schwetzinger Schlossgarten getroffen. Sie sah so aus wie Du.«

»Was wird das jetzt? Ein Heiratsantrag?« Michi konnte sich diese Bemerkung nicht verkneifen.

»Ja genau! Jetzt, hier unten. Besser als im Schwetzinger Schlossgarten.«

»Komm, raus mit der Sprache, Du willst, dass ich bei der Schwetzinger Polizei irgendetwas Illegales in Erfahrung bringe.«

»Kennst Du Eltville, dieses spießige Kaff am Rhein?«

»Nein! Nur dem Namen nach.«

»Du könntest mir einen Gefallen tun.«

»Was?« Nachdem Michi die Frage gestellt hatte, wurde es eigenartig ruhig in dem Tunnel. Dann hörte sie Eds Stimme, die plötzlich auf einmal irgendwie kleinlaut klang.

»Ich habe ein Versprechen gegeben. Ich heiße eigentlich Walter Edgar Hook. Edgar hieß mein Patenonkel. Er ist mein Idol, und ich bin Ed. Du kannst mir einen Gefallen tun.« Mit diesen Worten reichte er Michi einen Zettel mit einer langen Nummer.

»Mein Onkel hat einen Sohn. Ich muss ihm noch zeigen, wie man ein Lagerfeuer ohne Feuerzeug macht. Ich ... ich möchte Kontakt aufnehmen. Er denkt sicher, ich bin tot oder ein Arschloch. Oder beides. Ich will das Richtige machen.«

»Und ich soll ihn für dich anrufen?«

»Nein, Du musst ihm einfach diesen Zettel geben. Ihn finden. Er soll mich doch anrufen. Die Nummer da funktioniert.«

»Wo ist denn dieser Sohn?«

»Gerald arbeitet oder wohnt am Anleger 511 in Eltville. Steht auch auf dem Zettel. Keine Ahnung, ob das eine Schiffsanlegestelle oder irgendein Shop ist. Sag ihm einfach, ich weiß jetzt, wie ich es ihm ganz einfach erklären kann. Das mit dem Feuer.«

Michi nickte leicht zögernd und steckte den Zettel in ihre Hosentasche. Walter Edgar Hook ging zu der kleinen Holztür und drückte sie mit großer Anstrengung halb auf.

»Time to say goodbye, Michaela und Chan.«

»Chan?« Michi blickte rüber zu Wossoh.

»Ja, der Junge heißt Chan. Wie Du ihn immer nennst, *Wossoh* oder so, das ist das chinesische *Wocao* und bedeutet soviel wie *Fuck*. Das sagt er zwar ständig, wenn er flucht, aber so heißt er nicht.«

Die Deutsche sah den Chinesen verdutzt an und musste grinsen.

»Ihr solltet euch beeilen. Wenn Ihr durch diesen Verschlag kriecht, stoßt Ihr direkt an eine Leiter. Die klettert Ihr hoch. Dann kommt ein Raum, oder besser ein Hohlraum in einem verschütteten Stollen. Da ist noch eine Leiter. Die klettert Ihr auch hoch. Bis zum nächsten Hohlraum. Und dann die letzte Leiter.

Bis Ihr oben seid. Der Ausblick da ist grandios.«

»Und Du bleibst hier unten?«

»Ja, ich gehöre hierhin. Aber vielleicht treffe ich mal Gerald, wenn er will. So, jetzt haut ab. Und Michaela, fang wieder bei der Polizei an! Ich glaube, Du bist gut darin.«

Michi legte die Uzi zurück auf den Sitz des Buggys. Dann reichte sie Ed die Hand und sagte: »Danke! Ich werde Gerald finden. Und Du ... fang wieder an zu malen! Ich glaube, Du bist gut darin.«

Walter Edgar Hook sah noch, wie die beiden durch die niedrige Holztür verschwanden. Dann verschloss er sie. Er wartete einige Minuten und türmte genug Müll davor auf. Der Notausgang war nicht mehr zu sehen. Er würde sich jetzt in den Buggy setzen, noch eine Zigarette rauchen und sich seit sehr langer Zeit etwas unbeschwerter fühlen.

Die elysischen Berge

Die Sonne war so gut wie verschwunden. Die Hügelkette im Elysian Park wirkte in der Dämmerung wie eine archaische Naturlandschaft, die plötzlich an einer Stelle zwei Gestalten ausspuckte. Eine Frau und ein Mann, mehr ein Teenager, krochen hinter einer Felsspalte hervor und setzten sich keuchend an den Abhang. Der Anblick, den sie nach zwei Tagen im Untergrund jetzt genossen, war umwerfend. Von hier oben sahen die Lichter von Downtown L.A. wie auf einer kitschigen Postkarte aus. Links lag das hell erleuchtete Dodger-Stadion. Man konnte sogar hineinschauen.

Michaela Cordes checkte ihr Handy. Sie hatte wieder Empfang und jede Menge WhatsApp-Nachrichten von Claire. Der Akku war sogar wieder aufgeladen. Aber sie würde noch etwas warten, bevor sie ihre Freundin anrief. Keine Hektik, sie hatte ja schließlich Urlaub und sollte die Dinge ja einfach mal kommen lassen.

Nach einiger Zeit im lauwarmen Abendwind mit Blick auf das Lichtermeer unter ihnen mussten sie beide lachen, furchtbar lachen. Dann standen sie auf. Michi umarmte ihren chinesischen Freund und gab ihm die restlichen Dollarnoten, die sie noch hatte. Dann verschwand er in der Dunkelheit. Michi Cordes setzte sich hin und schaute in die Ferne. Sie würde wieder in den Polizeidienst eintreten. Aber jetzt erstmal Claire anrufen.

Blauer Himmel

Die Autobahn war leer. Links und rechts flog die liebliche Landschaft an ihr vorbei. Bald würde sie die ersten Weinberge sehen.

Michi hatte bestimmt zwei Wochen gebraucht, um die Erlebnisse im Untergrund von L.A. zu verarbeiten. Claire war natürlich sofort gekommen, um sie nachts im Elysian Park abzuholen und hatte nicht schlecht gestaunt, auf welche Art ihre Freundin die *Stadt der Engel* hatte kennenlernen dürfen.

Für Michi war der blaue Himmel gerade das absolute Highlight. Licht und frische Luft. Sie würde so schnell keine muffigen Kellerräume mehr betreten, wenn es nicht unbedingt sein musste. Ihr linker Arm war nochmal untersucht und professionell verbunden worden. Ed hatte aber schon gute Vorarbeit geleistet.

Jetzt genoss sie die Fahrt über die A 671 Richtung Eltville. Die ganze Sache hatte ihr doch keine Ruhe gelassen, und ein Versprechen war ein Versprechen. Sie würde versuchen, Gerald zu kontaktieren. Die Recherchen im Internet hatten nicht viel ergeben, außer dass der *Anleger 511* wohl ein Restaurant war. Auf was würde sie sich da einlassen? Michi hatte keine Ahnung, aber genug Neugier, dies herauszubekommen!

ENDE

»Die Beschreibung beginnt in der Vorstellungskraft des
Autors, sollte aber in der des Lesers enden.«
Stephen King

»Das Leben kann schlimmer sein als jeder Albtraum«
Stephen King

Kai Bliesener

ENDSTATION ELTVILLE

Eine Novelle

Kai Bliesener

Eigenschaften. Jeder von uns hat sie. Ich, Kai Bliesener und Autor dieser Zeilen und der folgenden Novelle, habe sie ebenso wie Sie, liebe Leser*innen. Aus ihnen bildet sich letztendlich der Charakter eines Men-schen. Die Eigenschaften fördern Meinungen, Zuneigung oder Ablehnung, Sympathie oder Antipathie.

Tja, und was machen wir Autoren? Wir erschaffen ständig neue Charaktere, schicken sie auf eine Reise durch unsere Fantasie, erzählen durch ihre Augen unsere Geschichten. Dabei geben wir ihnen die Eigenschaf-ten mit auf den Weg, die wir mit Blick auf die zu erzählende Geschichte für wichtig und richtig halten. Und so, wie wir uns im Laufe des Lebens verändern, verändern sich auch die von uns geschaffenen Charaktere im Lauf der Er-zählung oder einer Serie.

Doch wie verändern sie sich, wenn wir sie aus der Hand geben, sie von jemand anderem geformt werden? Eine spannende Frage, die viel Ver-trauen abverlangt. Denn in der Regel sind einem die Hauptfiguren ja irgendwie ans Herz gewachsen, schließlich hat man sie ja geboren, er-schaffen. Und wie die ei-genen Kinder will man die erschaffenen Charaktere nicht jedem oder jeder anvertrauen. Man will sie in Sicherheit wissen. Das war bei unserem Projekt der Fall. Meine Emma Berg, das wusste ich instinktiv, war bei Klaus Maria Dechant in besten Händen. Er hat sie bei sich einziehen lassen, für seine Story geformt und weiterentwi-ckelt. Aber behutsam, so dass sie direkt und nahtlos zurück in mein nächstes Abenteuer gesprungen ist.

Etwas schwieriger war es für einen Krimiautor, eine Story um einen Charakter zu bauen, den man kurzerhand als sexsüchtigen Creative Director einer Werbeagentur auf Selbstfindungstrip unter anhaltendem Drogeneinfluss beschreiben kann. Zugegeben, anfangs tat ich mich sehr schwer, Zugang zu Andy, der Hautfigur aus dem tollen Roman U-Turn – Irgendwann kommt jeder an von Jo Schuttwolf, zu finden. Es dauerte bestimmt ein halbes Dutzend Versuche, bis ich bei ihm angekommen war. Und dann floss die Geschichte aber einfach so aus den Fingern und kam mir selbst vor wie ein Mega-Trip, surreal zuweilen und so, als ob David Lynch zusammen mit Quentin Tarantino und Stephen King einen Film gedreht hätte. Herausgekommen ist eine aufregende Reise, an deren Ende Andy natürlich immer noch Andy, aber gleichzeitig um so manche Erkenntnis reicher ist. Schnallen Sie sich an, nehmen Sie eine bequeme Sitzposition ein, denn nach wenigen Zeilen wird nichts mehr so sein, wie Sie es erwarten. Viel Vergnügen.

Bevor es los geht

ENDE.

Ich mochte dieses Wort. Es beschreibt den Abschluss einer Arbeit, markiert den Schlusspunkt. Danach kann man zu neuen Dingen aufbrechen, ein neues Projekt starten. Hinter jedem Ende steckt ja schließlich auch ein neuer Anfang. Und in meinem Beruf war ich mit dieser Ansicht nicht alleine. John Irving hat in zig Interviews betont, dass er erst anfange zu schreiben, wenn er das Ende der Geschichte kenne.

Das Ende kannte ich in diesem Fall. Es saß mir gegenüber. Ein Haufen Elend. Der Rotwein, der Whiskey und mein letzter Rest Gras hatten ihn redselig gemacht - und ich hatte geduldig zugehört und alles mitgeschnitten.

Dass er hier saß, war kein Zufall. Ein befreundeter Autor, der Jo aus der Nähe von Düsseldorf, hatte ihn aufgefordert, sich an mich zu wenden. Jo wusste, dass ich früher mal Psychologie studiert hatte und mir als Coach immer noch etwas dazuverdiente. Da die beiden sich lange und intensiv kannten, war bei Jo irgendwann der Gedanke gereift, Andy könnte meine Hilfe vielleicht gut brauchen, es könne ihm helfen, wenn er seinen Charakter in meine Hände legte. Das bedeutete natürlich auch eine enorme Verantwortung für mich, denn für den Freund eines Freundes muss man schon sehr feinfühlig und sensibel arbeiten. Klar war immer: Andy wird sich verändern, musste sich verändern. Aber er würde immer Andy bleiben müssen. Das war meine Aufgabe.

Jo hatte sogar mal ein Buch über Andy geschrieben. Andy, ja so hieß er nämlich, der sexsüchtige Werbetexter aus Düsseldorf, den Jo mir anvertraut hatte. „Macht was draus", hatte er uns beiden mit auf den Weg gegeben. Und wir taten unser Bestes. Zusammen tauchten wir in Andys Geschichte ein, dieses absurde und abstruse Abenteuer, durchlebten es gemeinsam. Und wollten natürlich möglichst unbeschadet wieder daraus auftauchen.

Das war die größte Herausforderung. Denn worin sich Andy verstrickt hatte, nachdem er auf seinem Selbstfindungstrip in Andalusien während eines Healings mit einer Frau in eine Felsspalte gestürzt war, das war im wahrsten Sinne des Wortes abenteuerlich. Und ich hatte genau 80 Seiten, um es zu erzählen.

Und nun saß er mir also an unserem großen Küchentisch gegenüber. Trank meinen Wein, trank meinen Whiskey, rauchte mein Gras und erzählte seine Geschichte. Oder war es die Geschichte, die Jo ihm mit auf den Weg gegeben hatte? Irgendwann verlor ich den Überblick, so wie Andy ihn schon längst verloren hatte.

Später würde ich versuchen, das viele wirre Zeug zumindest halbwegs in eine Ordnung zu bringen. Ich hatte genügend Stoff für meine nächste Novelle, da war ich mir absolut sicher. Achtzig Seiten, wie gesagt. Mehr billigte mir der Verlag nicht zu.

So absurd sich das alles anhörte, es war eine hervorragende Story. Irgendwo zwischen Tarantino, Lynch und einem schlechten Kriminalroman. Niemand würde auch nur an einen Funken Wahrheitsgehalt glauben. Und doch alle auf die Geschichte abfahren. Vielleicht gelang mir damit ein Bestseller. Und am Ende meine und Andys Rehabilitation, so dass ich ihn guten Gewissens zu seinem Vater, Schöpfer und Mentor Jo Schuttwolf zurückschicken konnte.

Ja, ein Bestseller, das war auch, was der Verlag von mir erwartete. Die letzten drei Romane waren zwar von den Kritikern bejubelt worden, hatten aber wie Blei in den Regalen der Buchhandlungen gelegen. Da sich langsam auch meine Ersparnisse dem Ende zuneigten, war also Aktion angesagt.

Doch je größer der Druck wurde, desto weniger war ich in der Lage zu liefern. Eine Schreibblockade lähmte mich seit Monaten. Bis zu dem Tag, als Andy vor meiner Türe gestanden hatte. Plötzlich und unerwartet.

Ich kannte ihn natürlich. Die Werbewelt, in die ich über Umwege nach dem Studium dann eingetaucht war, war klein. Jeder kannte jeden. Wir hatten uns lange nicht gesehen, irgendwann aus den Augen verloren, bei all den Terminen, die unser Leben in der Kreativbranche bestimmten. Irgendwann waren aus gelegentlichen Telefonaten und Treffen in irgendwelchen hippen Szenebars gelegentliche Nachrichten über diverse Messenger geworden. Doch selbst das war mit der Zeit eingeschlafen, weil andere Dinge an Wichtigkeit gewonnen hatten. So war es eben das Agenturleben, das einen mit Haut und Haaren auffraß und dem ich schon vor Jahren den Rücken gekehrt hatte.

Ein Burn-out hatte mich von einem Tag auf den anderen ausgeknockt, mich regelrecht aus dem Verkehr gezogen und dazu geführt, dass ich anfing, intensiv über mich und mein Leben nachzudenken. Und kurz darauf habe ich angefangen, es auf den Kopf zu stellen.

Der Job bei der Agentur war schnell gekündigt. Mit Sport, Yoga, Meditation und einer anderen Ernährung bekam ich auch meinen geschundenen Körper rasch wieder in den Griff. Familie hatte ich zum Glück keine, meine Eltern waren längst beide tot – zumindest für mich – und zu meinen Geschwistern hatte ich seit Jahren keinen Kontakt mehr. Und das war auch gut so. Es gab also keinen Ballast, auf den ich hätte Rücksicht nehmen müssen. Gut, meine damalige Freundin, die heulte sich einige Tage die Augen aus, um dann festzustellen, dass es mir erstens ernst war und es zweitens auch noch andere gutaussehende Männer gab. Dann hatte ich meine Wohnung in Düsseldorf vermietet, mir einen VW-Bus gekauft und war einige Monate durch Italien gefahren.

La dolce Vita. Ich hatte davon gekostet, es genossen und im Mutterland des süßen Lebens gelernt, dass es nicht mondän sein musste.

Und dann hatte ich irgendwann angefangen, meine Geschichte aufzuschreiben. Saß Tag und Nacht vor dem Bildschirm meines MacBook und erzählte, was mich an den Abgrund getrieben hatte. Keine neun Monate später stand mein erster Roman – ich hatte mich am Ende entschlossen, alles zu fiktionalisieren – nicht nur in den Regalen aller Buchhandlungen, sondern auch ganz oben auf den Bestsellerlisten. Es folgten noch eine Handvoll weiterer Bücher, meist Krimis, aber auch zwei Sachbücher, und aus mir war ein anerkannter und halbwegs erfolgreicher Autor geworden. Zumindest konnte ich irgendwann ganz gut von den Einnahmen leben, die mir die Verlage jeden Monat überwiesen. Aber mit dem Erfolg als Autor wuchs auch gleichzeitig wieder der Druck, den ich eigentlich hatte abstreifen wollen. Statt guter Literatur durfte ich maximal ordentliches Handwerk abliefern. Und wieder stand ich am Rand einer Klippe und ein Bein baumelte bereits über dem Abgrund. Dann hatte es an der Tür geläutet.

Aber ich sehe schon, ich bin etwas aus der Übung, habe zu lange keine Worte, keinen sinnvoll zusammenhängenden Satz mehr geschrieben. Deshalb erzähle ich alles so, all die einzelnen Fragmente, wie sie mir Andy erzählt hat, und am Ende sollte sich alles fügen zu einer traumhaft wahren Geschichte über Wahrheit, Träume und Realität – oder was wir als solche wahrnehmen.

Tauchen Sie ein..

Ein leuchtender Galgen

Keine dreißig Minuten später fand sich Andy in einem Verhörzimmer wieder. Der Raum war klein, eng und karg. Ein grauer
Resopaltisch und zwei unbequeme Stühle waren die einzigen
Einrichtungsgegenstände. Von der Decke baumelte eine nackte
Glühbirne, wie ein leuchtender Galgen. Die Wände waren mal
weiß gewesen, doch die Zeit und die zahlreichen Verhöre hatten
ihre Spuren hinterlassen.

Mit den Augen suchte er alles ab, war überzeugt, dass er hier
auch irgendwo Blutspritzer an den Wänden entdecken würde.
Und für einen Moment färbte sich der Raum tatsächlich rot,
schwappte dunkelrotes Blut von der Decke über die Wände
nach unten, füllte den Raum mehr und mehr auf. Er würde er-
trinken.

Dann zuckte sein Kopf auf dem Hals auf und ab und Andy
blinzelte mehrmals hintereinander.

Verfluchte Flashbacks.

Jetzt waren sie wieder grau, die Wände. An einigen Stellen
waren Abdrücke von Schuhsohlen zu sehen. An der Wand gegenüber befand sich der obligatorische Spiegel, durch den er
wahrscheinlich von der anderen Seite aus beobachtet wurde.

Andy fand den Raum widerlich und wollte schnellstmöglich
hier raus. Ein kurzer Blick auf seine Apple Watch sagte ihm, dass
er schon fast eine Stunde hier drin verbrachte. Draußen war es
längst dunkel, soweit er das durch das winzige, verschmierte
und vergitterte Fenster erkennen konnte.

Kommissarin Haller trat wortlos ein, ein Aufnahmegerät in
der Hand. Sie schaltete es an und legte es in die Mitte des Ti-
sches. Dann setzte sie sich Andy gegenüber.

Sie nannte ihren Dienstgrad und Namen, seinen Namen und
den Grund des Gesprächs. Sie erwähnte außerdem, dass er über
seine Rechte aufgeklärt worden sei, aber auf die Anwesenheit

eines Anwalts verzichtet habe. Sie bat ihn dann, zunächst ihre Worte und Angaben laut und deutlich mündlich zu bestätigen, was Andy bereitwillig machte.

„Bitte schildern Sie uns, wie und warum Sie an den Tatort gekommen sind."

Ihre Augen fixierten ihn aufmerksam, die Hände hatte sie ruhig vor sich auf den Tisch gelegt.

Andy redete. Er holte aus, erklärte in kurzen und klaren Sätzen, aber ausschweifend, wie es sich für einen Werbetexter gehörte, warum er in Spanien gewesen war. Ein paar pikante Details sparte er dennoch aus. Dann erzählte er, warum er heute zurückgekommen war, und machte aus seinem Herzen keine Mördergrube.

„Ich war stinksauer und verstehe noch immer nicht, warum die mich ins Aus geschossen haben." Er hatte beschlossen, so ehrlich er konnte zu antworten. Wenn er flunkerte oder bewusst log, würden sie es herausfinden und er sich nur noch tiefer in die Scheiße reiten.

„Vielleicht wegen der Me-too-Debatte?"

„Was?" Andy machte ein verdutztes Gesicht. „Was hat die denn jetzt damit zu tun?"

„Na ganz einfach, Sie wurden in Spanien wegen Vergewaltigung angezeigt. Das ist kein Kavaliersdelikt, sondern ein Verbrechen. Und wie kommt es wohl an, wenn der Mann, der mit seinem kleinen Werbefilmchen anscheinend der heißeste Anwärter auf den goldenen Löwen in Cannes ist, als Vergewaltiger gesucht wird? Denn genau das ist der Fall. Sie haben Spanien verlassen, ohne sich bei den dortigen Behörden abzumelden. Das mögen wir nicht, wir Polizisten. Nicht hier und nicht dort."

So ein Mist! Daran hatte Andy keinen Gedanken verschwendet. Der Vorwurf war so unglaublich absurd und entbehrte jeder Grundlage, dass er ihn einfach nicht ernst genommen hatte. Außerdem war die Sache nach dem Gespräch der spanischen Ärztin mit dem Polizisten für ihn erledigt gewesen.

Ein Irrtum, wie er sich jetzt schmerzhaft eingestehen musste.

Die Haller sah ihn fragend an, und wenn die Situation nicht

so absurd gewesen wäre, hätte er sich wahrscheinlich auf ihre Augen und ihren Mund konzentriert und überlegt, wann der geeignete Zeitpunkt wäre, um sie zu küssen. Zum Anbeißen sieht sie aus, schoss es ihm durch den Kopf. Doch er ärgerte sich im selben Moment über den Gedanken. Er war doch irre, und solche Gedanken waren dem Ernst seiner Lage nicht angemessen.

Andy fuhr sich mit den Händen durch die langen Haare und schüttelte dabei den Kopf. Erst ganz leicht, dann wurden seine Bewegungen immer ausladender. Ein paar Strähnen flogen dabei durch die Luft, wie bei einem Headbanger auf einem Heavy-Metal-Konzert.

„Nein, nein, nein. So ein verfluchter Mist!" In seiner Stimme schwang Verzweiflung mit.

Sie beobachtete ihn aufmerksam. Wie wahrscheinlich auch einige ihrer Kolleginnen und Kollegen auf der anderen Seite des Spiegels genau auf jede seiner Reaktionen achteten.

„Was ist Mist? Dass Sie die Frau angeblich vergewaltigt haben? Dass Sie sich nach Deutschland abgesetzt haben, um vielleicht dem Zugriff der spanischen Behörden zu entgehen? Dass Sie sauer auf ihre Agenturchefin waren und wutentbrannt zu ihrem Privathaus gefahren sind, wo es zu einem handfesten Streit gekommen ist, bei dem Frau Ober zu Tode gekommen ist? Was genau davon ist Mist?"

Andy starrte sie verdutzt an. Ihr Gesicht hatte harte Züge angenommen, und die Augen funkelten wie heiße Kohlen.

Glaubten die das etwa wirklich, was die Polizistin ihm gerade vor den Latz geknallt hatte? Das konnte nicht sein.

„Das ist alles Mist! Alles, was Sie sagen, ist kompletter Bullshit! Das haben Sie sich zusammengereimt, weil Sie schnell einen Schuldigen brauchen. Aber Sie haben den Falschen."

Sie ging nicht auf seine Worte ein. Stattdessen kam sie mit einem neuen Thema um die Ecke.

„Wenn wir jetzt eine Blutprobe von Ihnen nehmen, welche Substanzen finden wir dann alle?"

„Woher soll ich das wissen. Ich lag einige Zeit im Krankenhaus. Was weiß ich denn, was die mir alles gegeben haben."

Seine Antwort klang pampiger als beabsichtigt.

„Aber Sie waren auch auf Drogen, als sie in Spanien an der Healing-Session teilgenommen haben, richtig?"

Andy nickte leicht. Er wusste ja nicht, ob es dafür Zeugen und Aussagen gab.

„Das heißt aber auch, dass Sie unter Umständen gar nicht genau wissen, was Sie in diesem Zustand alles getan haben. Richtig?"

„Naja, ich denke schon, dass ich noch halbwegs bei mir war." Es klang beinahe trotzig.

„Ich habe mir die Aussagen angeschaut. Es sieht so aus, als ob Sie ziemlich berauscht waren zu dem Zeitpunkt, als Sie die Frau vergewaltigt haben sollen."

„Aber das habe ich doch gar nicht. Was reden Sie denn da."

Andy sprang auf, seine Stimme überschlug sich. Haller stieß im selben Moment ihren Stuhl zurück und stellte sich mit der Hand auf dem Griff ihrer Dienstwaffe mit durchgedrücktem Rücken hin.

„Ganz ruhig. Ich behaupte gar nichts. Ich stelle nur Fragen anhand der Informationen, die uns vorliegen. Und Sie sollten sich jetzt schleunigst abregen und wieder hinsetzen, bevor meine Kollegen kommen. Die sind nicht so zimperlich, wenn sie den Eindruck haben, eine Kollegin könnte bedroht werden." Haller hatte eine Hand gehoben und bedeutete ihm so, sich zu setzen.

Andy erschrak, benötigte einen Moment, um die Worte zu verarbeiten, stützte sich aber auf den Tisch und setzte sich langsam. Erschöpft vergrub er seinen Kopf unter den Händen und Unterarmen. Er hörte, wie auch die Polizistin wieder Platz nahm und den Stuhl zurechtschob.

Er hob den Kopf, sah ihr in die Augen, die jetzt fast mitfühlend schauten. Die Verzweiflung war ihm ins Gesicht geschrieben, sein Blick wässrig.

„Aber ich habe sie nicht vergewaltigt. Das müssen Sie mir glauben. Wir hatten keinen Sex. Ja, ich wollte sie, wollte sie unbedingt. Aber wir sind doch dann zusammen in diese verdammte Felsspalte gestürzt und haben uns die Knochen gebrochen, statt miteinander zu schlafen. Das hat doch auch diese spanische Ärztin, diese Doktor Alvarez bestätigt und dem Polizisten gesagt. Das muss doch auch in den Akten stehen. Und was hat das mit dem Tod von Frau Ober zu tun?"

„Solange Sie hier waren, haben Beamte Ihre Wohnung durchsucht. Dort wurden Mengen an Amphetaminen und anderen Rauschmitteln gefunden, die weit über den Eigenbedarf hinausgehen. Wir müssen Sie in jedem Fall heute Nacht hierbehalten. Sie wurden am Tatort eines Mordes aufgegriffen, Sie haben womöglich ein Tatmotiv und konnten bisher nichts zu Ihrer Entlastung vorbringen. Sie verstehen sicher, dass wir Sie unter diesen Umständen keinesfalls einfach gehen lassen können. Ob gegen Sie letztlich ein hinreichender Tatverdacht besteht, muss der Haftrichter bewerten, dem Sie morgen vorgeführt werden. Er entscheidet dann, ob Sie bis zu einer Anklage in Untersuchungshaft oder gegen gewisse Auflagen und eine Kaution auf freien Fuß kommen."

Sie stand auf und schickte sich zum Gehen an.

Andy war entsetzt und sprachlos zugleich. Er wanderte in den Knast.

An der Türe hielt sie noch einen Moment inne und drehte sich zu ihm um.

„Sie sollten sich wahrscheinlich besser einen Anwalt nehmen. Einen guten Anwalt."

Dann rauschte sie hinaus, und Andy konnte die Tränen nicht länger zurückhalten.

Flashback

Der Mann in Schwarz kniff die Augen zusammen, damit er den Revolvermann besser sehen konnte. Er hatte den dunklen Hut tief in die Stirn gezogen, um seine Augen vor der Sonne zu schützen. Die knallte erbarmungslos vom Himmel, während die Luft vor Hitze flimmerte. Der warme Wind, der zwischen den Holzhäusern hindurchfegte, strich nicht kühl über die Haut, sondern wirbelte lediglich den Staub der Straße auf. Der drang kratzend in jede Ritze, legte sich auf Kleider und Haut.

Der Mann in Schwarz war durch die Wüste geflohen, und der Revolvermann war ihm gefolgt. Vor ihm lag die Suche nach einem dunklen Turm.

Seine Lippen waren trocken, spröde und rissig. Er hatte entsetzlichen Durst, der letzte Schluck Wasser lag schon einige Zeit zurück. Doch sobald er sich abwendete, würde ihm der Revolvermann eine Kugel zwischen die Augen oder mitten ins Herz jagen.

Andy spürte, wie ihm unter seinem langen schwarzen Mantel die Anspannung und Konzentration den Schweiß in regelrechten Sturzbächen aus den Poren trieben. Das schwarze Hemd war längst klatschnass, und er spürte, wie ihm auch das Wasser im Hintern kochte.

Doch er musste cool bleiben, durfte sich nicht bewegen. Und vor allem würde er im richtigen Moment schneller sein müssen.

Seine rechte Hand schwebte über dem Griff seines Smith-&-Wesson-Colts im Gürtel an seiner

Hüfte. Der linke Arm hing kraftlos herunter. Erst jetzt spürte er den Schmerz, der von seiner Schulter ausging. Warme Flüssigkeit rann über seine vor Hitze glühende und schweißnasse Haut seinen Arm hinunter. Beides vermischte sich und tropfte langsam, aber stetig auf den Boden. Plopp. Plopp. Plopp. Es war unwahrscheinlich, dass er hören konnte, wie die Tropfen auf die Sandkörner schlugen. Und doch war in seinen Ohren jeder Tropfen laut wie ein Peitschenknall. Der Sand saugte gierig die Flüssigkeit auf, als habe er nur darauf gewartet.

Andy war der Mann in Schwarz. Und er war verletzt. Ein entscheidender Nachteil in dieser Situation.

Der Revolvermann stand ihm reglos gegenüber, maximal fünfzehn Meter entfernt. Er sah aus wie der junge Clint Eastwood in den Spaghetti-Western von Sergio Leone. Die Dollar-Trilogie, ein Stück Filmgeschichte. Schmutzige kleine Filme, die das angestaubte Genre seinerzeit revolutionierten. Und plötzlich drang die quälende Melodie des von Ennio Morricone geschaffenen Soundtracks aus „Spiel mir das Lied vom Tod" an sein Ohr, dieser gewaltigen Western-Oper. Eastwood hätte die Hauptrolle spielen sollen, hatte aber abgesagt. Stattdessen standen Charles Bronson, Henry Fonda und Claudio Cardinale in den Hauptrollen vor der Kamera.

Der Klang der Mundharmonika sägte wie ein stumpfes Sägeblatt penetrant an seinen Nerven, die ohnehin zum Zerreißen gespannt waren. Dann stimmte ein weit entfernter Posaunenchor mit ein.

Andys Blick nahm sein Gegenüber ins Visier. Seinen Poncho hatte der Revolvermann über die

Schulter zurückgeschlagen, so wie es auch Eastwood immer getan hatte. Die Augen waren zu
schmalen Schlitzen verengt und blitzten gefährlich aus dem Schatten der Hutkrempe hervor. Der
Revolvermann wirkte wie eine Kobra, die nur darauf wartete, zuzuschlagen und ihre spitzen Zähne
in das Fleisch ihres nächsten Opfers bohren zu
können.

Plötzlich sah er das Gesicht eines Kindes. Aber
es war nicht irgendein Gesicht. Es war seins,
vor vielen Jahren, als er noch ein kleiner Junge gewesen war. Höchstens zehn Jahre alt. Oder
sogar noch jünger. Schweiß- und staubverdreckt
stand er da, spürte diese unendliche Last auf
seinen Schultern. Er konnte sich nicht bewegen,
Hände und Beine waren mit einem Strick zusammengebunden, der scharf in seine Haut schnitt,
sobald er sich regte. Auch schreien konnte er
nicht, denn in seinem Mund steckte eine schmutzige Mundharmonika, deren metallischer Geschmack
sich ausbreitete und Brechreiz verursachte.

„Na los doch, Kleiner, make my day. Komm schon,
spiel' mir das Lied vom Tod", sagte die Stimme
des Revolvermanns. Sie klang sanft, milde, gar
nicht böse. Er hatte sich nicht verändert seit
damals, wann immer das auch gewesen sein mochte.

Jetzt stand er als Mann ohne Namen hier, mitten in der Wüste aller Wüsten, am Rand der Stadt
ohne Namen, in der er dafür gesorgt hatte, dass
die Bewohner alle Häuser rot streichen mussten.
Der Mann in Schwarz wollte, dass sie sich an ihn
erinnerten. An ihn und seine Rache an dem Mann,
der seinen Vater auf dem Gewissen hatte. Den Vater, den er nie gekannt und der kurz nach seiner
Geburt einfach abgehauen war. Doch das spielte
keine Rolle. Nicht hier und jetzt.

Noch immer spürte er die Stiefel des Vaters auf seinen Schultern. Spürte, wie er wankte, und wusste um den Strick um dessen Hals. Wenn der Junge den Halt verlieren, wenn ihn die Kraft verlassen würde, dann brach er damit dem Vater das Genick. Dann hatten sie ihn wirklich höher gehängt. In dem Moment war es soweit. Er verlor das Gleichgewicht, spürte das Rucken und Zucken, das durch seinen Vater ging.

In derselben Sekunde legte der Revolvermann die Finger um seine Pistole und Andy zog seine Smith & Wesson, während er seinen Körper leicht zur Seite drehte, damit er weniger Zielfläche bot.

Im selben Moment kippte der Junge in Slow Motion nach vorne, während ihm die Mundharmonika zwischen den Zähnen hervorbrach und noch vor ihm im Dreck landete.

Er sah, wie der Oberkörper des Revolvermanns durch den Aufprall der Kugel nach hinten geschleudert wurde und regelrecht zerplatzte. Fontänen aus Blut spritzten aus dem Einschussloch. Dann spürte der Mann in Schwarz, wie ein anderes Projektil in seine Brust eindrang, sein Herz durchbohrte, wie der Pfeil eines Bogenschützen. Er krümmte sich und kippte ganz langsam nach vorne, wie der Junge, der er einmal gewesen war, mit der Last des Vaters auf seinen kindlichen und schmalen Schultern.

Und der jetzt auf dem Boden lag, die Haare strähnig von Schweiß und Staub. Er hatte sich auf den Rücken gedreht und starrte auf den zuckenden Körper seines Vaters, der sich mit einem Mal begann aufzulösen. Wie tausend kleine Tröpfchen, die aus einem Zerstäuber kamen, zerplatzte er in der flirrenden Hitze des Tages inmitten der Wüste.

Unterdessen stürzte auch der Mann ohne Namen dem staubigen Boden entgegen. Und je näher er dem Aufprall kam, desto mehr machten ihm die Milliarden Sandkörner Platz. Sie teilten den Boden, dem er entgegenstürzte und gaben den Weg in die Tiefe frei.

Andy, oder der Mann in Schwarz und ohne Namen, stürzte einfach hindurch, wie durch eine Felsspalte.

Nur das unten Charleen auf ihn wartete, bereit, ihn in sich aufzunehmen.

Doch auch sie zerstob zu Staub, als er auf sie zu stürzen drohte. So dass sein inzwischen nackter Körper hart auf dem ebenso nackten wie kalten Fels aufschlug.

In dieser Sekunde schreckte der langhaarige Werbetexter aus dem Schlaf. Aber er fand sich nicht in seiner Düsseldorfer Penthouse-Wohnung oder seinem Büro am Medienhafen wieder.

Er lag in einem sterilen Zimmer, und der typische Geruch von Desinfektionsmittel drang in seine Nase.

Die fast vergessene Zeit davor

Als er die Augen aufschlug, stand die hübsche Ärztin an seinem Bett.

Sie blickte besorgt aus ihren großen braunen Augen auf ihn herab, dann auf ihr Tablet und wieder zu ihm. Sie machte ein paar Schritte um das Bett herum und stellte sich neben ihn und vor die Apparate, die schräg neben dem Bett standen.

Andy musste den Kopf drehen, um zu sehen, dass sie sich einige Notizen machte. Was sie von den Bildschirmen ablas und aufschrieb, konnte er allerdings nicht erkennen.

Sie wandte sich ihm zu und legte ihm eine schmale Hand auf die Schulter.

„Wie geht es Ihnen? Sie haben einige sehr unruhige Tage mit enorm hohem Fieber hinter sich. Wir mussten Ihnen starke fiebersenkende Mittel geben. Zusammen mit den Schmerzmitteln und den Substanzen, die Sie noch in Ihrem Körper hatten, ist wahrscheinlich eine ziemlich heiße Mischung entstanden. Sie haben sehr heftig geträumt, halluziniert, wie bei einem kalten Entzug. Aber das Gröbste dürfte nun überstanden sein."

„Oh, ja. Hm, so richtig kann ich mich gar nicht mehr an die letzten Tage erinnern. Da war der Sturz, der Hubschrauber, die Schmerzen. Der Rest ist völlig im Nebel."

„An einiges werden Sie sich wahrscheinlich bald wieder erinnern können. Anderes wird vielleicht fragmentarisch bleiben. In jedem Fall hat es Sie deutlich heftiger erwischt als Ihre...", sie zögerte einen Moment, ehe sie weitersprach, „...als zum Beispiel Ihre Partnerin".

Andy glaubte zu sehen, wie ein leichtes Schmunzeln ihre Lippen umspielte. Erst jetzt fiel ihm auch auf, dass sie sich die ganze Zeit auf Deutsch unterhalten hatten. Ihr leichter Akzent verriet sie kaum.

„Wo haben Sie so gut Deutsch gelernt, Señora Alvarez?"

Den Namen hatte er auf dem kleinen Schild oberhalb ihrer Brust abgelesen.

Sie strahlte ihn mit einem verlockenden Lächeln an. „Ich habe in Deutschland studiert. Genauer gesagt in Tübingen. Und mein Vater ist Deutscher, ich bin also mit Ihrer Muttersprache aufgewachsen."

Andy rang sich nun ebenfalls ein Lächeln ab, obwohl ihm eigentlich nicht danach zumute war.

Sie drückte aufmunternd seine Schulter, machte dann rasch auf dem Absatz kehrt und rauschte aus dem Zimmer.

Andy schaute ihr noch lange hinterher, als sie längst durch die Türe war. Dann schüttelte er den Kopf, um die Gedanken abzuwerfen, die in seinem Kopf nachhallten. Er spürte, wie müde er noch immer war, wehrte sich jedoch gegen Schlaf. Erinnerungen an die Träume blitzten vor seinem inneren Auge auf, und er bekam nur noch mehr Angst.

Es klopfte leise an der Türe. Für einen Moment hoffte Andy darauf, die junge Ärztin würde ihren Kopf nochmal kurz hereinstrecken. Aber nachdem er „Herein" gekrächzt hatte, schwang die Türe auf, und ein uniformierter Polizist betrat das Krankenzimmer. Er war wahrscheinlich kurz vor der Rente, trug einen Walrossbart und einen silbernen Haarkranz um den Kopf. Das kurze Uniformhemd spannte bedenklich um den Bauch. Obwohl man den Mann rein optisch leicht beim Typus gemütlicher Nachbar einsortiert hätte, sprach sein Gesichtsausdruck eine andere Sprache. Ernst sah er Andy an und fragte ihn auf Spanisch nach seinem Namen. Andy nannte ihm seinen Namen, obwohl er noch keine Ahnung hatte, worum es überhaupt ging.

Der Polizist begann, auf ihn einzusprechen. Doch Andy verstand in diesem Moment von dem spanischen Kauderwelsch nur Bahnhof.

Er hob vorsichtig die Hand und signalisierte, dass er nichts von alldem verstand, was der Polizist ihm in seinem Wortschwall sagen wollte. Er bedeutete ihm zu warten und drückte auf den Klingelknopf. Kurz darauf kam eine Schwester ins Zimmer geeilt, und Andy nannte den Namen Alvarez, damit sie kommen und übersetzen konnte. Die Schwester nickte eifrig und verschwand daraufhin wieder.

Der Polizist machte einen ungeduldigen Eindruck, lehnte sich aber ohne weitere Worte an das Fensterbrett und begann, an einem Handy herumzuspielen, das er aus einer seiner Uniformtaschen gezogen hatte.

Es dauerte ein paar Minuten, aber dann schwebte die hübsche Spanierin mit einem Lächeln in den Raum, das Andy für einen Moment den Atem raubte. Doch das Lächeln verschwand, als sie den Polizisten sah.

„Qué quieren aqui", fragte sie. Es klang nicht gerade freundlich, aber das mochte auch an der Sprache liegen.

Der Polizist stieß sich vom Fensterbrett ab und verstaute das Handy mit der Gemütsruhe eines Bauarbeiters in der Mittagspause wieder in seiner Uniform, ehe er antwortete. Es entspann sich ein Dialog, und Andys Blick wanderte wie bei einem Tennismatch von einem zum anderen. Dabei verstand er so gut wie gar nichts von den gegenseitigen Wortkanonaden.

Dann plötzlich wandte sich der Polizist zum Gehen und nickte ihm kurz zu, ehe er das Zimmer verließ.

Lucia Alvarez wandte sich an Andy, nachdem sie wieder allein waren.

„Ich fürchte, Sie haben da ein kleines Problem."

Andy starrte sie fragend an. „Was für ein Problem?" Er hatte keine Ahnung, was das sein könnte.

„Gegen Sie wurde Anzeige erstattet?"

„Was? Anzeige? Gegen mich? Aber warum denn?" Aus Andys Stimme war jegliches heisere Kratzen verschwunden. Stattdessen klang sie jetzt schrill, überdreht und entsetzt.

„Vergewaltigung!" Sie blickte ihn streng und fragend zugleich an, wartete auf eine Reaktion.

„Was? Vergewaltigung?" Andy schüttelte den Kopf. Erst langsam, dann immer schneller. „Nein, nein, nein, das kann nicht sein. Warum denn? Ich habe doch niemand vergewaltigt! Ich würde das keiner Frau antun! Das müssen Sie mir glauben."

Sie starrte ihn weiter wortlos an.

Andy wackelte noch immer mit dem Kopf.

„Die Frau, die mit Ihnen zusammen eingeliefert worden war. Charleen. Sie behauptet, Sie hätten sie zum Sex gezwungen, gegen ihren ausdrücklichen Willen. Sie habe sich heftig gewehrt, sei aber von Ihnen bedrängt worden. Nur deshalb seien sie beide abgestürzt und hätten praktisch inflagranti gerettet werden müssen."

„Aber das ist doch Quatsch", fluchte Andy. „Das ist doch erstunken und erlogen. Wir waren beide nicht mehr ganz nüchtern und auf dieser Seance. Wir wollten es beide. Ich habe sie nie und nimmer bedrängt und schon gar nicht gegen ihren Willen Sex mit ihr gehabt. Wir hatten genau genommen ja nicht mal richtig Sex, weil wir vorher in der Felsspalte gelandet sind. Außerdem war sie es doch, die sich an mich rangeworfen hat, unbedingt mit mir schlafen wollte. Und jetzt behauptet die Schlampe allen Ernstes, ich hätte sie vergewaltigt? Das glaube ich nicht!"

Andy spürte, wie die Wut in ihm hochstieg, wie erhitzte Milch kurz vor dem Überkochen.

„Wissen Sie was?", meinte die Ärztin, und ihr Lächeln kehrte in ihr Gesicht zurück. „Ich glaube Ihnen. Ich habe diese Charleen auch behandelt, und nichts an ihrem Verhalten oder an ihrem Körper deutete darauf hin, als sei irgendetwas gegen ihren Willen geschehen."

Andy freute sich über die Worte, und sofort hellte sich seine Stimmung auf. „Haben Sie das auch dem Polizisten gesagt?"

„Natürlich habe ich ihm das gesagt. Ich habe ihm gesagt, Du seist unschuldig, und dass es keinerlei Anzeichen für eine Vergewaltigung gegeben habe. Und dass ich das gesehen hätte, wenn es so gewesen wäre."

Andy hatte registriert, dass sie vom Sie zum Du gewechselt war, und sein Herz machte einen Sprung.

„Dankeschön", brach es erleichtert aus Andy hervor.

„Nur weil der Beamte sich verzogen hat, heißt das aber nicht, dass die schon Ruhe geben", erwiderte sie warnend, warf ihm ein letztes Lächeln zu und rauschte erneut mit schnellen Schritten aus dem Zimmer.

Auf der Suche

Als der Wagen mit den drei jungen Männern um die Ecke bog, konnte Marco am Steuer die Finca bereits sehen, deren Konturen sich vor dem letzten Licht des Tages abzeichneten. Er war sicher, dass die Schlampe dort ahnungslos auf diesem seltsamen Deutschen herumhüpfte. Wahrscheinlich wusste sie noch gar nichts von ihrem Fehler, den sie gemacht hatte. Aber es war schon ziemlich dreist und vor allem dumm zu glauben, sie würden nicht bemerken, was sie getan hatte. Marco war gespannt auf die Lügengeschichte, die sie ihnen gleich auftischen würde, freute sich auf die vor Angst geweiteten Augen, wenn sie vor ihr standen.

Marco fand es erstaunlich, was Gier aus Menschen machte.

Dass sie immer wieder etwas abgezweigt hatte, hatte er schnell bemerkt. Anfangs war er davon ausgegangen, dass es für sie selbst war. Die langen Schichten als Ärztin, der dauernde Stress, da brauchte man schon etwas zum Runterkommen.

Doch dann hatte er die Geschichte von ihrem kranken Vater gehört. Das Morphin war eigentlich für ihn gewesen, und sie hatten ein Auge zugedrückt, schließlich waren sie keine Unmenschen. Und Lucia gehörte ja irgendwie zur Familie, auch wenn sie anders war.

Doch der kranke Vater war jetzt schon seit einigen Wochen unter der Erde, und die Würmer knabberten längst an ihm. Trotzdem hatte sie weiter Ampullen für sich abgezweigt, es gestreckt und wahrscheinlich für ordentlich Geld weiterverkauft. Er hatte sie gewähren lassen und für den Rest auch immer gut bezahlt.

Und jetzt das.

Dieses undankbare Luder. Aber sie hatte sich verändert, seit sie den Deutschen fickte. War gierig geworden und hatte die letzte große Lieferung einfach eingesackt. Glaubte sie wirklich, sie würde damit durchkommen? Nur wegen dieses vermaledeiten Deutschen? Dabei hätte sie fast jeden Spanier haben können, sie wären Schlange gestanden, um mit ihr ins Bett zu dürfen.

Aber dann war dieser Versager ins Krankenhaus eingeliefert worden. Irgend so ein Werbefuzzi, der sich für ganz genial hielt. Marco hatte gleich gesehen, was los war. Er hatte ein Auge dafür. Wie sie ihn angestrahlt hatte, den Deutschen, da hatte es keine Erklärungen mehr gebraucht. Wenn es solch romantischen Quatsch wie Liebe auf den ersten Blick wirklich gab, dann hatte er ihn in diesem Moment gesehen. Allein schon deswegen hatte er gute Lust, dem Kerl nachher gleich ordentlich die Fresse zu polieren. Denn es gefiel ihm nicht, wenn der Typ in seiner Lucia herumstocherte. Sie war zwar nur zur Hälfte seine Schwester, aber eine gewisse Blutsverwandtschaft gab es schon. Sie gehörte zur Familie.

Und sie stahl und vertickte den Stoff der Familie auf eigene Rechnung.

Beim Gedanken daran schlug Marco kräftig auf das Lenkrad des Seat.

Der Deutsche war nicht gut für sie, verdrehte ihr den ohnehin schon eigensinnigen Kopf. Das war nichts für seine Halbschwester. Sie brauchte jemanden, der ihr Strukturen vorgab und Grenzen aufzeigte. Eigentlich jemanden wie ihn, Marco.

Durfte er eigentlich mit seiner Halbschwester schlafen? Wahrscheinlich nicht. Ausprobiert hätte er sie trotzdem gerne.

Denn es gab noch eine andere Begründung für seine Wut gegenüber dem Deutschen: Marco hatte es sich immer wieder vorgestellt, wie es wohl wäre, sie zu haben. Und allein die Vorstellung hatte ihn schon beinahe um den Verstand gebracht.

Aber wenn sie jetzt nicht spurte, dann würde er ihr vielleicht geben müssen, was sie seiner Meinung nach brauchte. Er spürte, wie seine Narbe auf der rechten Wange anfing zu jucken, während seine Hose eng wurde im Schritt. Er trat das Gaspedal durch.

Der Wagen beschleunigte zügig, spurtete auf über hundert Stundenkilometer.

Flashback

Sie fuhren schweigend Richtung Norden durch die Nacht. Andy saß am Steuer. Lucia Alvarez, die junge, hübsche und überaus kluge Ärztin aus dem Krankenhaus, starrte neben ihm aus dem Fenster ins Dunkel.

Er wartete noch immer auf eine Erklärung, was das Ganze sollte, doch sie machte bisher keine Anstalten, seine Erwartung zu erfüllen. Also drehte er das Radio lauter. Johnny Cash. Hurts. Na wunderbar, dachte er sich. Ein echter Stimmungsaufheller.

Lucia warf ihm einen kurzen Blick zu und schnaubte dann vernehmbar.

Die zunächst gute Stimmung war schnell zerstoben. Seitdem – und das lag immerhin schon mehr als eine Stunde zurück – hatten sie kaum miteinander gesprochen.

Lucia wirkte, als grüble sie über etwas nach, als würde sie nach den richtigen Worten suchen, um ihr Verhalten zu erklären.

Andy schaltete das Radio aus und sah kurz zur Seite.

„Wohin fahren wir denn?", rang er sich vorsichtig tastend zu einer Frage durch.

„Was?", kam es nach einigen Sekunden zurück.

„Wohin wir fahren, wollte ich wissen?"

„Nach Norden", gab Lucia trocken zurück.

Dann brannte bei ihm die Sicherung durch. Andy trat auf die Bremse, der Wagen schlitterte über den Asphalt, die blockierenden Reifen quietschten, ehe er mit einem unsanften Ruck zum Stehen kam.

„Spinnst Du?", kreischte Lucia aufgebracht.

„Nein!", knurrte er und drehte seinen Oberkörper zur Seite, damit er sie ansehen konnte. „Nein! Aber ich will jetzt wissen, was bei Dir schiefläuft. Sonst fahre ich nicht mehr weiter."

„Wir stehen mitten auf der Straße, Du Idiot. Wenn ein Laster kommt, knallt der voll in uns rein."

„Hier fahren um diese Zeit keine Laster", brummte Andy trotzig, obwohl er ja nicht mal eine Ahnung hatte, wo sie sich derzeit wirklich befanden. Geschweige denn, ob die Straße nachts befahren war oder nicht.

„Fahr auf die Seite. Oder noch besser, fahr einfach weiter, dann erzähl ich Dir, was Du wissen musst."

Andy drehte den Schlüssel, um den Wagen zu starten, den er bei seinem rasanten Bremsmanöver abgewürgt hatte. Aus dem Motorraum war nur ein jämmerliches Jaulen zu hören, wie wenn man einer Katze auf den Schwanz trat. Andy versuchte es erneut. Ohne Erfolg.

Da tauchte in der Ferne ein Scheinwerferpaar im Dunkel auf.

Auch der nächste Versuch brachte den Motor nicht zum Laufen.

„Andy!"

„Was", fragte er genervt.

„Da kommt ein Auto."

„Ja. Ich habe es gesehen. Aber die Dreckskarre springt nicht an, wie du vielleicht hörst. Der wird uns schon rechtzeitig sehen."

Die Scheinwerfer flogen heran.

Andy drehte immer wieder den Schlüssel, doch mehr als das bekannte Jaulen gab es nicht als Antwort.

„Fuck!", fluchte er jetzt und schlug auf das Lenkrad.

„Wir müssen hier raus, Andy", drängte Lucia, und ihm entging die Nervosität in ihrer Stimme nicht.

Andy hob den Blick und riss instinktiv die Arme zum Schutz in die Höhe, während er aus den Augenwinkeln noch wahrnahm, wie Lucia panisch nach dem Rucksack griff, der auf der Rückbank lag und sich dann aus der aufgestoßenen Tür aus dem Wagen warf.

Dann wurden sie getroffen.

Der Lkw knallte mit voller Wucht auf das Heck des kompakten Seat. Metall kreischte auf Metall, und der kleine Wagen begann sich zu drehen, wie eine Balletttänzerin bei Schwanensee.

Die Bilder vom Sturz in die Felsspalte schossen Andy durch den Kopf, während sein Körper umhergeschleudert wurde und er mit der Stirn auf das Lenkrad knallte, nur um im selben Moment ungebremst zurückgeschleudert zu werden.

Dann wurde es dunkel um ihn, während die grellen Scheinwerfer des Lasters die Szenerie makaber ausleuchteten.

***

Andy stöhnte.

Sein Schädel brummte wie ein altes Stanzwerk. Und das Blut, das sein Herz zum Glück noch immer durch den Körper pumpte, schien allerdings aus einer triefenden Wunde an seinem Kopf zu quellen.

Lenkrad, Armaturenbrett, Fenster und seine Kleider und Hände, alles war blutverschmiert. Der Anblick ängstigte Andy, denn bei der Menge

Blut war die Frage, wieviel davon er überhaupt noch in seinem Körper hatte.

„Hola", drang eine aufgeregt schnarrende Stimme in seine Ohren. „Puedes Oirme?"

Andy hatte in dem Moment keine Ahnung, was die Worte bedeuteten.

„Estás bien?", schnarrte es drängend weiter. Andy drehte vorsichtig den Kopf und sah in ein bärtiges Gesicht mit ledriger Haut, tiefen Falten und müden Augen, die ihn erwartungsvoll anstierten. Ein erleichtertes Grinsen breitete sich hinter den wirren Barthaaren aus, als der Mann sah, dass Andy sich bewegte.

„Tu vives", kam ein erleichterter Seufzer aus dem Mund des Mannes. „Tu vives eso es bueno."

Um die Worte einzuordnen, brauchte man der Sprache nicht mächtig zu sein. Inzwischen war Andy wieder klar genug im Kopf, um sich die Bedeutung der Worte zusammenreimen zu können.

Mühsam schälte er sich aus dem Wagen, oder besser aus dem, was mal ein Auto gewesen war. Ein Wunder und ein Hoch auf die Ingenieurskunst, dachte sich Andy, als er sah, dass außer dem Fahrgastraum nicht mehr viel übrig war. Die gesamte Front war eingedrückt, da es den Wagen wahrscheinlich mehrfach um die eigene Achse gedreht und gegen den Lkw geschleudert hatte. Das Heck, wo der Laster auf den Seat gedonnert war, existierte praktisch nicht mehr. Und auch der klägliche Rest war nur noch ein großer Klumpen Metallschrott. Es grenzte wahrscheinlich an ein Wunder, den Unfall überhaupt überlebt zu haben.

Der Fahrer des Lasters starrte ihn mit großen Augen im grellen Licht der Scheinwerfer an. Andy versuchte sich an einem Lächeln, das aber etwas misslang.

Wo war Lucia, schoss es ihm dann plötzlich durch den Kopf. Er sah sie nirgendwo. Vielleicht lag sie irgendwo im Straßengraben, und niemand hatte sie dort gesehen. Vielleicht war sie verletzt, konnte sich nicht bewegen. Vielleicht war sie aber auch tot, beim Sturz aus dem Wagen in Stücke gerissen worden?

„Wo ist die Frau, wo ist Lucia", schrie Andy den Mann an und packte ihn an den Armen, so dass dieser vor Schreck zurückwich. „Haben Sie sie gesehen?"

Der Mann stierte ihn an und verstand offensichtlich kein Wort. Natürlich, der Mann sprach ja nur Spanisch.

Andy überlegte und stammelte dann abgehackt die Worte: „Has vista a una mujer?"

Doch der Mann schüttelte nur den Kopf und antwortete stattdessen: „Necesito un doctor? Debería Llevarla a un médico? Estás herido?"

Der Fahrer des Lastwagens zeigte auf die Verletzungen, und Andy verstand zumindest so viel, dass er vorschlug, ihn zu einem Arzt zu bringen. Doch er schüttelte energisch den Kopf.

Da explodierte der Schädel des Lastwagenfahrers nach einem ohrenbetäubenden Knall. Tausende kleine rote Tropfen stoben durch die Luft, während Andy noch dachte, er müsse unbedingt Lucia finden. Verdammt, sie konnte doch nicht einfach verschwunden sein.

Er stand noch immer mitten auf der Straße, angestrahlt vom grellen Licht der Scheinwerfer vor dem Wrack des Wagens, mit dem er doch gerade noch gefahren war. Es wirkte so surreal wie eine Szene aus einem Film von David Lynch. Vor ihm lag der nun quasi kopflose Spanier auf dem Asphalt und blutete vor sich hin. Neben sich sah er das silberblitzende Metall einer Pistole in der Hand eines Spaniers, auf dessen rechter Wange eine große und hässliche Narbe prangte.

Da begann sich alles zu drehen, so wie er begann, um sich selbst zu kreisen, über die Straße zu tanzen, bis er jegliche Orientierung verloren hatte und einfach mitten auf dem Asphalt zusammenklappte. Dann wurde es mit einem Mal wieder schwarz.

Flucht aus dem Krankenhaus

Als er die Augen wieder aufschlug und sich überzeugt hatte, dass er alleine im Zimmer war, kramte Andy sein Handy aus dem Rollwagen neben seinem Bett und suchte den Kontakt von Charleen raus. Nach fünf erfolglosen Versuchen gab er auf. Wahrscheinlich ging sie nicht ran, aber er hatte auch keine Lust, es ohne Rufnummernanzeige zu versuchen. Wenn sie seine Stimme erkannte, würde sie einfach auflegen. Aber letztlich war es ihm auch egal. Sie würde die Anzeige zurückziehen müssen. Was sie ihm vorwarf, war nicht haltbar. Vergewaltigung. So ein Quatsch. Sie war doch scharf auf ihn gewesen, und jetzt versuchte sie, ihn auf der *Me-too*-Schiene reinzureiten.

Aber er würde sich wehren. Wehren müssen, denn so eine Geschichte würde seine Reputation nachhaltig beschädigen. Wenn sie durchkam, war er erledigt. Und zwar für alle Zeiten.

Erst jetzt kam ihm in den Sinn, das Netz nach Hinweisen zu durchforsten. Wenn sie Anzeige erstattete, war sie womöglich dreist genug, auch mit ihren haltlosen Vorwürfen an die Öffentlichkeit zu gehen.

Zum Glück war die Geschichte bisher nirgendwo viral gegangen.

Dafür stolperte er eher zufällig über eine Meldung, die ihm sofort den Schweiß aus den Poren trieb, weil sich mit ihr die Zimmertemperatur um mindestens fünf Grad erhöhte. *Good to be home* hatte den wichtigsten internationalen Werbefilmpreis abgeräumt.

Verfluchter Mist, was war das denn hier für eine Scheiße?

Er schaute sich den fertigen Film an. Er war gut geworden. Wirklich richtig gut. Genauso, wie er ihn hatte haben wollen.

Aber nirgendwo tauchte sein Name auf.

Dabei hatte er sich das Skript aus dem Kopf gequetscht, alles Szene für Szene gezeichnet, den Kunden das Konzept schmackhaft gemacht, die passenden Motive gesucht und die Aufnahmen geleitet.

Fuck.

Jetzt sonnten sich andere im Ruhm, der ihm gehört hätte. Erfolg, auf den er Jahre hingearbeitet hatte.

Andy spürte, wie sich sein Puls immer weiter beschleunigte. Er fluchte laut und war drauf und dran, sein Handy quer durch den Raum zu schleudern, besann sich aber im letzten Moment, da es derzeit für ihn die einzige Möglichkeit war, mit der Welt zu kommunizieren.

In der Agentur nahm niemand seine Anrufe entgegen. Diese Arschlöcher. Sie stahlen ihm seinen Erfolg und hatten dann noch nicht mal die Eier in der Hose, sich mit ihm auseinanderzusetzen. Na, denen würde er es besorgen. Das konnten die nicht mit ihm machen.

Ohne zu überlegen, zog er sich die beiden Nadeln, die in seinem Handrücken und der Armbeuge steckten, einfach raus. Als das Blut hervorquoll, drückte er schnell ein paar Tücher darauf, die er aus der Box auf seinem Nachttisch zog. Dann schlug er die Decke zurück, schwang die Beine aus dem Bett auf den Boden und schlug mit lautem Poltern der Länge nach auf den Linoleumboden. Auch das noch.

Mühsam rappelte er sich wieder hoch, wankte zum Schrank, in dem er vermutete, dass dort seine paar Habseligkeiten aufbewahrt wurden, zog umständlich seine Jeans und ein T-Shirt raus, streifte beides mühsam über und schlüpfte in seine Schuhe. Dann zog er noch seinen Rucksack aus dem Schrank und überprüfte, ob wenigstens sein Ausweis und sein Geldbeutel drin waren.

Er musste raus, zurück nach Deutschland, nach Düsseldorf in die Agentur. Doch diesmal würde ihn die heißgeliebte Mischung aus Coolness und Altbier, die ihn an dieser Stadt begeisterte, kaum beruhigen.

Vorsichtig tastete er sich mit der Hand an der Wand Richtung Türe. Der Flur war leer und sah aus, wie ein Krankenhausflur wahrscheinlich beinahe überall auf der Welt aussah. Und so roch es auch.

Andy huschte so schnell er konnte den langen Gang entlang. Niemand begegnete ihm, und so bog er unbemerkt in das Treppenhaus ab.

Unten angekommen sah er zu, ins Freie zu kommen, wo er sich auf die Rückbank des ersten Taxis quetschte, das er sah und das ihn zum Flughafen brachte. Unterwegs zog er an einem Bargeldautomaten noch etwas Cash, da er sonst den Fahrer nicht hätte bezahlen können.

Während der Fahrt hatte er sich noch ein Online-Ticket für den nächsten Flug gebucht, der ihn nach Frankfurt bringen würde. Von dort musste er dann den Zug nach Düsseldorf nehmen. Aber das war ihm egal. Hauptsache, er konnte bald seinen Frust abladen und der Oberin, wie alle die Agenturchefin Frau Ober nannten, die Meinung geigen.

Verschwunden

Sie war nicht da gewesen, was Marco nur noch wütender gemacht hatte. Und immer, wenn er wütend war, begann die dunkle Narbe auf seiner rechten Wange zu jucken. Er konnte dann immer nicht anders als zu kratzen, so lange, bis die Haut vom wulstigen Gewebe geschabt war und kleine Blutstropfen hervorquollen.

Er hatte sich von der Finca direkt auf den Weg zum Krankenhaus gemacht, wollte seine Halbschwester Lucia dort zur Rede stellen und holen, was der Familie zustand. Also eigentlich ihm. Denn er führte ja die Geschäfte. Zumindest den Teil mit den illegalen Substanzen. Doch auch dort hatte er sie nicht angetroffen. Stattdessen herrschte ein heilloses Durcheinander auf der Station. Zwei junge Polizistinnen standen herum und unterhielten sich mit den Schwestern. Lucia war nicht dabei gewesen. Im Vorbeigehen hatte er aber aufgeschnappt, dass es um einen Patienten aus Deutschland ging, der einfach verschwunden war.

Wahrscheinlich waren sie zusammen abgehauen.

Aber das würde ihnen auch nicht viel bringen, denn sie würden nicht ewig weglaufen, sich nicht für immer vor ihm verstecken können. Er war Marco Alavarez und somit kein Geringerer als der leibliche Sohn des großen Emilio Alvarez. Und niemand wagte es, Emilio oder seine Nachkommen übers Ohr zu hauen.

„Zimmer A 7-35c", hatte die Schwester gerade zu der kleinen, etwas stämmigen Polizistin gesagt, deren Uniform etwas zu stramm um ihren Körper zu spannen schien. Das musste das Zimmer sein, in dem der verfluchte Deutsche gelegen haben musste.

Nachdem er selbst einen Blick in das Zimmer geworfen hatte, hatte er sich wieder aus dem Staub gemacht.

Mit dem Handy am Ohr war er aus dem Gebäude getreten, hatte auf Spanisch ein paar Anweisungen gebellt und sich hinter das Steuer gesetzt.

„Wo steckt ihr beiden?", stellte er die Frage an sich selber in den Innenraum des Pkw.

Es gab eigentlich nur drei Möglichkeiten, um von hier wegzukommen: den Flughafen, den Bahnhof oder eben das Auto.

Marco überlegte hin und her und entschied dann, dass es am wahrscheinlichsten war, dass Lucia und der Deutsche mit dem Flugzeug das Land verlassen hatten.

Er freute sich schon darauf und hoffte, dass die deutschen Behörden sie entsprechend in Empfang nehmen würden.

Er startete den Motor und machte sich auf zum Flughafen.

Wenn der Tod ins Leben kommt

Frankfurt war eine Drecksstadt. Kein Vergleich mit Düsseldorf. Vor allem die Gegend rund um das Bahnhofsviertel war eine Katastrophe. Elend, Armut, Not und Sucht vermischten sich hier mit Gier und Prostitution zu einem grausigen Gemisch. Vielleicht war es nicht schlimmer als rund um alle Bahnhöfe der Welt, aber Andy hatte zumindest den Eindruck, als wäre es hier besonders schlimm.

Er war direkt vom Flughafen hierhergefahren, damit er den nächsten Zug nehmen konnte. In der Agentur hatte er noch immer niemanden erreicht. Auch Sarah ging nicht an ihr verdammtes Handy. Was war da nur los? Hatten sie sich alle bei der Feier dermaßen abgeschossen? Das konnte nicht sein. Darüber würde die Oberin mit Argusaugen wachen, denn wenn sie eines nicht mochte, dann wenn ihr Umsatz entging.

Im Flugzeug hatte er sich in einen Mittelsitz zwängen müssen. Auf der Gangseite hatte nämlich ein älterer Herr Platz genommen, der eigentlich zwei Sitze beanspruchte, so fett war er. Zudem schwitzte er munter vor sich hin. Aber irgendwie hatte er den Flug überstanden. Denn auf der Fensterseite hatte ein hübsches Mädchen gesessen. Eine Rucksacktouristin, die er unter normalen Umständen wahrscheinlich in Frankfurt ins Hotel eingeladen hätte. So hatten sie sich nur gut unterhalten. Und sie hatte nicht mal etwas dagegen gehabt, als er sich immer weiter zu ihr rüber beugte und sogar seine Hand vorsichtig auf ihr Knie legte. In Frankfurt angekommen, hatte er sich von dem Mädel verabschiedet und sie nach ihrer Nummer gefragt, die sie ihm auch prompt gegeben hatte. Sie wohnte in Frankfurt und meinte noch, Andy könne gerne mal vorbeikommen, wenn er in der Stadt sei. Das würde er tun, nahm er sich vor.

***

Als er in Düsseldorf ankam, war es bereits Abend. Die Straßen füllten sich mit Nachtschwärmern, es wurde gegessen, getrunken und gefeiert. Aber Andy war alles andere als in Feierlaune. Er stürmte direkt in die Agentur.

Es war niemand da. Seltsam.

Normalerweise war um diese Zeit immer Betrieb. Meist traf man fast rund um die Uhr jemanden an. Die Welt der Werbung schlief praktisch nie. Zumindest nicht in Düsseldorf.

Andy nahm sich ein Taxi, das ihn zuhause absetzte. Sein Penthouse war noch immer so karg eingerichtet wie vor seiner Abreise nach Spanien.

Er stellte Musik an, suchte das neue Album von *Moby* aus der Playlist und beschloss, sich eine schnelle Dusche zu genehmigen. Gleich fühlte er sich viel frischer, als das kühle Wasser über seine Haut rann. Mit einer neuen schwarzen Jeans, einem schwarzen T-Shirt, einer schwarzen Kapuzenjacke und schwarzen Sneakers sprang er in seinen Ford Mustang, dessen dröhnender Sound von den umliegenden Häusern zurückgeworfen wurde.

Röhrend stoppte er zwanzig Minuten später vor dem Haus, in dem die Oberin wohnte. Andy stieg aus und drückte den Klingelknopf an der modernen Fassade. Das Haus lag in einer noblen Gegend, umgeben von anderen, noch nobleren Villen. Ja, mit Werbung konnte man Geld machen. Vor allem, wenn man auf der Erfolgswelle anderer surfte, dachte er grimmig und drückte mehrfach hintereinander den Knopf. Doch der Türsummer blieb stumm. Andy drückte gegen die Tür, die mit einem leisen Klicken aufschwang.

Er zögerte einen Moment, setzte zaghaft einen Fuß über die Schwelle, sah sich nach allen Richtungen um.

„Hallo?", rief er in das modern eingerichtete Foyer, in dem eine ganze Familie Platz zum Leben gehabt hätte.

Keine Antwort.

Er wagte sich weiter vor. Nichts regte sich. Andy rief erneut. Wieder blieb es stumm.

Er kannte sich aus, war früher schon öfter hier gewesen, hatte sogar einmal Sex mit seiner Chefin ihrem Haus gehabt. Ihr Mann war auf Dienstreise gewesen, wo er mit einer deutlich jüngeren Sekretärin ein Kind gezeugt hatte, wie sich später herausstellte. Andy war zur Oberin gekommen, um mit ihr noch die Ideen und erste Skizzen für eine neue Kampagne durchzusprechen. Nach einer Flasche Wein war sie richtig locker geworden, und keine halbe Stunde später hatte er sich tief in ihr wiedergefunden. Sie ritt auf dem weichen Teppich vor dem offenen Kamin auf ihm und stöhnte dabei so laut, dass er kurzzeitig Sorge hatte, die Nachbarn könnten die Polizei rufen. Doch die Fenster waren zu gewesen und der Abstand zum nächsten Haus zu groß.

Er war die Nacht geblieben und hatte sie noch im Ehebett und am nächsten Morgen unter der Dusche genossen, ehe sie getrennt in die Agentur gefahren waren. Es schien ihr gefallen zu haben, denn seither protegierte sie Andy, was nicht allen in der Agentur gefiel.

Nachdem die Affäre ihres Mannes dann einige Monate später aufgeflogen war, waren sie nochmal zusammen im Bett gelandet. Aber Andy hatte danach das Gefühl gehabt, missbraucht worden zu sein. Wahrscheinlich hatte sie sich nur an ihrem Mann rächen wollen, ihn deshalb zu einer fingierten Besprechung zu sich ins Haus bestellt und ihn im Bademantel, nur mit schwarzer Spitzenunterwäsche darunter, empfangen. Gesprochen hatten sie an dem Abend nicht viel. Die Nacht hatte er aber nicht bleiben dürfen.

Er bog um eine Sichtbetonwand in den gewaltigen Wohn- und Essbereich. Eine teure Küche mit einem freistehenden Herd fügte sich mit ihrem unschuldigen Weiß nahtlos in das modern eingerichtete Wohnzimmer ein. An den Wänden hingen einige abstrakte Bilder von Künstlern, deren Namen ihm nichts sagten, die aber bestimmt Unsummen wert waren. In ihrer Wildheit passten sie irgendwie gut hierher. Schließlich waren sie ein wunderbarer Kontrast zu den klaren Linien der Möbel.

Neu waren allerdings die roten Spritzer auf den Möbeln, dem Teppich und den Wänden. Einen Moment fragte er sich, ob dies eine neue Kunstform sei. Ganzheitliche Kunst. Sozusagen.

Dann sah er sie hinter der filigranen schwarzen Ledercouch auf dem Boden liegen, inmitten von einem Meer aus Blut.

Der Körper war unnatürlich verdreht auf dem Boden, die Arme und Beine seltsam angewinkelt. Unterhalb des Kinns klaffte eine hässliche Wunde. Ausgefranztes Fleisch schrie ihm schmerzhaft entgegen, wirkte, als sei die Klinge, die für das Massaker verantwortlich war, nicht die schärfste gewesen. Die helle Bluse und der braune Rock waren mit getrocknetem Blut verschmiert, die Haare verklebt.

Andy erschrak bei dem Anblick und stieß einen spitzen Schrei aus, musste sich abstützen, um nicht das Gleichgewicht zu verlieren.

„Shit!", fluchte er. „Shit, shit, shit!"

Er musste die Polizei holen. Aber würde man ihn dann verdächtigen? Verflucht, er steckte in der Zwickmühle.

Es läutete.

Panik ergriff ihn, während er gleichzeitig erstarrte. Für einen Moment hoffte er, gleich wieder aus einem Traum oder einem Rausch aufzuwachen. Vielleicht hatte er eine Pille zu viel eingeworfen und träumte einen Traum im Traum.

Einen schmerzhaften Traum allerdings.

Er wurde ohne Vorwarnung so hart zu Boden gerissen, dass es ihm sämtliche Luft aus den Lungen trieb und er einen Moment glaubte, ersticken zu müssen. Knie stemmten sich schwer wie Bleigewichte in seinen Nacken. Behandschuhte Hände umschlossen seine Unterarme, bogen sie ihm auf den Rücken, wo sie mit Handschellen zusammengebunden wurden.

„Sie sind vorläufig festgenommen", brummte eine teilnahmslose Stimme.

Er musste die Polizei also nicht mehr holen. Sie war bereits da.

Jemand zerrte ihn unsanft auf die Beine. Mindestens ein Dutzend Beamte war in den Raum gequollen. Alle in schwarzer Einsatzmontur, wie man sie aus den Fernsehkrimis kannte, die Gesichter hinter Sturmhauben versteckt. Darüber schusssichere Westen mit dem Schriftzug der Polizei. Sie hatten ein komplettes Sondereinsatzkommando geschickt, um einen Werbetexter zu verhaften. Alle hatten ihre Waffen im Anschlag, einige davon waren mit ihren Ziellasern direkt auf Andy gerichtet. Wie in den amerikanischen Actionfilmen mit Bruce Willis. Das war kein Traum. Das war kein Rausch. Das war ein Alptraum! Es war real.

Eine Frau kam um die Ecke. Kurze blonde Haare. Die eisblauen Augen wurden von einem schmalen schwarzen Lidstrich umrandet. Dazwischen eine spitze Nase in einem hageren Gesicht mit blassen, vollen Lippen. Ein schlanker, athletischer Körperbau zeichnete sich unter dem blauen Jeansstoff und dem grauen T-Shirt ab, über dem sie eine abgewetzte Lederjacke trug.

Keine schöne Frau, ertappte sich Andy bei einem Gedanken, der so gar nicht zur Situation passen wollte. Aber sie strahlte etwas Reizvolles aus, etwas, was seine Neugier weckte. Es waren keine körperlichen, keine sexuellen Reize. Es war, als umwehe sie ein Hauch von tragischer Melancholie, wie in einem Shakespearedrama.

Sie stellte sich vor ihn und betrachtete ihn lange, ohne etwas zu sagen. Sie sah ihm nur intensiv ins Gesicht. So, als versuche sie, über diesen Weg in seinen Kopf blicken zu können. Dabei blieb ihr Gesicht reglos, doch ihre Augen blitzten neugierig, während sie leicht den Kopf neigte, um an Andy vorbei auf den Leichnam sehen zu können. Sie war um einiges kleiner als er. Höchstens einen Meter sechzig groß, schätzte er.

Ein Beamter mit Sturmhaube kam zu ihr und flüsterte ihr etwas ins Ohr. Andy konnte zwar nicht verstehen, was er sagte, vermutete aber, dass er ihr in knappen Worten die Situation schilderte, in der sie ihn vorgefunden hatten – neben der Leiche einer ermordeten Frau. Seiner Chefin, wie sie sicher bald herausfinden würden.

Er war am Arsch. Sie würden gar nicht anders können, sie mussten ihn verdächtigen.

Da trat ein großer Mann in einem maßgeschneiderten blauen Anzug mit braunen Schuhen und dazu passendem braunen Schuhen und dazu passendem braunen Gürtel in den Raum, bewegte sich mit ausladenden Schritten in Andys Richtung, um dann neben der Blonden stehenzubleiben. Auch er starrte Andy wortlos an. Mehr machte er nicht. Vier Augen, die wortlos auf ihn blickten, so als warteten sie auf die Erklärung, was das Ganze hier sollte. Aber das fragte er sich doch auch. Was sollte das? Und vor allem, was hatte er damit zu tun?

„Was...was soll das?", stammelte Andy, als er endlich seine Sprache wiedergefunden hatte. „Warum starren Sie mich so an? Ich habe nichts getan! Warum behandeln Sie mich wie einen Schwerverbrecher, wie einen Terroristen?" Jetzt hatte er sich in Rage geredet und musste erstmal kurz Luft holen. „Ich war rein zufällig hier, bin heute erst von einer Geschäftsreise zurückgekommen."

„Wie ist Ihr Name?", fragte die Polizistin in Zivil. Der SEK-Mann hinter Andy verstärkte den Druck auf seine Handgelenke, während sich ein Finger schmerzhaft in seinen Nacken bohrte, als wolle er ihn damit zu einer Antwort drängen. Die Stimme der Frau war rau, irgendwie heiser, als ob sie zu viel geraucht hätte, ihr Ton verbindlich, aber nicht unfreundlich.

Andy nannte seinen vollständigen Namen. Was hätte er auch sonst tun sollen. Er hatte ja gar nichts mit dem Tod der Oberin zu tun, war hier nur zufällig hineingeraten. Und genau das würde die Polizei in ihren Ermittlungen auch herausfinden. Es konnte gar nicht anders sein.

Die blonde Polizistin zog einen Block aus der Lederjacke, einen Stift aus einer anderen Tasche und machte sich eine Notiz.

„Warum sind Sie hier? Seit wann, und vor allem, wie sind Sie in das Haus gekommen?"

Andy beantwortete alle Fragen, ohne zu zögern. Schließlich hatte er nichts zu verbergen und war überzeugt, dass sie ihn bald wieder gehen lassen würden.

„Aber was genau wollten Sie von Ihrer Geschäftsführerin, also Ihrer Chefin, was nicht bis morgen warten konnte?", mischte sich jetzt der Anzugträger ein.

Andy wurde es heiß. Er spürte, wie ihm der Schweiß aus den Poren brach. Mit einem Mal machte sich eine Unruhe breit, erfasste seinen ganzen Körper, als ihm bewusst wurde, dass er aus Sicht der Polizei ein einwandfreies Motiv für einen Mord im Affekt hatte. Sie würden keinen besseren Tatverdächtigen als ihn finden. Er war geliefert, er war am Arsch, er saß eigentlich schon im Knast. Unbewusst hatte er diese *Gehen-Sie-ins-Gefängnis*-Karte gelöst.

Im Hintergrund sah er Beamte in weißen Schutzanzügen an den Tatort strömen. Vermutlich die Spurensicherung. Er kannte das aus den vielen Folgen *Tatort*, die er gesehen hatte. Einige von ihnen trugen schwere Metallkoffer herein, die sie abstellten, aufklappten und aus denen sie Pinsel, Plastiktüten und Reagenzgläser herausholten. Dann begannen sie, irgendwelche Gegenstände damit zu bestreichen oder abzutupfen.

„Haben Sie meine Frage verstanden?", drang die ungeduldige Stimme des Anzugträgers in seinen Kopf.

Andy nickte kurz, stellte aber zunächst eine Gegenfrage, um Zeit zu gewinnen. Er musste sich jetzt jedes Wort gut überlegen, sonst würden sie ihn wahrscheinlich erstmal in Untersuchungshaft schicken.

„Darf ich fragen, wer Sie sind? Sie haben doch sicher einen Namen? Und was genau werfen Sie mir vor? Müssen Sie mir nicht meine Rechte vorlesen?" Seine Stimme klang brüchig, und seine Worte hörten sich eher an wie ein Vorwurf denn wie eine Frage.

„Ich bin Kriminalhauptkommissar Walter. Das ist Kommissarin Haller. Wir sind von der Mordkommission. Es gab einen anonymen Hinweis auf eine Bluttat. Der Anrufer meinte, der Täter sei sehr wahrscheinlich noch am Tatort. Und dann haben wir Sie hier angetroffen. Damit zählen Sie automatisch zum Kreis der Verdächtigen, auch wenn wir Ihnen derzeit *noch* nichts vorwerfen. Die Ermittlungen haben ja auch eben erst begonnen. Sie haben also das Recht zu schweigen und können einen Anwalt hinzuziehen", begann er Andy seine Rechte zu erklären.

Wahr ist, was wahr ist

Verhöre waren immer anstrengend. Und in diesem Fall auch vollkommen vergeudete Zeit, da war sie sich absolut sicher.

Der Festgenommene hatte nie und nimmer etwas mit dem Tod der Chefin dieser Werbeagentur zu tun. Ihr Bauch sagte ihr eindeutig, dass dieser Andy hier ungewollt in eine Sache geschlittert war.

Allerdings würde es für ihn sehr schwer werden, unbeschadet aus der Angelegenheit wieder herauszukommen. Das war schade, denn er war irgendwie ein interessanter Typ.

„Was glaubst Du?", richtete Hauptkommissar Walter seine Frage direkt an seine Kollegin Haller. Sie standen nebeneinander in einem kleinen Raum auf der anderen Seite des Spiegels und betrachteten Andy aufmerksam. Er hockte zusammengesunken und unablässig den Kopf schüttelnd über dem Tisch. Die langen Haare waren nach vorne gefallen und verhüllten den Blick auf sein Gesicht. Doch auf dem Tisch waren kleine Wasserlachen zu erkennen. Er weinte.

„Ich glaube nicht, dass er etwas mit dem Mord zu tun hat. Und ich glaube auch, dass man ihm die Vergewaltigung anhängen will. Für beides ist er nicht der Typ. Ein Macho, ja. Einer mit völlig überzogenem Selbstbewusstsein. Ja, auch das. Er hält sich wahrscheinlich für ein Kind des Olymp oder so. Aber ein Mörder? Das passt nicht. Ein Frauenheld, ja, das ist er ohne Zweifel. Aber warum soll er eine vergewaltigen, wenn er wahrscheinlich fast alle ins Bett bekommen kann, die er will? Ich weiß nicht."

„Aber sind nicht die schlimmsten Kinderficker die netten Nachbarn von nebenan? Oder die edlen Vertreter der heiligen Kirche?" Walter schien nicht so ganz überzeugt.

„Du hast natürlich recht. Da drin saßen schon einige, die einen auf unschuldig gemacht haben, aber wenige Stunden zuvor ihre ganze Familie abgeschlachtet hatten, ohne auch nur mit der Wimper zu zucken." Sie gab einem uniformierten Kollegen die Anweisung, Andy in eine Zelle zu bringen.

„Wir bringen ihn gleich morgen Früh zum Haftrichter, und dann sehen wir weiter."

Flashback

Der Wagen rutscht unkontrolliert über die nasse und glitschige Straße. Der Mann am Steuer versucht mit wilden Drehbewegungen am Lenkrad den schweren, alten Mercedes wieder in seine Gewalt zu bekommen. Er drückt Gaspedal und Bremse mal abwechselnd, mal gleichzeitig. Alles vergebens. Das Gummi quietscht, die Bremsen kreischen, Qualm dringt aus den hinteren Radkästen. Dichter Nebel umhüllt den ausgehenden Tag wie ein trüber, feuchter Schleier. Die Sicht auf der kurvenreichen Strecke ist im Dämmerlicht praktisch nicht mehr vorhanden…

Den großen Laster hatte er nicht kommen sehen. Aus dem Nichts war er plötzlich hinter einer Kuppe aufgetaucht. Die Scheinwerfer wie zwei größer werdende, funkelnde Augen eines rasch näherkommenden Drachens, dazwischen die strahlend leuchtenden Markierungen der Fahrbahnmitte. Es gab nicht den Hauch einer Chance, auf der schmalen Straße auszuweichen.

Die Frau auf dem Beifahrersitz reißt die Hände in die Luft und schreit ihre Angst hilflos und ungehört in die hereinbrechende Nacht hinaus. Das Gesicht grotesk verzerrt, die angsterfüllten Augen sehen aus, als wollten sie gleich aus ihren Höhlen springen.

Das Cabrio dreht sich wie ein Jahrmarktkarussell um die eigene Achse und schlägt mit lautem Knall in die Leitplanke ein. Metall kratzt über Metall wie Kreide über eine Tafel. Dann hebt die Wucht des Aufpralls alle vier Räder in die Luft, wirbelt den Wagen durch die Luft, als wäre sie so leicht wie Zuckerwatte und schleudert den Wagen über die Straßenbegrenzung hinweg direkt auf einen dahinterstehenden mächtigen Baum. Der Stahl wickelt sich um den Stamm, als wolle er ihn innig umarmen und nie wieder loslassen. Der Aufprall zerquetschte die Körper der Insassen wie eine Recyclingpresse eine Tomatendose.

Der Laster war inzwischen zum Stehen gekommen. Die grellen Lichter der Scheinwerfer leuchteten die Szenerie so gespenstisch aus, wie vor hundert Jahren Friedrich Wilhelm Murnau seinen Nosferatu in seiner Symphonie des Grauens.

Es war angerichtet. Die Fotografen und Kameraleute konnten kommen, ihre Bilder machen, die dann Sekunden später um den Globus wanderten. Heimliche Voyeure würden entsetzte Gesichter machen, während sie die Details hochzoomten, damit ihnen auch ja nichts entging. Andere würden sich ergötzen am Tod und Leid der Menschen.

Doch es würde niemand kommen. Nicht in dieser Nacht, nicht an diesem Ort, der gar keiner war.

Dann gellte ein weiterer lauter Schrei durch die Nacht. Was sich zuerst anhörte wie ein Rabe, verschwamm immer mehr zu einem menschlichen Krähen um Hilfe.

Er kannte die Stimme. Es war die seiner Mutter. Sie rief seinen Namen.

„Andreas!"

Immer und immer wieder, während ihr Blut aus den Spalten des zerfetzen Mercedes quoll.

„Andreas!"

Schrill und voller Schmerz durchbrachen ihre Schreie die Stille, die die Gegenwart des Sterbens mit sich brachte, und bald stimmten die anderen Vögel ein in dieses grausame Lied vom Tod.

„Andreaaaaaaassssss!"

In dem Moment brach die Flut durch die Bäume, und Wassermassen schwemmten alles Leben hinweg. Äste brachen wie morsche Zweige, Bäume wurden weggerissen, der Laster tanzte lustig wie eine Gummi-Ente auf den schäumenden Wellen, als plötzlich der Asphalt aufbrach und Flammen aus dem Erdkern emporloderten.

Ein Inferno, das jedes Geräusch erstickte.

Jetzt schrie auch er.

So laut und lang, dass seine Kehle brannte vor Schmerz.

Er schrie ihn hinaus in das Zimmer, wo er noch immer nachhallte, als er schweißgebadet aus dem Traum in die Höhe schreckte. Das T-Shirt klebte feucht am Rücken, als hätte er es mit in der Sauna gehabt. Sein Atem ging schnell und rasselnd, als wäre er zu schnell die Stufen zu seiner Dachgeschosswohnung nach oben gerannt.

Doch die war weit weg. Es war nicht sein Bett, in dem er lag. Und er war allein. Das Krankenzimmer wirkte kühl. Die Wände waren weiß getüncht, ein billiger Resopaltisch, der entweder aussah wie aus den 60er Jahren des letzten Jahrhunderts oder gar aus genau dieser Zeit stammte, stand an der Wand gegenüber im schummrigen Licht der Nachtlampe an der Wand hinter ihm.

Es war kühl, wie die letzten Nächte in Spanien immer kühl gewesen waren. Durch die dünnen Wände hörte er im Nebenzimmer einen anderen Patienten röcheln, wie Darth Vader mit defekter Sauerstoffmaske.

Dieser Scheißtraum. Ein Fiebertraum. Immer dann, wenn das Morphin seinen Körper durchströmte. Immer wieder holte er ihn ein, seit er hier im Krankenhaus lag, und er konnte nichts dagegen tun. Nacht für Nacht umklammerte er ihn fest und unerbittlich, wie ein Greifarm auf dem Schrottplatz alte Autos packte, um sie dann in die Presse zu werfen. Es gab kein Entrinnen. Nur wachbleiben. Aber das war natürlich auf Dauer keine Option. Irgendwann musste auch er sich dem Schlaf ergeben, sich von der Müdigkeit überrollen lassen. Er hatte es mit und ohne die Pillen probiert, die sie ihm hier zum Einschlafen gaben. Das Ergebnis machte keinen Unterschied. Dann schlief er wieder ein.

Malu

Malu schien sofort zu spüren, dass etwas nicht stimmte.

„Andreas, was ist los?", wollte sie schon von ihm wissen, bevor er überhaupt einen Fuß über die Türschwelle gesetzt hatte. Sie war der einzige Mensch, der ihn nicht nur Andy nannte. Und sie war so etwas wie seine Ersatzmutter und Ersatzvater gleichzeitig. Schließlich hatte sie ihn großgezogen, als seine Schwester bei einem Autounfall ums Leben gekommen war. Den Vater, den hatte Andreas nie gekannt. Er hatte sich aus dem Staub gemacht, kaum nachdem er seinen Samen eingepflanzt hatte.

Sie wusste um die Komplexe, vielleicht sogar Traumata, die Andreas deswegen seit seiner Kindheit und Jugend mit sich schleppte. Und sie kannte ihn besser als irgendjemand anderes auf diesem verdammten Planeten. Kaum jemand ahnte, dass unter der Schale des erfolgsverwöhnten, aalglatten Werbefuzzis und Weiberhelden ein sehr weicher, sensibler Kerl steckte. Den bekam normalerweise nie jemand zu sehen. Er schützte ihn durch eine dicke, undurchdringliche Mauer an Status- und Machogehabe. Nötig hatte er das eigentlich nicht, fand Malu. Aber er war so tief in ihm vergraben, dass sie sich nicht sicher war, ob jemand überhaupt jemals zu diesem Kerl würde vordringen können.

Andreas erzählte die Geschichte, erzählte, was seit dem missglückten Healing und seinem Sturz in die Felsspalte geschehen war. Er versuchte seine Alpträume, die inzwischen auf ihn wirkten wie eine schlechte Mischung aus Mulholland Drive, Reservoir Dogs und Shining, in Worte zu fassen.

Malu hörte aufmerksam zu, ohne ihn zu unterbrechen. Zwischendurch zog sie genüsslich an ihrer Pfeife, und ein angenehmer, vertrauter Duft erfüllte den Raum.

„Da steckst Du aber gehörig in der Scheiße", brachte sie es auf den Punkt, nachdem er seine Ausführungen beendet hatte und wie ein Häufchen Elend zusammengesunken auf einem Schaukelstuhl saß und unablässig vor- und zurückwippte. Das Gesicht tief in den Händen vergraben. Malu stand auf und schenkte zwei Gläser mit goldener Flüssigkeit ein. Ein kleiner Whisky würde vielleicht helfen.

„Malu?", Andreas Stimme war belegt. „Malu, was soll ich denn jetzt machen? Ich habe Charleen nicht vergewaltigt und Bea, also die Oberin, natürlich auch nicht umgebracht. Warum sollte ich so einen Scheiß machen? Natürlich war ich sauer. Vielleicht bin ich noch immer sauer. Aber deswegen bringt man doch niemanden um."

„Ich glaube Dir." Sie kniete sich vor ihn. Die beiden Gläser stellte sie auf den Boden und strich ihm zärtlich über den Kopf, wie es eine liebende Mutter bei ihrem kleinen Kind machte, das auf dem Spielplatz gestürzt war. Er tat ihr leid. Sie spürte, wie Andreas litt.

„Andreas, wir stehen das zusammen durch. Hast Du einen Anwalt?"

„Nein", antwortete er knapp.

„Dann musst Du Dir als erstes einen besorgen."

„Ja, ich weiß auch schon wen. Aber ich wollte erst mit Dir sprechen." Andreas machte eine Pause und sah Malu jetzt direkt an. Tränen rannen wieder aus seinen Augen.

„Malu, ich bin doch nur ein einfacher Werbetexter. Ich war auf dem Weg in den Werbeolymp. *Good to be home* war mein absolutes Meisterstück, der Türöffner für die Karriereleiter ganz nach oben. Dort wollte ich hin. Und jetzt? Jetzt bin ich auf einer ungebremsten Schussfahrt nach unten – und zwar ohne Fallschirm oder Sicherheitsnetz."

Andreas schluchzte jetzt ungehemmt und vergrub sein Gesicht an Malus Schulter. Sie wusste genau, dass ihn das große Überwindung kostete. Allerdings dauerte der für Andreas ungewohnt emotionale Moment nur kurz an.

Dann machte er sich frei, stand auf, bückte sich hinunter und kippte die beiden Gläser Whisky nacheinander ab.

„Ich muss jetzt los. Es gibt einige Dinge, die ich regeln muss."

Dann war er auch schon zur Tür hinaus, während Malu noch immer auf dem Boden ihres Gartenhäuschens kniete und ihm mit hochgezogenen Augenbrauen nachschaute. Sie machte sich Sorgen. So hatte sie Andreas noch nie gesehen.

Andererseits kannte sie ihn gut genug, um zu wissen, dass er auch ein Kämpfer war und wahrscheinlich einen Weg aus dem Schlamassel herausfinden würde.

Der Anwalt

Moritz Leiter war Anwalt. Andy kannte ihn seit der Schulzeit. Allerdings waren sie nie befreundet gewesen. Eher das Gegenteil. Leiter stammte aus einer Anwaltsfamilie, war ein Streber gewesen und hatte nie zu den Coolen der Schule gehört. Sie waren sich daher eher aus dem Weg gegangen und hatten sich nach dem Abitur vollkommen aus den Augen verloren.

Jetzt saßen sie sich gegenüber, der Star am Werbehimmel und der erfolgreiche Rechtsanwalt. Andy musste neidlos anerkennen, dass Leiter eine schicke Kanzlei hatte. Untergebracht in einem altehrwürdigen Bau am Rande der Innenstadt, nahm Leiter, Ross & Partner drei volle Etagen ein, wie ihm Moritz stolz erzählte. Außer ihm und Ross gebe es zwar genau genommen keine weiteren Partner, aber das könne ja noch kommen, flachste der Jurist. Dafür hätten sie momentan fünfzehn Anwälte aus ganz unterschiedlichen Fachgebieten beschäftigt, ein gutes Dutzend Studenten und etwa zwanzig Sekretariatsmitarbeiter, aber das wisse er gar nicht so genau.

Andy war beeindruckt. Das hatte er dem Streber gar nicht zugetraut. Dagegen war seine Geschichte leider jüngst in eine andere Richtung gelaufen. Genau das schilderte er nun Moritz Leiter, der aufmerksam zuhörte und sich eifrig Notizen auf dem iPad machte, das auf der edlen Glasplatte des teuer aussehenden und ausladenden Schreibtisches lag. Zwischendurch nickte er immer wieder und stellte eine mitfühlende Miene zur Schau.

Nachdem Andy geendet hatte, herrschte Schweigen. Dann räusperte sich Leiter vernehmlich und strich mit dem Zeigefinger über die Unterseite seiner Nase, so als ob er jetzt die Lösung gefunden habe. Dabei erinnerte er Andy an Wickie aus der gleichnamigen Zeichentrickserie.

„Da will Dir offensichtlich jemand etwas anhängen. Vielleicht warst Du auch nur zur falschen Zeit am falschen Ort. Das gilt es herauszufinden. Wenn wir nachher den notwendigen Papierkram erledigt haben, versuche ich in Erfahrung zu bringen, ob die Polizei überhaupt etwas gegen Dich in der Hand hat. Wie gesagt, vielleicht warst Du auch nur zur falschen Zeit am falschen Ort, und es ist ja immer ein Erfolg, wenn man den vermeintlichen Täter noch am Tatort dingfest machen kann."

Leiter machte eine kurze Pause, drehte sich in seinem grauen Maßanzug mit dem weißen Slim-Line-Hemd auf dem schwarzen Ledersessel in Richtung Fenster und begann dabei, mit dem teuren Montblanc-Füller auf den Glastisch zu klopfen. „Gegen diese Annahme spricht allerdings, dass der Haftrichter Dich hat gehen lassen. Wenn die Bullen gewollt hätten, würdest Du jetzt im Untersuchungsgefängnis schmoren."

Andy schüttelte es bei dem Gedanken, und er spürte Panik hochsteigen. Knast? Er im Bau zwischen Mördern und Kinderschändern? Nein, das war einfach unmöglich.

Moritz Leiter schien den Gesichtsausdruck seines alten Schulkameraden bemerkt zu haben. „Keine Sorge, Kumpel. Wir hauen Dich da raus."

Der Satz klang zwar etwas gönnerhaft, doch Andy hörte an der Stimme, dass Moritz es ernst meinte, und die Panik legte sich.

Haller

Mit dem Mustang steuerte er direkt auf seinen Lieblingsitaliener zu, warf seinen mit sich vereinbarten Grundsatz, an Werktagen keinen Alkohol mehr zutrinken, über Bord und gönnte sich zur Pizza Diavolo noch ein Glas Primitivo. Als er auf die Uhr sah, bemerkte er, wie spät es eigentlich schon war. Also beschloss er, direkt nach Hause zu gehen.

Vor der Haustüre erwartete ihn allerdings eine Überraschung. Als er sie sah, überlegte er für einen Moment, einfach umzudrehen.

Eine Entscheidung, die er später bitter bereut hätte.

Also trottete Andy einfach weiter auf die Türe zu, tat so, als habe er die Polizistin, die ihn vor ein paar Stunden noch übel in die Mangel genommen hatte, gar nicht bemerkt. Um sich abzulenken, begann er seine Haare mit einem Gummi zu einem Zopf zu binden.

„Guten Abend", begrüßte sie ihn, als er schon fast an ihr vorbei war und noch immer so tat, als habe er sie gar nicht gesehen, wie sie so zwischen zwei Autos stand, die Hände tief in den Taschen ihrer ausgewaschenen Jeans vergraben.

Jetzt konnte er nicht anders und blieb stehen, drehte sich zu ihr und setzte ein halbwegs freundliches Gesicht auf.

Unter einer Lederjacke trug Haller ein Tour-T-Shirt der Foo Fighters. Nicht gerade Andys Geschmack, aber das Stoffteil stand ihr irgendwie gut, auch wenn es nicht gerade der Kleidungsstil war, den er von einer Ermittlerin der Mordkommission erwartet hätte.

„Hallo. Wenn ich ehrlich bin, hatte ich nicht gehofft, Sie so schnell wiederzusehen."

Sie schien seinen bissigen Unterton überhört zu haben. Oder ignorierte ihn bewusst. „Wir hätten da noch ein paar Fragen."

Andy schaute sich um. „Wir? Wer ist wir?"

„Na wir, die Polizei. Also ich, stellvertretend für die Polizei."

„Aha." Er sah etwas skeptisch zu ihr herunter, schließlich war er um einiges größer. „Jetzt?"

„Ja", kam es zurück.

Andy sah demonstrativ auf seine Smartwatch.

„Um diese Zeit? Und das kann nicht bis morgen warten?"

„Nein. Ich fürchte nicht."

„Aha", wiederholte er resignierend und seufzte dann. „Ok, dann kommen Sie mal mit nach oben in die traute Stube. Aber ich muss Sie warnen. Es ist nicht aufgeräumt. Ich war ja einige Zeit nicht hier, wie Sie ja wissen."

Sie nickte knapp und kräuselte die Lippen zu einer zustimmenden Schnute. Das war der Moment, in dem Andy dahinschmolz.

Oben angekommen, fragte er, ob sie etwas trinken wolle. Sie wollte. Bei Wasser schüttelte Haller allerdings energisch den Kopf. Bei Cola und Kaffee auch. Bei Tee zog sie die Nase zur Ablehnung kraus.

„Wein?", wollte Andy dann wissen und rechnete mit heftigem Kopfschütteln. Alkohol im Dienst, das ging ja bei den Beamten gar nicht. Doch da war sie wieder, die Schnute, gepaart mit einem zustimmenden Nicken und einem leichten Lächeln.

„Ja, gerne." Und als ob sie seine Gedanken erahnt hätte, meinte Haller: „Um die Zeit nehme ich es mit den Vorschriften nicht so genau. Polizistinnen sind schließlich auch nur Menschen."

Andy nickte zustimmend, weil er nicht so genau wusste, was er sonst tun sollte. Dann wandte er sich der Weinflasche zu, entkorkte sie, goss den dunkelroten Inhalt in zwei elegante, langstielige Rotweingläser und erfreute sich daran, wie sich der edle Rebensaft ölig an das Glas schmiegte. Derweil sah sie sich sichtlich neugierig in seiner Wohnung um, und irgendwie hatte er den Eindruck, es war nicht nur dienstlicher Eifer hinter dem geschulten Kripoblick. Aber da mochte er sich womöglich täuschen. Bevor er ihr eines der Gläser reichte, probierte er noch und verzog dann zufrieden das Gesicht. Hervorragend, dieser Cabernet Sauvignon des australischen Weinguts Penfolds.

Er bedeutete ihr, sich zu ihm an den ausladenden Esstisch zu setzen. Sie folgte der Aufforderung, machte es sich bequem und nahm erstmal einen tiefen Schluck aus dem Glas, das in der zierlichen Hand der Polizistin völlig überdimensioniert wirkte. Ihr anerkennender Gesichtsausdruck zeigte ihm, dass sie einen guten Tropfen anscheinend zu schätzen wusste.

Langsam wurde sie ihm beinahe sympathisch.

„Also, was wollen Sie wissen?", fragte Andy und lehnte sich nach vorne auf den Tisch.

Sie zögerte. Drehte den Stiel des Glases zwischen ihren Fingern.

„Was wirklich geschah, möchte ich wissen. Also erzählen Sie es mir."

Und wie um zu signalisieren, dass sie ausreichend Zeit im Gepäck hatte, lehnte sie sich entspannt zurück und schenkte sich etwas Wein aus der Flasche nach, die Andy zwischen sie auf den Tisch gestellt hatte.

Andy begann zu erzählen. Diesmal sparte er nicht an pikanten Details.

Haller hörte gespannt zu, sah die meiste Zeit interessiert drein, bediente sich währenddessen großzügig am Wein. Sie betrachtete ihn ausführlich, und Andy hatte das Gefühl, als wandere ihr Blick immer wieder kurz zwischen seinen Augen und den Lippen hin und her. Ganz so, wie wenn...

Nein, das konnte nicht sein. Da täuschte er sich.

Da war er, dieser Blick, der mehr als Neugier an seiner Geschichte verriet. Doch im selben Moment verschwand er auch wieder. Andy erzählte weiter. Als er geendet hatte, trank Haller den restlichen Wein in einem großen Schluck aus.

Sie sah ihn lange an.

„Hast Du was zu rauchen da?", wollte sie dann unvermittelt von ihm wissen.

Andy zuckte zusammen. War das jetzt eine Fangfrage? Oder meinte sie das ernst? Er zögerte einen Moment, und sie schien das zu bemerken. Ein Lächeln zog ihre Mundwinkel nach oben.

„Keine Angst, ich habe beschlossen, dass ich ab jetzt nicht mehr im Dienst bin. Und Polizistinnen sind schließlich auch nur Menschen."

Sie lachte glucksend, und Andy wusste nicht so recht, wie er darauf reagieren sollte, war sich unsicher.

„Keine Sorge, ich verpfeif Dich nicht. Also, hast Du was?"

Noch immer verunsichert von der Frage, rang sich Andy zu einem zaghaften Nicken durch, stand auf und holte ein Tütchen mit Dope aus seinem Versteck in seinem Büro. Dann setzte er sich wieder an den Tisch und legte den Stoff auf die Platte.

Sie grinste breit, zog ein Päckchen mit Zigarettenpapier und Tabak aus der Tasche ihrer Lederjacke und begann mit geübten Fingern, einen ordentlichen Joint zu bauen. Andy schaute interessiert zu. Noch immer fühlte er sich nicht ganz wohl in seiner Haut, wusste nicht, was er von der ganzen Situation halten sollte. Wollte sie ihn reinreiten? Oder war sie so lässig, wie sie sich gab?

„Hast Du Feuer?"

Er reichte ihr ein Feuerzeug, sie steckte den Joint an und nahm einen tiefen Zug, bevor sie ihm die Tüte rüberreichte. Andy inhalierte tief und lang, behielt alles, solange es ging, in den Lungen, ehe er den Rauch langsam ausstieß. Der Stoff war gut und entfaltete rasch seine Wirkung.

Als der letzte Zug verraucht war, stand Haller auf, kam um den Tisch herum und setzte sich ohne ein weiteres Wort auf seinen Schoß.

Wieder war Andy nicht ganz wohl. Was sollte das nun schon wieder? Nicht, dass er was dagegen gehabt hätte. Sie war eine tolle Frau, aber die Umstände waren nun doch etwas seltsam. Ok, sie hatten zusammen eine Flasche Wein geköpft und einen Joint geraucht. Aber wie es aussah, war sie damit noch nicht ganz zufrieden.

Kaum hatte er den Gedanken zu Ende gedacht, drückte sie ihre Lippen fest auf seinen Mund, drängte mit ihrer Zunge zwischen seinen Zähnen durch. Er spürte eine ihrer Hände auf seinem Hinterkopf. Sie durchwühlte sein Haar und presste gleichzeitig seinen Kopf fest nach vorne, so dass er sich ihrem Drängen nicht entziehen konnte. Dann spürte er die andere Hand an seinem Schritt. Sie packte ihn an den, Andy zuckte kurz zusammen, ja, sie packte ihn wortwörtlich bei den Eiern und drückte zu. Schmerz durchfuhr ihn. Was zum Teufel sollte denn das jetzt? Dann ließ sie ihn aber auch schon wieder los.

Ein paar Minuten später lag sie unter ihm auf dem Esstisch und Andy drang in sie ein. Nein, er stieß in sie hinein, immer schneller, immer heftiger, bis alle Geräusche zu einem rhythmischen Klatschen von Haut auf Haut, Schmatzen und Stöhnen verschmolzen.

***

Rauchend lag Haller neben Andy auf der Couch. Nackt. Er betrachtete die kleinen Brüste, die rasierte Scham, den drahtigen Körper, das freche Lächeln, das sich auf ihr Gesicht gelegt hatte und nicht mehr verschwinden wollte.

Andy hatte schon mit vielen Frauen Sex gehabt. Aber selten hatte ihn die intensive Leidenschaft so überrascht wie bei der jungen Polizistin.

„Geht das eigentlich so einfach?", fragte er.

„Was?"

„Na, kannst Du einfach mit einem Verdächtigen in die Kiste? Ich meine, darfst Du das überhaupt?"

„Nein", antwortete sie knapp. „Aber das ist mir egal. Ich hatte das nicht unbedingt so geplant. Es war eine völlig spontane Aktion mit falschem Vorwand. Ich fand Dich interessant, wollte etwas mehr über Dich herausfinden. Und Deine Story, naja, die hat mich dann irgendwie angemacht. Den Rest kennst Du. Warum, war es so schlimm?"

„Natürlich nicht. Nein. Im Gegenteil. Unerwartet. Anders." Er wackelte mit dem Kopf und konnte sich ein fettes Grinsen nicht verkneifen. „Aber geil. Ziemlich geil, irgendwie." Er gab ihr einen Kuss und stand auf. Andy war auch nackt und spürte, wie ihre Blicke nun seinen Körper scannten.

„Willst Du einen Kaffee?", fragte er, während er zur Küche ging und die Espressomaschine anschaltete.

„Klar, warum nicht."

„Und wie geht es jetzt weiter? Ich meine, mit uns? Mit mir als Verdächtigem?"

„Das habe ich nicht zu entscheiden."

Andy rutschte das Herz in die Hose.

„Aber", fuhr sie nach kurzer Pause fort, „aber ich werde versuchen, sie von Deiner Unschuld zu überzeugen. Für mich bist Du kein bisschen tatverdächtig. Klar, Du hättest ein Motiv. Aber laut Gerichtsmedizin war sie schon lange tot, als Du am Tatort eingetroffen bist."

Fast hatte Andy erwartet, ein gewaltiges Poltern zu vernehmen, so groß war der unsichtbare Stein, der ihm vom Herzen fiel. Im selben Moment begann sein Handy zu vibrieren.

„Ja", meldete er sich.

„Na, Du arroganter Arsch, wie fühlt es sich an?" Aus dem Hörer drang eine verzerrte Stimme an sein Ohr.

„Was? Wer ist da? Wie fühlt sich was an?"

„Na, die Muschi der Polizistin zum Beispiel? Oder plötzlich als Mordverdächtiger dazustehen?"

„Wer ist denn da, verdammt noch mal?"

Haller war aufgestanden und kam zu ihm rüber. Er legte das Handy auf den Tisch und machte den Lautsprecher an.

„Was soll denn das? Ich habe keinen Bock auf so einen Mist. Ich habe niemanden umgebracht, ich habe niemanden vergewaltigt. Ich bin unschuldig."

„Das kann schon sein", krächzte die Stimme. „Aber beweise das erstmal."

Ihre Lippen formten lautlose Worte, die er aber auch so verstand.

„Was wollen Sie?"

„Aha, das hat Dir die Kleine aber gut eingeflüstert."

Beide sahen sich im Raum um. Wurden sie etwa beobachtet?

„Ihr braucht gar nicht so verdutzt zu schauen. Ihr seht uns nicht. Wir euch schon. Aber ihr braucht auch gar nicht erst anzufangen zu suchen. Ihr könnt uns nicht finden."

„Was wollt ihr?", wiederholte Andy seine Frage.

„Dich. Wir wollen, dass Du den Mord gestehst. Und wir wollen wieder, was uns gehört, sonst stirbt auch noch die kleine Lucia."

„Wer zum Teufel ist Lucia?"

„Du weißt wer."

„Hää? Nein!"

„Denk an Deine Träume, Andy. In ihnen steckt immer auch ein wahrer Kern."

Oh Fuck, was wurde das denn jetzt wieder für eine Nummer.

„Was soll das? Meine Träume? Was haben denn meine Träume mit all dem zu tun? Und wer ist verdammt noch mal Lucia?"

„Du wirst alle Antworten auf Deine Fragen herausfinden. Und wenn Du sie gefunden hast, kommst Du vielleicht ungeschoren aus der Nummer raus."

Andy hatte keine Ahnung, wovon die Stimme in der Leitung redete. Doch bevor er nochmal eine Rückfrage stellen konnte, tutete es nur noch aus dem Telefon. Aufgelegt.

Dann brach die Welt um ihn herum zusammen.

Flashback

Andy hockte auf einem dicken Sitzpolster auf der großen Terrasse und sah dem knallroten Feuerball am Himmel beim Untergang zu. Die Luft war angenehm warm, ein leichter Wind strich ihm wie ein sanfter Pinselstrich über die Haut.

Für einen kurzen Moment fühlte es sich an, als könne aus diesem winzigen Augenblick die Ewigkeit entstehen. Wie in den Sekunden zwischen Schlafen und Erwachen, wenn sich Bilder verblassender Träume und tagwerdender Realität in das Bewusstsein bohren, sich Sekunden anfühlen wie Minuten, Stunden. Ewigkeiten eben. Bilder, die bleiben, wie Erinnerungen an etwas, woran es keine Erinnerungen gibt. Nicht geben kann, weil es nur geträumte Momente nie vorhandenen Glückes waren. Die man aber dennoch versuchte, irgendwie zu packen und festzuhalten, damit sie nicht im Nebel verschwanden, wie die vielen Augenblicke, die wir nie erleben, aber ein Leben lang darauf hoffen.

Der Moment hatte etwas Besonderes, der Horizont brannte regelrecht in intensiven Farben aus Rot und Orange, die sich ständig veränderten. Ein kaleidoskopisches Farbenspiel von ungeahnter Pracht. Intensiv, plastisch und unglaublich real.

Die Luft flimmerte, die Grillen zirpten ihre aufgeregt traurigen Lieder im vielstimmigen Chor. Kein Mensch weit und breit, der dieses Idyll mit seiner Anwesenheit hätte stören können. Für einen Augenschlag war alles im Gleichgewicht, rein, klar und gut.

Es waren fantastische Bilder von unglaublicher Schönheit, die durch die geschlossenen Lider an seine Augen und in sein Bewusstsein drangen, sich einbrannten in die Erinnerungen, an die er sich bald nicht mehr würde erinnern können.

Vielleicht lag es aber auch nur an der Bong, die er geraucht hatte. Und an dem Salvia Divinorum, von dem er eine kaum wahrnehmbare Prise dazu gegeben hatte.

Aber was machte das für einen Unterschied? Er war hier, er war frei, und es war schön. Ein dünner Speichelfaden seilte sich aus seinem Mund ab, tropfte auf den Boden, und er grinste glücklich, ohne zu ahnen, wie dämlich er dabei dreinschaute.

Seine Hose begann zu vibrieren, und zum Gezirpe der Grillen gesellten sich stampfende Beats. Moan. Von Trentemöller. Er erkannte den Song gleich am ersten Takt, obwohl er weit, weit weg war in diesem Moment und nicht wusste, woher die Musik kam. Er mochte diesen Song. Normalerweise. Aber jetzt hasste er ihn. Warum gerade jetzt? Es schmerzte in den Ohren, und plötzlich vermutete er eine Armee von Ameisen, die an seinen Beinen entlangmarschierten und dieses kribbelnde, vibrierende Gefühl erzeugten.

Dabei war es nur das Smartphone, das in Andys Hosentasche steckte und mit dem eingehenden Anruf zu vibrieren begonnen hatte.

Die Augen noch immer geschlossen, betrachtete er das vorbeiziehende Farbenspiel, wurde eingehüllt von auf ihn zuschießenden Pfeilen aus rotem, grünem, blauem und gelbem Licht, die ihn im nächsten Moment zu durchbohren drohten wie Laserstrahlen.

Eine unglaubliche Mischung

In ein paar Minuten würde die Sonne hinter den Bergen verschwunden und er aber noch immer hier sein. Er würde sich den wunderbar purpurroten Rioja in den Kopf kippen, da er nichts anderes mehr hatte und die Wirkung der Bong sich verflüchtigte, wie feiner Morgennebel. Aber zusammen mit den Tabletten würde sich eine anhaltende, angenehm betäubende Wirkung entfalten, die ihm half, den Schmerz in seinem rechten Bein zu vergessen. Vier von den Pillen, von denen er maximal eine am Tag einwerfen sollte, würde er nehmen und mit einer Flasche des erdig trockenen Rotweins hinunterspülen.

Was dann noch fehlte, war nur Lucia. Die Frau, die ihm guttat. Aber auch die Frau, die ihm wehtat. Sie brachte den Schmerz in sein Leben und half gleichermaßen, denselben zu vergessen.

Sie war präsent in seinem Rausch und ohne ihn. In den nüchternen Augenblicken dachte er, dass sie selber ein Rausch war. Unkalkulierbar, benebelnd raubte sie ihm den Verstand. Zumindest musste es sich so anfühlen, wenn jemand dermaßen Besitz von einem ergriff.

Der Unfall verblasste dagegen immer mehr. Wurde zu einer dunklen Erinnerung, die sich immer weiter entfernte. Wie ein kleiner werdender Baum, den man im Rückspiegel beobachtete, während man immer schneller davonfuhr, bis er nur noch ein Punkt war, der nichts mehr mit einem Baum gemein hatte.

Gelegentlich erinnerten ihn die Schmerzen an den Sturz in die Felsspalte. Doch wenn sie begannen aufzuflammen, betäubte er sie und sich immer sofort. Doch ärgerten ihn nicht die gebrochenen Knochen, die er sich dabei zugezogen hatte. Auch die peinlichen Erklärungen, die er später hatte abgeben müssen, um den Sturz zu rechtfertigen, waren ihm herrlich egal.

Was ihn aber wirklich ärgerte, war die Tatsache, dass er mit Charleen zusammen die drei Meter hinuntergestürzt war, bevor der Akt richtig vollzogen wurde. Er hatte sie gewollt, aber nicht gehabt. Damit kam Andy nicht klar.

Gerade als er sich auf ihren Körper gestürzt hatte, waren sie Sekundenbruchteile später nackt durch die Luft gesegelt.

Ein irres Gefühl. So frei und schwerelos.

Bis zum Aufschlag.

Dann hatten sie nebeneinander gelegen, und Andy hatte seinen schmerzenden Körper kaum wahrgenommen. Die Droge hatte ihn entrückt. Aber er hatte innerlich geflucht. Ein paar Minuten später wäre es ihm egal gewesen, dann wären sie vereint gewesen. Er mochte keine halbfertigen Sachen. Zumindest nicht, wenn es um Sex ging.

Der Gedanke quälte ihn, seit er im Krankenhaus aufgewacht war. Er wollte, er musste zu Ende bringen, was er begonnen hatte. Und so hatte er es als glücklichen Zufall gesehen, dass Charleen nur wenige Meter entfernt von ihm im Krankenhaus lag. Genau genommen ein Zimmer weiter. Nur mit seinem Krankenhaushemd bekleidet, das seinen nackten Hintern kaum bedeckte, schlich er sich daher eines Nachts in ihr Zimmer, kaum dass er wieder in der Lage war, alleine sein Bett zu verlassen. Und obwohl er in seinem hinten offenen Nachthemd wie eine ziemlich traurige Gestalt aussah, schlüpfte er ohne Worte und wie selbstverständlich einfach zu ihr unter die Decke.

Doch Charleen hatte sich nicht gefreut. Im Gegenteil. Unsanft schlug sie seine Hand von ihrer Brust, kaum dass er seine Finger um den straffen Busen geschlossen hatte und seine Lippen auf ihre pressen wollte.

Mit einem unappetitlichen, platschenden Geräusch knallte er auf den kalten, grauen Linoleumboden, nachdem ihn ein kräftiger Tritt aus dem Bett befördert hatte. Ganz perplex über diese Reaktion starrte Andy nach oben, von wo aus ihn wütende Augen anfunkelten.

Und bevor er wusste, wie ihm geschah, da die Schmerzen in seine Glieder fuhren, war eine dralle Schwester aufgetaucht. Mit ihren tellergroßen und schwieligen Händen zog sie ihn mühelos auf die Beine. Was war denn das für eine Krankenschwester, hatte er sich geärgert. Statt sich helfend um ihn zu kümmern, brabbelte sie die ganze Zeit andalusischen Kauderwelsch vor sich hin. Andy verstand kein Wort, ahnte aber, dass es keine Lobeshymnen auf ihn waren. Sein Körper stand unterdessen in Flammen, schmerzte schlimmer als bei seiner Einlieferung.

Die an Wagners Walküre erinnernde Frau schubste ihn unsanft aus dem Zimmer, während er aus den Augenwinkeln sah, wie Charleen ihm den ausgestreckten Mittelfinger entgegenstreckte.

***

Eine Woche später hatten sie ihn endlich entlassen. Charleen war längst weg, und das, ohne sich zu verabschieden. Im Zimmer lag eine andere Frau, als er daran vorbeitrottete.

Seine ganze Aufmerksamkeit galt jetzt Lucia. Der hübschen, jungen Ärztin, die ihn die letzten Tage behandelt hatte. Durch sie vergaß er all die Schmerzen und Peinlichkeiten der letzten Zeit. Er schmolz dahin, wenn sie den Raum betrat, den sie durch ihre magische Präsenz ausfüllte. Mit Augen wie zwei tiefen, dunklen und unergründlichen Seen, in denen er sich zu verlieren drohte, wenn ihr Blick auf ihn traf. Lucia war klein und drahtig, machte sicher viel Sport, wirkte sanftmütig und zurückhaltend. Das dunkle Haar trug sie schulterlang, so dass es die südländischen Gesichtszüge wunderbar einrahmte und die klaren Konturen ihrer Wangenknochen und des Kinns sowie die feine Linie der Augenbrauen noch besser betonte.

Sie würden sich heute Abend wiedersehen.

Andy hatte sie nach der letzten Visite, als sie einen Moment alleine an seinem Bett gestanden hatte, spontan gefragt, ob sie schon etwas vorhabe und vielleicht mit ihm essen gehen würde. Sie hatte gelächelt, sich aber mit der Antwort reichlich Zeit gelassen. Erst als eine Kollegin den Kopf hereingesteckt hatte, um zu sehen, wo die Ärztin blieb, hatte sie ihm mit einem leichten Lächeln zugenickt.

Eine andere Antwort hatte er auch nicht erwartet.

Andy wusste auch ganz genau, wie der Abend seiner Meinung nach enden sollte. Er wollte, nein, er musste sie einfach in sein Bett kriegen, wollte er nicht durchdrehen. Er konnte sich nicht erinnern, wann er zuletzt eine so lange Durststrecke durchleben musste. Fast zwei Wochen ohne Sex. Das war ihm zuletzt vielleicht mit vierzehn passiert. Er würde alles tun, um das zu ändern.

Ein Taxi hatte ihn nach seiner Entlassung zu der Finca gebracht. Dort wollte er noch einige Tage verbringen, ehe er nach Deutschland zurückmusste. Sein Gepäck war schon da gewesen, alles von Sarah wie immer vortrefflich organisiert. Ja, das Mädel hatte ihm schon ein paar Mal den Arsch gerettet. Das wusste er wohl. Irgendwann würde er sich bedanken.

Die Anrufe aus dem Büro in Düsseldorf hatte er allerdings absichtlich ignoriert. Und auch wenn Sarahs Bild auf dem Display aufgetaucht war, war er nicht rangegangen. Keine Lust. Sie würden auch ohne ihn auskommen. Auskommen müssen.

Lucia war ein kleiner Wirbelwind. Ein Teufelchen. Ein laues, angenehmes Sommerlüftchen im Alltag. Aber ein lauter und wütender Orkan im Bett. Also genau das, was er immer wollte. Kurzerhand hatte er seinen Aufenthalt verlängert. Die Arbeit, das Büro, die Kollegen, all das konnte auch noch länger warten. Musste warten.

Nach ihrer Schicht würde sie auch heute wieder vorbeikommen. Zu einem letzten Stelldichein vor seiner Abreise. Andy konnte es kaum erwarten und leerte das Rotweinglas in einem langen Zug.

Wieder vibrierte sein Handy los. Er hatte ganz vergessen, dass es vorhin bereits einmal vibriert hatte.

Gott, stand er neben sich. Hatte er zu viel erwischt?

Umständlich versuchte er das Gerät aus der Hosentasche zu ziehen.

Siebzehn Anrufe. Alle von Lucia. Shit!

Andy tippte auf das sensitive Gorilla-Glas, aber es brauchte mehrere Versuche, ehe er die gewünschte Reaktion des Smartphones auslöste.

„Andy!", rief ihm Lucias Stimme etwas blechern entgegen.

„Hää, Lucia!...Wo bist du denn? Ich warte auf Dich."

„Ich habe Dir einen Link geschickt", fuhr sie scheinbar unbeeindruckt fort. „Hast Du ihn Dir schon angeschaut?"

„Was? Nein! Welchen Link? Warte, ich schau gleich." Er nahm das Telefon vom Ohr und öffnete die Seite.

Es dauerte einige Momente, ehe in seinem Gehirn ankam und verarbeitet wurde, was er auf dem Sechs-Zoll-Bildschirm vor sich sah.

Der Werbefilm *Good to be home* war als bester Clip auf einem internationalen Filmfest nominiert.

Doch was ihn eigentlich freuen sollte, fühlte sich an wie ein Stich. Aber das war keine dünne Nadel, die in seinen Körper fuhr, sondern ein fettes Fleischmesser, das seine rasiermesserscharfe Klinge in sein Fleisch stach, immer und immer wieder.

Sie hatten ihm seinen Film gestohlen. Im Abspann wurde er nicht mal genannt. Es war sein Baby.

Mit einem Schlag war er hellwach, der Nebel verzog sich aus seinem Kopf.

Diese Schweine.

Sie hatten ihn ausgebootet, seine Kreativität ausgenutzt, ihn praktisch ausgesaugt, diese Zecken. Die Lorbeeren des Erfolgs ernteten andere. Sie drängten sich in das Rampenlicht, dessen Spots eigentlich auf ihn gerichtet sein sollten. Es war sein Film. Sein Erfolg. Er gehörte nicht denen. Sie hatten ihn sich gestohlen, sie waren Räuber, dreiste Diebe.

Schäumend vor Wut begann er nacheinander sämtliche Agenturnummern anzurufen, doch niemand nahm die Telefonate entgegen. Dabei war er sich sicher, dass sie alle erreichbar waren. Vielleicht feierten sie gerade den Erfolg, der eigentlich seiner war.

Sie arbeiteten alle immer lange. Ganz wie sich das für eine hippe Agentur in der Werbebranche gehörte. Und wenn sie nicht an Werbekonzepten arbeiteten, die Menschen dazu bringen sollten, unnütze Dinge, die sie überhaupt nicht brauchten, für möglichst teures Geld zu kaufen, dann feierten sie zusammen. Sie soffen, kifften und koksten. Auch ganz so, wie sich das für die Hippster seiner Generation und in seiner Branche gehörte. Es war also schlichtweg unmöglich, dass er niemanden erreichte. Andy fluchte und wanderte unruhig umher.

Irgendwo, Kilometer entfernt, pochte es gegen eine Türe. Das anhaltende Klopfen schwoll bald zu einem Hämmern an, und Andy wurde aus seinen Gedanken gerissen, was ihn noch ungehaltener machte.

Was für eine Scheiße war denn das? Seine Freunde und Partner, diese Schweine, hatten ihn betrogen und waren dann einfach abgetaucht.

„Mist, verdammter...", grollte er.

Mit einem kräftigen Ruck riss er die Tür auf. Er fuchtelte mit seiner freien Faust und machte Anstalten, sie demjenigen, der vor der Türe stand, mitten ins Gesicht zu rammen. Doch sein Ärger verflog, nachdem er in Lucias gehetzte Augen schaute.

„Was machst Du hier", wollte Andy irritiert wissen. „Du warst doch gerade noch am Telefon."

Noch immer leicht benebelt spürte er, wie sein Hirn versuchte, die Informationen zu verarbeiten, aber Zeit brauchte, die Knoten zu entwirren. Derweil versperrte er ungewollt die Türe, während Lucia begonnen hatte, nervös hin- und herzutrippeln.

„Lass mich rein", keuchte sie und drängte sich an ihm vorbei in den Raum. Auf dem Rücken trug sie einen großen, scheinbar prall gefüllten Rucksack.

Andy sah sie erstaunt an. „Willst Du verreisen?"

„Nicht ich. Wir. Du musst mitkommen. Und zwar jetzt. Pack deine Sachen, wir müssen los, bevor sie mich bei Dir finden."

Spätestens jetzt verstand er gar nichts mehr. Er konnte nur dastehen und sie mit großen Augen anstarren.

„Hää?", entfuhr es ihm krächzend. „Was ist denn los? Warum muss ich mit? Wohin? Wer soll Dich bei mir finden? Kannst Du mir mal erzählen, was das alles soll?"

„Später", gab sie knapp zurück. „Frag nicht, mach, was ich gesagt habe. Wir müssen los," drängte sie ihn auf dieselbe bestimmende Art, wie sie den Takt und die Stellung im Bett vorgab. Klar und ohne Widerspruch zu dulden.

***

Lucia zog ihn aus dem Haus. Andy hatte nur schnell ein paar Kleidungsstücke in seine Tasche gestopft. Während sie ungeduldig auf ihn gewartet hatte, hatten ihre Finger in nervösen, aber regelmäßigen Takten auf den neben ihr stehenden Tisch getrommelt. Ihr Blick war dabei an das Fenster geheftet gewesen, durch das sie die Einfahrt und den Wagen im Blick hatte.

Andy hatte keinen blassen Dunst, was überhaupt los war, aber er spürte, dass jetzt ausnahmsweise nicht die Zeit für Erklärungen war.

Der Treffpunkt

Was Andy Haller nicht erzählte, war der Inhalt einer Nachricht, die ihm anonym über einen Messengerdienst zugespielt worden war. Darin standen eine Uhrzeit, ein Treffpunkt und die klare Anweisung, allein zu kommen, wenn er nicht im Knast landen wolle.

Er wollte schließlich kein Risiko eingehen und wusste nicht, inwieweit er Haller wirklich trauen konnte. Daran änderte sich auch durch die gemeinsame Nacht nichts. Er fürchtete, dass sie im Zweifel ihren Job machen und ihn einbuchten würde. Darauf hatte er absolut keine Lust. Also musste er den Dingen allein auf den Grund gehen.

So leise wie möglich schlich er sich aus dem Schlafzimmer, konnte es allerdings nicht lassen, einen letzten Blick auf den schlanken, nackten Körper zu werfen, der sich von seiner schwarzen Bettwäsche abhob. Ihr Oberkörper hob und senkte sich gleichmäßig. Er wusste, dass sie sich den Wecker ihres Handys auf sechs Uhr gestellt hatte. Aber so lange konnte er nicht warten. Er musste bereits um sieben in Frankfurt sein. Frisch geduscht und mit neuen Klamotten – wie immer schwarz – jagte er mit seinem Mustang los, während die Stadt am Rhein noch im Tiefschlaf lag.

***

Sie hatte ihn natürlich gehört. Haller hatte einen extrem leichten Schlaf. Gerade auch dann, wenn sie in fremden Betten schlief, was leider öfter vorkam, als ihr lieb war. Aber sie hielt nichts von festen Bindungen. Die bereiteten nur Schmerzen, wenn sie zerbrachen. Und da alles im Leben nur auf Zeit war, hatte sie irgendwann beschlossen, diesem Mist einfach aus dem Weg zu gehen und sich nicht an jemanden zu binden. So konnte sie auch nicht verletzt werden. Na gut, zumindest konnte sie die Folgen mildern.

Andy war kein Profi, nicht mal ein geübter Amateur. Sie hatte sofort an seinem Gesichtsausdruck gesehen, dass er eine Nachricht bekommen haben musste. So wie er sich danach verhalten hatte, verhielt man sich nur, wenn man etwas zu verbergen hatte. Gleichzeitig fühlte er sich sicher, da er allein lebte. Sein Handy hatte keinen Code, und daher war es ihr möglich gewesen, einen raschen Blick in seine Messengerdienste zu werfen.

Kaum war die Türe ins Schloss gefallen, war sie aus dem Bett gesprungen, hatte sich angezogen und sich an die Verfolgung gemacht. Mit einer App, die sie bei ihm installiert hatte, konnte sie seinen genauen Standort tracken. So konnte sie an ihm dran bleiben und gleichzeitig mit ihrem Motorrad Abstand halten.

***

Andy nahm direkt Kurs auf die A3 Richtung Süden, der hessischen Landeshauptstadt entgegen. Über Google hatte er gesehen, dass der Treffpunkt, zu dem man ihn bestellt hatte, mitten auf dem Gelände einer ehemaligen Chemiefabrik vor den Toren Frankfurts lag. Er fragte sich immer mehr, wo er denn hier hineingeraten war. Alles wirkte wie in einem Traum. Aber ein Traum, der nie enden wollte, sondern ihn immer weiter in den Strudel zog.

Gerade mal zwei Stunden später grummelte der Mustang am ehemaligen Pförtnerhäuschen vorbei. Das Gelände war weiträumig eingezäunt, aber die Einfahrt stand offen. Der Weg führte an mehreren verfallenen Industriedenkmälern vorbei, die an eine Zeit erinnerten, als die Unternehmenslenker noch stolz darauf waren, ihre Waren in Deutschland herzustellen.

Auf einem betonierten Platz zwischen zwei mächtigen Hallen, die wie Mahnmale des Untergangs einer längst vergangenen Zeit wirkten, stellte er den Sportwagen ab, so wie man ihn in einer neuen Textnachricht angewiesen hatte.

Um sicherzugehen, wollte Andy die Nachricht mit dem genauen Standort nochmal aufrufen. Aber sie war verschwunden.

Erst jetzt stellte er fest, dass auch alle anderen Nachrichten dieser Unterhaltung wieder verschwunden waren. Das hieß, er hatte nichts in der Hand, sollte ihn jemals jemand danach fragen, was er um diese Zeit hier an diesem Ort zu suchen hatte. Ein Umstand, der ihn im Moment nicht wirklich beruhigte.

Kaum war er ausgestiegen, schallte aus für ihn unsichtbaren Lautsprechern *Fast Land* von *Moderat* durch die Luft. Ein bombastischer, dramatischer Sound. Oder bildete er sich das nur ein? Andy wusste inzwischen nicht mehr wirklich, was er glauben sollte.

Die Entwicklungen der letzten Tage, die ganzen Flashbacks, der Tod seiner Chefin, all das stellte seinen Verstand auf eine harte Probe. Und manchmal hatte er das Gefühl, der Verlierer in diesem ungleichen Wettstreit zu sein.

Daher wunderte er sich auch nicht wirklich über die Waffe, die plötzlich in seiner rechten Hand lag. Er kannte sie. Es war die Automatik aus Hallers Halfter. Er konnte sich zwar nicht erinnern, sie mitgenommen zu haben, aber offensichtlich hatte er genau das getan.

Während er auf die Waffe in seiner Hand blickte, nahm er aus dem Augenwinkel eine entfernte Bewegung wahr. Hinter einer Ziegelsteinmauer tauchte ein großer Mann in einem langen, schwarzen Mantel auf. Er erinnerte Andy sofort an Henry Fonda in *Spiel mir das Lied vom Tod*. Stechend blaue Augen, kalt wie Eis, blitzten ihm entgegen, während der Mann gemächlich Schritt für Schritt auf die Mitte des Weges zusteuerte. Die rechte Hand war um den Griff einer Flinte gelegt, deren Lauf allerdings zum Glück Richtung Boden zeigte.

Andys Körper spannte sich unwillkürlich an. Sein Zeigefinger krümmte sich leicht um den Abzug der Waffe in seiner Hand.

Er hatte noch nie eine echte Knarre in den Fingern gehabt. Wozu auch. Er war gegen Waffen, hatte den Wehrdienst verweigert und sich immer geschworen, bei einem Krieg sofort abzuhauen. Aber jetzt stand er hier und hielt eine Pistole in der Hand.

Und ihm gegenüber ein Mann, den er noch nie zuvor gesehen hatte, der direkt einem Sechzigerjahre-Western entsprungen zu sein schien und dabei aber auch noch bewaffnet war. Und bevor er das zu Ende denken konnte, trat von der linken Gebäudehälfte plötzlich ein weiterer Mann in sein Blickfeld. Ein kahlköpfiger Mann in Schwarz. Seine Augen funkelten wie schwarze Diamanten, während der nackte Schädel in der Sonne glänzte. Um die Hüfte einen Pistolengurt, wie konnte es auch anders sein.

Wahrscheinlich drehen die hier gerade einen Film, dachte sich Andy. Einen Werbefilm. Und der *Good-to-be-home*-Schriftzug erschien vor seinem geistigen Auge.

Woher kannte er den zweiten Mann? Den Mann in Schwarz?

Klar: Er sah aus wie Yul Brynner in *Die glorreichen Sieben*. Oder noch besser - wie er in *Westworld* ausgesehen hatte, als er einen Roboter im Westerngewand gespielt hatte.

Bestimmt schrie gleich jemand „Cut" und schnauzte ihn dann an, weil er das Set geentert und somit den Dreh gestört hatte. Doch der Ruf blieb aus, und Andy fühlte sich seltsam unwohl. Die Morgensonne brannte und trieb ihm den Schweiß aus den Poren.

Dann tauchte aus dem Schatten eine dritte Person auf. Eine große dunkle Narbe auf der rechten Wange markierte das Gesicht regelrecht, verlieh ihm einen grausamen und unnachgiebigen Ausdruck.

Andy kannte den Mann, wusste nur nicht woher. Auch die Frau, die das Narbengesicht an den Haaren gepackt vor sich herschob, kam ihm bekannt vor. Die beiden nahmen den Platz zwischen den beiden bewaffneten und aus der Zeit gefallenen Westernhelden ein. Acht Augen starrten auf Andy. Niemand bewegte sich. Kein Geräusch drang an seine Ohren, außer dem lästigen Surren einer Fliege.

Und nun, fragte er sich? Was sollte das? Wo blieb jetzt der lang ersehnte Ruf nach einem *Cut*?

„Du erinnerst Dich nicht?", hallte die Stimme des Narbengesichts durch die Schlucht zwischen den Gebäuden. „Das ist aber sehr schade. Meine kleine Halbschwester hier wird sicher ganz enttäuscht sein."

Das Narbengesicht beugte sich vor und Andy sah, wie seine Zungenspitze für einen Augenblick in der Ohrmuschel der Frau verschwand.

„Naja, egal", sagte er dann, als er seine Zunge wieder im Mund verstaut hatte. „Du hast etwas, was wir wollen. Die Kleine hier, Lucia, hat es Dir mitgegeben, als ihr abgehauen seid. Gib es uns, und Du kannst gehen und die Schlampe hier meinetwegen sogar mitnehmen."

Andy hatte keine Ahnung, wovon der Typ sprach. Was sollte er haben, was sollte ihm die Frau mitgegeben haben?

„Was...was soll das sein? Ich habe nichts? Nichts, was euch gehört. Und ich kenne die Frau doch gar nicht."

„Du kommst schon noch drauf."

Hinter sich vernahm Andy ein Motorengeräusch. Dann Schritte.

Plötzlich stand Haller neben ihm. Schwarze Lederkluft, große Pistole in den kleinen Händen, die sie auf den Boden gerichtet hielt, während sie sich breitbeinig in eine stabile Position stellte. Entschlossene Augen streiften Andy für einen Moment, ehe sie sich der Gestaltensammlung gegenüber zuwandten.

„Was ist hier los?", fragte sie leise, ohne dabei die Lippen zu bewegen.

„Glaub mir, ich habe keine Ahnung. Aber warum bist Du hier?"

„Ich bin Polizistin. Und nicht dumm. Du dafür ein schlechter Schauspieler. Ich wusste, dass da etwas im Busch war und bin dir gefolgt."

„Wie jetzt? So richtig, wie im Film?"

Aus dem Augenwinkel glaubte Andy, ein leichtes Schmunzeln bei Haller wahrzunehmen.

„Mhmmmm..."

„Ey, wer ist das, und was ist jetzt mit euch Turteltäubchen? Ihr könnt nachher weitermachen. Jetzt hätten wir erstmal gerne, was uns gehört."

Andy flüsterte Haller zu: „Ich habe keine Ahnung, wovon der Typ spricht. Er behauptet, die Frau hätte mir etwas gegeben, was ihnen gehört."

„Du kennst den Typen und seine Freunde also? Und die Frau auch?"

„Nein. Also, ich bin mir nicht sicher. Ich habe sie schon gesehen. Aber ich weiß nicht wo. Und ich weiß auch nicht, was sie mir gegeben haben soll."

„Ok. Das ist schräg."

„Was ist jetzt? Lass mein Zeug rüberwachsen, sonst jage ich Lucia eine Kugel durch den Kopf."

Wie um zu zeigen, dass er die Drohung ernst meinte, drückte er den Lauf eines Revolvers an ihre Schläfe. Instinktiv hoben Haller und Andy ihre Arme mit den Waffen. Die Cowboys auf der anderen Seite brachten ihre Waffen in Anschlag. In dem Moment riss sich die Frau, die von Narbengesicht Lucia genannt wurde, los, stolperte aber sogleich und stürzte der Länge nach auf den Betonboden. Neben ihr schlug eine Kugel ein, und Teile des Belags spritzten auf. Sie blieb reglos liegen. Mehr vor Schreck als gewollt zog sich Andys Zeigefinger um den Abzug zusammen und ein Schuss löste sich.

Einen Augenblick später brach der Mann im Mantel zusammen, schlug auf den Boden auf und rührte sich nicht mehr, während sich aus Hallers Waffe ebenfalls eine Kugel auf den Weg machte und den anderen Mann fällte. Er fiel um wie ein Baum und knallte ungebremst zuerst mit dem Gesicht nach unten auf den Betonasphalt. Nur vom Hinschauen tat Andy die Nase weh.

Blieb noch das Narbengesicht.

„Legt euch nicht mit Marco an", knurrte er großspurig.

„Sonst was?", rief Haller ihm entgegen.

„Sonst mach ich euch drei kalt."

„Ach ja. Und wie?" Haller hob ihre Arme und zielte. Doch bevor sie abdrücken konnte, knallte der Revolver in Marcos Hand. Andy sah das Geschoss direkt auf sich zukommen, obwohl er wusste, dass das rein technisch gar nicht möglich war. Und doch flog die Kugel in Zeitlupe direkt auf seinen Kopf zu, würde sich wahrscheinlich in wenigen Augenblicken zwischen seinen Augen in seine Stirn bohren, sein Hirn durchstechen und am Hinterkopf wieder austreten.

Er hörte Haller noch rufen. „Neeeeiiiin....".
Dann wurde es schwarz.

Ist die Realität wirklich real

Langsam tauchte er auf, kam wieder zu sich. Es war, wie wenn man aus großer Tiefe langsam der Oberfläche entgegenschwimmt und alles was, darüber liegt, nur durch einen trüben Schleier wahrnimmt. Es dauerte eine Zeit, bis er die Augen wirklich offenhalten konnte. Andy musste ein paarmal blinzeln, damit sich seine Sehnerven scharfstellten und die entsprechenden Signale zur Übersetzung an sein Gehirn sandten.

Doch das Erste, was er wahrnahm, war der bekannte Geruch nach Desinfektionsmittel. Dann zuckte er zusammen. Neben ihm stand die Frau, neben der eben noch eine Kugel auf dem Boden eingeschlagen war. Lucia, wie sie der narbengesichtige Kerl genannt hatte. Sie lächelte ihn warmherzig an. Nicht nur der Mund verzog sich, auch die Augen strahlten ihn regelrecht an.

„Da sind Sie ja wieder." Ihre Stimme klang ebenso warm wie erfreut. „Wir haben uns echte Sorgen um Sie gemacht. Aber jetzt kommen Sie erstmal wieder richtig zu sich, alles Weitere dann später." Sie legte ihm ihre warme Hand auf den Unterarm und drückte ihn aufmunternd. Eine Geste, die Andy verunsicherte, weil er nicht wusste, was geschehen war, und die ihm zugleich die Tränen in die Augen trieb.

Sein Kopf fühlte sich an wie ein Schlachtfeld. Es gab so viel zu ordnen und zu verarbeiten. Aber er konnte sich nicht konzentrieren.

Er sah ihr nach und drehte den Kopf, nachdem sich die Türe leise geschlossen hatte, und sah dann aus dem Fenster, dem blauen Himmel entgegen.

Kurz darauf dämmerte er wieder weg, bis ihn irgendwann später ein Handyklingeln zurück in die Gegenwart zerrte. Bis dahin waren vereinzelte Bildfetzen erschienen. Der Sturz mit Charleen in die Felsspalte, der Vorwurf der Vergewaltigung, seine Flucht aus dem Krankenhaus, der Unfall mit dem Lastwagen, die Oberin in einer Blutlache, ein Westernduell mitten auf einem alten Industriegelände.

Was davon war wahr? Was nur ein Traum? War überhaupt etwas davon geschehen oder hatte ihm sein Verstand nur einen Streich gespielt? Er wusste es nicht, bekam es aber auch gedanklich nicht sortiert. Alles verschwamm zu einem Brei aus Illusionen.

Er griff ungelenk nach dem Handy, das noch immer fiepte.

Oberin ruft an, stand auf dem Display, was seine Verwirrung nur noch weiter steigerte.

„Andy? Bist Du das?"

Sein Hals war mit einem Mal so ausgedörrt, dass er kein Wort herausbrachte, nur krächzte, wie ein Rabe.

„Andy?", wiederholte die Oberin.

„Ja", brachte er dann doch irgendwann zwischen seinen trockenen Lippen hervor.

„Hast Du schon gehört?" Ihre Stimme überschlug sich fast vor Freude.

„Nein, was? Ich bin gerade erst aufgewacht und weiß nicht, was ich alles verpasst habe, da ich keine Ahnung habe, wie lange ich weg war."

„Oh...", war die etwas unsichere Reaktion. „Dann kannst Du es nicht wissen. *Good to be home* ist der große Gewinner in Cannes. Andy, es gab stehende Ovationen. Du kannst stolz auf Dich sein."

Dann endete das Gespräch recht abrupt.

Wahrscheinlich, weil Andy gar nicht wusste, was er sagen sollte. Nicht wusste, ob er sich freuen konnte oder gerade dabei war, seinen Verstand zu verlieren.

Während des Gesprächs hatte er immer in das leblose Gesicht der Oberin auf dem Wohnzimmerboden ihres Hauses gesehen. Aber die Stimme. Sie war es. Sie lebte. Daran gab es keinen Zweifel.

Doch inzwischen war die Leitung tot.

Und tot und leblos fühlte er sich auch, als Lucia den Raum mit ihrem sonnigen Gemüt flutete, das ihm sofort neue Lebensgeister einhauchte, ohne dass sie auch nur ein Wort sagte.

Die kommenden Tage brachten gleich mehrere positive Entwicklungen mit sich. Andy erholte sich schnell. Schneller als er selbst erwartet hatte. Zahlreiche Gratulanten meldeten sich bei ihm. Er wäre zwar beinahe zum gefallenen Engel der Werbebranche geworden, einem genialen Kreativen, der jeglichen Halt verloren hatte. Sicher, da hätte er sich in guter Gesellschaft befunden.

Aber nun war er dort, wo er hinwollte. Auf dem Olymp. Und das fühlte sich einfach verdammt gut an. Sobald er hier endlich raus war, würde er sich seine nächsten Projekte raussuchen können.

Und die Zeit mit Lucia tat ihm gut. Immer wieder flackerte zwar die Lucia aus seinen Fieberträumen auf, das wilde Biest. Aber die gab es nur in seinem Kopf, wie sich herausstellte. Die echte Lucia war eine ebenso hübsche wie kluge und selbstbewusste junge Frau, die nun wie ein Wirbelwind in sein Leben gekracht war. Sie steckte voller Humor, Emotionen und lustigen Ideen.

Sie erzählte ihm auch, dass er sich zu den vielen Drogen in seinem Körper wohl auch noch irgendeinen Infekt eingefangen hätte. Die Folge waren tagelange Fieberschübe und eine Zeit im Delirium, aus dem er allerlei Dinge geglaubt hatte zu erleben.

Aber sie versicherte ihm, er habe die ganze Zeit hier im Krankenhaus gelegen. Und natürlich gab es für Andy nicht den Hauch eines Grundes, Lucias Schilderungen nicht zu glauben. Im Gegenteil. Sie beruhigten ihn, halfen ihm, diese Bilder aus dem Kopf zu bekommen, die er für real gehalten hatte. Sie waren es nicht. Und das war gut so.

Tage später hatte Andy beschlossen, sich von seinem Erfolgshonorar und den Preisgeldern noch ein paar Tage Auszeit auf einer kleinen Finca zu gönnen, die er im Internet gefunden hatte.

Lucia war begeistert. Sie waren sich in den letzten Tagen erheblich nähergekommen.

Doch anders als es bisher der Fall war, fühlte sich Andy nicht nur körperlich zu ihr hingezogen. Die Frau machte etwas mit ihm.

Als er Malu davon erzählte, lachte sie nur und meinte: „Du bist verliebt, Andreas. Das erste Mal in Deinem Leben hast Du Dich vielleicht so richtig verliebt."

Bevor es zu Ende geht

Da sind wir nun, am Ende der Geschichte. Kurz bevor ich das magische Wort mit den vier Buchstaben in die Tasten haue.

Die Sonne wärmt angenehm, an diesem Tag am Rhein. Dazu der passende Sauvignon Blanc neben dem aufgeklappten Mac Book. Ich habe am Anleger 511 in Eltville einen Platz direkt am Wasser ergattert, Kopfhörer im Ohr, wo sich auf der Playlist *Sven Väth*, *Paul Kalkbrenner*, *Moderat* und *Booka Shade* mit *SOHN* und *Rüfüs de Sol* die Klinke in die Hand geben. Ich habe zum Schreiben immer gerne den passenden Soundtrack im Ohr. Und von Andy wusste ich, dass er zwar auch Jazz mochte, aber in erster Linie Electronic Music hörte.

Was mich hierher verschlagen hat, ist das Ende von Andys Erzählung. Denn am Ende der glücklichen Tage mit Lucia war er nach Düsseldorf zurückgeflogen. Die Agentur hatte ihn mit einer rauschenden Party empfangen. Andy hatte das Fest genossen, allerdings ohne Alkohol und Drogen – wenn man das Glas Begrüßungssekt mal außer Acht ließ.

Er war besser drauf denn je, fühlte sich körperlich und mental absolut fit. Die Irrungen und Wirrungen der Vergangenheit waren längst Geschichte, vergessen und ganz weit im Hinterstübchen begraben. Selbst Malu war ganz verzückt, als sie ihren Andreas wiedergesehen hatte. Er schien wie ausgewechselt.

Doch dann fing das mit den Nachrichten an.

Wie damals in seinem Traum, an dem Tag, als die Haller bei ihm war. Später kamen dann Zettel. Und am Tag, als er mich das erste Mal aufsuchte, nachdem ihn Jo Schuttwolf darum gebeten hatte, lag am Morgen ein Zettel in seiner Küche:

Anleger511.
Eltville.
5.11 pm.

Alleine.
Marco!

Das war der Absturz. Andy geriet in Panik, war seither nicht mehr in der Lage, sein Haus zu verlassen. Deshalb hat er mich gebeten, statt seiner zu diesem Treffpunkt zu kommen.

Am Nebentisch unterhält sich eine junge Frau, die der jungen Winona Ryder aus dem grandiosen Film *Reality Bites* zum Verwechseln ähnlich sieht, mit jemandem, den sie Richie nennt. Sie ist erst vor ein paar Minuten bei dem Typen untergehakt hereingeschlendert. Die Sonnenbrille locker auf der Nase, lacht sie jetzt herzhaft, als der Kellner ein weißes Kuvert an den Tisch bringt und es ihr übergibt.

An einem anderen Tisch hockt eine leicht lädierte Frau über einer großen Schale Milchkaffee. Sie hat Probleme mit dem linken Arm. Er ist bandagiert, und ihre Bewegungen sind dadurch etwas ungelenk. Aus der Hosentasche ragt ein Stück Zettel. Soweit ich sehen kann, trägt sie keine Waffe bei sich, dennoch erinnert sie mich an eine Polizistin, über die ich in den Krimis *Mordslust* und *Mordseier* gelesen hatte.

Irgendwie beschleicht mich in diesem Moment das Gefühl, als sei es noch nicht vorbei. Nein, es fühlt sich vielmehr so an, als wenn das eigentliche Abenteuer von Andy gerade erst beginnen würde.

Ich nehme einen Schluck Wein, genieße den Wind, der mir angenehm über die Haut streicht und beginne zu tippen und höre erst auf, wenn der Anleger 511 schließt. Das letzte, was ich an diesem Tag schreibe, ist mein Lieblingswort:

ENDE

Die Vorgeschichte zu Schließfach 102 von Klaus Maria Dechant ist gleichzeitig der erste Auftritt der Hauptfigur Emma Berg. Die junge und eloquente Journalistin kommt darin bei einer Recherche über rechte Umtriebe bei Militär, Polizei und Geheimdiensten einem unglaublichen und bereits fünfzig Jahre zurückliegenden Kompltt zur Ermordung des damaligen sozialdemokratischen Kanzlerkandidaten Willy Brandt auf die Spur, dessen Erfolg die damals noch junge Republik nachhaltig verändert hätte.

Seiten: | 276
ISBN: | 978-3964380081
Publikation: | 10.11.2019
Preis: | EUR 13,00
Erschienen im Südwestbuch Verlag
(Südwestbuch Media Entertainment, Calw)

SIE HABEN ALLE EINE GESCHICHTE VOR ANLEGER 511

UND WAS FÜR EINE

ALS TASCHENBUCH EBOOK UND HÖRBUCH IM BUCHHANDEL UND AUF

WWW.EARLY-BIRD-BOOKS.DE